小説集

彩鱗舞う

彩鱗舞う

目次

アクセルとジュライテン太郎

アクセル

「姉さんのところにね、可愛い犬がいるの」

隣の席から佳子さんが話しかけた。佳子さんは社長の奥さんで、私と同じ年齢である。

「捨て犬を姪が拾ってきてね、あの子獣医しているでしょう、犬や猫が何匹もいるの、うちで飼うことにしたのよ」

「ほんと、楽しみにしているわ」

犬や猫の話を聞くと、途端に屈託がなくなる私である。

「主人は、子供たちが責任を持って面倒見るなら反対しないというの」

「ワンちゃん、いつ来るの」

「今度の連休に……」

「子供に手が離れると、手のかかるものがほしくなるのね」

一年前に、お義母さんを見送ったばかりなのに、私はそういう意味も込めて笑った。

私のアパートでは、動物を一切飼うことができない。他人の美しい庭で、自分の目を楽しませてもらうような気持ちで、犬が来る日を心待ちにしていた。

生後五カ月くらいの犬は、事務所と住宅を兼ねたこの家で飼われることになった。「アクセル」と名付けられた。

事務所の横にドアがあって、開けると階段が二階の住宅の玄関へと繋がっている。玄関の戸の前にポーチがついていて、そこがアクセルの小屋のある場所だ。アクセルは一階と二階へ通じる階段を、自由に往来できるように放し飼いにしてあった。

階段の下には住宅専用の出入口になる木戸がある。綺麗好きの佳子さんの手にかかると、モサモサした無駄毛も櫛に梳き取られて、アクセルは清潔さが匂う、毛並みのいい成犬に育っていった。

私はお昼休みになると、二階を見上げながら熱い視線を送り「アクセル」と呼ぶ。アクセルは階段のところへ出て来て、私の顔を確かめ、お尻を振り振り階段を下りて来る。眠っているときは大きな欠伸をして、それからおもむろに下りて来る。その姿を見ると、抱き寄せて頬ずりさえしたくなる。

育ち盛りのアクセルは欠食児童のように何でも食べたがる。無責任に食べ物を与えることは遠慮したいが、気に入ってもらおうとすれば、食べ物以外に気を引くものはない。

隣近所にも犬はいたが、私は近づいて可愛がったりはしなかった。アクセルは「うちの犬」という感覚だから、特別に可愛くもあった。

会社へは、多くの人が出入りするので、頭のひとつも撫（な）でてもらったり、遊んでもらったりしていた。

「おまえは玉の輿（こし）に乗ったのよ」

犬冥利に尽きる境遇を私は言って聞かせる。アクセルは頭を傾げてビクター犬のような顔をする。

「アサちゃんも川の水につかってこいよ」

男性の同僚が言う。アクセルは、川に捨てられていたらしい。社長も犬は好きな人だが、アクセルが事務所へ入って来ると、わざと冷淡な態度をとった。犬は事務所へ入れるな、というけじめであり、子供たちに面倒を見させるための反動でもあった。

「主人が食事のときに言うのよ、おまえたちは遊びに行きたいと思ったら、松坂屋でもどこでもすぐに行くだろう、アクセルの楽しみは散歩しかないのだぞ」って。

社長は、犬のことは手を出さないから、家族で協力し合ってやれ、と言う。ところが、散歩は佳子さんの仕事になってしまっていた。

朝夕、二、三十分程度の散歩でも、毎日となると面倒な日もあったことだろう。佳子さんが留守でない限り誰もアクセルを散歩に連れては行かなかった。

アクセルの散歩が、佳子さんにとって、多少の負担になっていることもわかっていた。

それでも私は、余程のことがない限り、昼休み以外はアクセルを散歩に連れ出しはしなかった。それは頑なに守った。

私には会社の仕事がある。動物が嫌いらしい専務の目もある。

秋分の日、決算の申告も間近に迫っていたので私は出勤した。バブルの全盛期でもあった。

家の方は留守で、アクセルだけが取り残されて留守番をしていた。誰に遠慮することもなく、早速アクセルを事務所に入れた。アクセルは私の椅子に上がり込んで、ハッハッハッと耳元で騒ぐ。若い犬の舌は、健康的な赤い色をしている。忙しいのはお構いなしで遊んでほしいばかりだ。

動物は好きだが、犬の可愛さは知らなかった。特に、犬のいる家は異臭が漂って苦になっていたから、私は犬より猫派であった。

アクセルはいつもシャンプーをしてもらいこぎれいだったし、犬としての容姿も美しかった。私にとって初恋の犬でもあった。生まれて一年足らずで、表情も豊かで可愛い盛りだった。

十一月十一日。社長夫妻がニュージーランドに旅立つ朝だった。私は保健所から電話があるまで、アクセルが家にいないことさえ気が付いていなかった。社長が木戸を開けるとアクセルは喜んで飛び出して行ったという。

「奥さん、アクセルのことで保健所から電話がかかってるの」

私が取り次ぐと、電話に出た佳子さんの目から、みるみる涙が溢れ出てきた。

アクセルは交通事故に遭い、段ボール箱に納まって帰って来た。

私の背丈までジャンプして、うれしさを体いっぱいに表していた。用事があって二階に行くと、階段を行ったり来たりとはしゃぎ回るアクセル。ゴロンと寝転がって腹を見せ、どうでもして、という仕種、まだ昨日のことだったのに、そのアクセルが亡骸（なきがら）になっている。

「アクセル、おまえ……」

私は声にならず泣いてしまった。

「奥さん、私が火葬場へ行こうか、だって支度があるでしょう」

「いいの、空港へ集まるのは三時だから、時間はあるの」

いつもいつもこの人と同じ涙を流すのだ、と私は思った。

幸せの上昇の目盛りを、アクセルの死が少しだけおさえた形で、社長夫妻は、ニュージーランドへ旅立った。

家庭的な雰囲気の職場から、二人がいないというさみしさも、いいなあという羨ましさも、アクセルはすべてを掻（か）き消していった。

職場へ行く足取りも確実に重くなった。外食をしてラーメンに入っている焼豚をこっそり持って帰るという、ささやかな張り合いもなくなった。

お昼休みになって、階段に通じるドアを開ける。「アクセル」と呼んでみる。お尻を振り振り階段を下りて来る。

若い血が躍動する小さな命が、私の腕の中に飛び込んで来るはずだった。もう一度「アクセル」と呼んでみる。アクセルの幻が階段を下りて来る。

流れ者の流太（りゅうた）

「生きものは二度と飼わない」そんな悲しい教訓を残して、アクセルが死んでから二週間が経っていた。

今年の冬は例年よりも暖かい。十一月十二日、天皇陛下「即位の礼」が始まって、十一月二十三日の「大嘗祭」と、天皇陛下即位にまつわる一連の行事が続いていた。

「おはようございます」

事務所へ入った途端、ストーブの傍に横たわったものを見たとき、思わず「アクセル」と私は叫んでいた。

まさか、アクセルは交通事故で死に、みんなが亡骸を確認したはずだ。そんな馬鹿な、もう一度よく見ると、アクセルよりも幾分大きめの柴犬は、ゆっくりと目を開けたが、動こうとしない。

「おまえ、誰なの」

頭の先から尻尾まで汚れ、近づくと悪臭がした。犬は時折手足を痙攣（けいれん）させた。かなり衰弱しているらしい。

「どうしたの、この犬」

外から帰って来た社長に尋ねた。

「六時半ごろ、荷積みをして事務所に入って来たら、このとおりだ」

「アクセルかと」

「そう思うだろう」

「そっくりね、ひと回り大きいけど」

病気で捨てられたのか、犬は相変わらず手足を痙攣させている。目も腫（は）れぼったく、汚れているせいか毛並みも悪く生彩がない。

犬の傍に水が入った灰皿が置いてある。水は飲んだが餌は口にしていないという。餌も食べないほど体が弱っているのか、こんな体の弱っている犬を捨てる人もあるのか。アクセルに続いて、また犬の死を見るのは嫌だ。何とか命だけでも取り留めてほしい。しばらく犬を見守っていた。この会社に勤めて十五年になるが、初めてのことだった。

「俺もなあ、何かの因縁のような気がして」

社長も言う。

多くの視線を一身に集めながら、犬は身じろぎもしないでじっと寝ている。

翌日も、犬は同じ状態で横たわっていたが、促されると起き上がって少しは動くようになった。パンをやってもにおいを嗅(か)ぐだけでそっぽを向く。ドッグフードもご飯も嫌なのだ。

「おまえ、アクセルでしょう。何か食べないと死んでしまうよ、さあ」

アクセルが喜んで食べていたパンには見向きもしない。両口屋の「旅枕」があったので、ちぎって鼻先に持っていくと、犬は起き上がって食べだした。体力が少しは回復したのだろうか。

「この犬贅沢よ、パンやアラレは食べないけど、両口屋のお菓子なら食べるっていうの」

大袈裟に笑いながら、この際、食べてくれるものなら何でもよい。どうやら甘党らしい。

佳子さんが来て「臭い……きたねえ……」と言って毛をなでながら、「おまえ、りゅうた、だ」と言う。

アニメか何かに出てくる腕白小僧の名前か、と思ったら、流れ者だから、流太なのだと言う。

以来みんなは「流太」と呼ぶようになった。

両口屋のお菓子ならパクパク食べるというこの犬は、一体何ものなのか、カステラを買って来てお伺いを立てると、これも食べる。私は流太が命を繋ぐことができる食べ物を見つけて、ホッとした気持ちになった。

病気だから捨てられたのか、と思ってもみたが、そうでもないらしい。アクセルにやっていた食事を佳子さんが二階で与えても、流太は食べないそうだ。

流太は、社長のあとばかりついて、帰って来ると寝転んでいる。まるで居候はここに決めたといったように態度も大きい。

お弁当に魚を入れてきたので、それを砕いてご飯にまぜて流太に与えると、喜んで食べた。大工さんが弁当を食べていると、傍へ座ってもらえるまで待っている。気に入らないと食べない。

佳子さんは、二度と犬を飼う気持ちはなかった。が、こうしてアクセルにそっくりの犬が「身柄をおまかせします」という格好で入り込んで来て、飼いたくないのだけれど、無関心ではいられない。

これがアクセルと全く別の犬なら、私たちの態度も違っていたかもしれない。

二階では流太を飼うか飼わないかで、家庭にちょっとした波乱が持ち上がっていた。

久しぶりに会社に来るお客さんは「アクセル、大きくなったなあ」と言って頭を撫でる。

寝ていることの多い流太だったが、事務所で何回も食べ物を吐いた。汚物を始末していると社長が「悪いなあ」と言うから、流太の不始末は、自分の責任とでも思っているらしい。

やはりまだ体の方が回復していないのだろうか。再び死んだように寝ている流太を眺めながら「助かるかしら」と思う。

「流太が台所へ上がって来てね、油を鍋の半分ほど舐めてしまったの」

佳子さんが言う。戻した原因がわかって少しはホッとした。

「油を舐めるやつがあるか、おまえは化け猫か」

社長が流太を叱る。

胃のむかつきが治まると、流太は社長について、積極的に外へ出るようになったが、帰りは一緒ではなかった。どこへ行くのか、いつも何時間か散策して帰って来る。そして寝る。

私は流太のために、毎朝コンビニに寄って甘いものを買って出勤した。

「私に懐いては駄目、この家の奥さんに懐きなさい」

そう言い聞かせても、流太は私のあともついて歩くようになった。そんな流太を見ていた近所の人は、

「犬は発情期がくると、鎖をちぎってでも雌犬を追って家を飛び出すけど、あるときハッと気が付いて、飼い主のところへ帰るんだわ」

そうかと肯いた私は、飼い主へのメッセージを書いて、流太の首にかけておくことにした。

〝この犬は十一月二十六日早朝より、うちの会社へ入り込んで居候を決め込んでいました。飼い主さんの元へ帰ったら電話をして下さい〟

住所と会社名、そして電話番号が入ったゴム印を押した。

これをみんなは〝迷子札〟と言った。流太はお座りもするし、お手もする。寝ている流太に社長が、

「これ、いつまで寝ているんだ」

足で突くと、大人しいはずの流太が唸り声を上げて激しく怒った。なかなかプライドの高い犬である。

相応の家で飼われていた犬ではないだろうか、私ばかりでなく誰もが考えるようにもなっていた。

流太は以前にも増して外へ出歩くようになった。一体どこへ行くのか。私は昼休みに流太を連れて散歩に出かけた。しばらくあとになり先になり歩いていたが、流太は外に出ると性格が変わったように活動し始める。犬の臭いをつけながらあちこち歩き回る。

大通りに沿った植え込みへ来ると、前足で土を掘り始め、かなり深い穴ができると、流太はそこへ糞をしようとするのだが、糞が枯れ枝などに引っかかるとうまくいかない。

お腹の調子が悪いのか、水溶性のものだった。用を足すと周囲の土を後足で、猛烈な勢いで

かけ始めた。糞をかくすどころか、肝心のところを通り越して、舗道に土が飛び散り、私は思わず、後退りして避けなければならなかった。

アクセルにはないことだ。そろそろ会社へ引き返したかったが、外へ出ると、流太は自分が主導権を握り、決して私の指示に従わない。大通りの横断歩道を、赤信号で突っ走った。信号待ちをしていた男の人たちは、肝を冷やして奇声を上げ、私は目を覆った。

青信号になると、私も流太のあとを追った。「流太、流太」と激しく呼んでも、もう私の手に負えない。目だけで流太を追っているとしばらくして引き返して来た。

私と出会っても一瞥(いちべつ)すらしない。完全に無視である。さっき渡った大通りを赤信号で再び突っ走る。急ブレーキを踏む車もあって、私は道端にしゃがみ込んでしまった。

アクセルもこうして事故に遭ったのか、無事に会社へ帰ったら、絶対に括りつけておこうと思った。交通量の多い広い通りを、流太が引き返して来るのを見届けると、私は諦(あきら)めて会社へ戻った。

「ねえ、奥さん、流太はひょっとして田舎で飼われていた犬かもしれないね。糞をするとき、凄い勢いで土を引っ掻くのよ」

「それが犬の習性よ」

「アクセルにはなかったわね」

いつも夕方になると、佳子さんがポリ袋を持ってアクセルを散歩させた。やんちゃなアクセルは、二、三度くるくる回って、お座りをして糞をしたそうだ。流太は本性のまま、野性のままで糞をした。田舎の道を、畑の中を思う存分駆けずり回っていた流太を想像させる。

「アクセルも、あんなふうにして交通事故に遭ったのね。もうここへ縛り付けておくんだから」

さっき見てきた流太の様子を佳子さんに言ってみる。けれど、流太をここへ繋いでおく権利は私にない。と言って私のアパートへ連れて帰ることはできない。

「アサちゃん、子供に今見てきたこと聞かせてやってよ」

高校生の男の子に、犬を放し飼いにすることが、どんなに危険なことか、説明してやってほしいと言う。佳子さんは、流太を飼わないから目を合わせないようにしてると言いながら、アクセルに生き写しの流太に、すでに情が移っているのだった。

「飼ってやれ」と言う社長も含めて、家族みんなの協力態勢が固まるまで、佳子さんは流太を「わが家の犬」として飼うことを決して承知しないだろう。

流太は、それからも二時間くらいして会社に戻って来ると、野性を失ったようにストーブの傍で寝る。

「ねえ、おかあさん、ぼくアクセルだよ、わからないの、おかあさんがあんまり泣くから天国から帰って来たんだよ」

私は流太の頭を撫でながら、佳子さんの気を引くようなことを言ってみる。

季節はずれの台風がまたしても日本列島を縦断し、夜にも東海地方に接近すると報じていた。

「流太、今夜は大人しくしてるのよ」

そう言って私はアパートへ帰った。


記録破りの師走台風も、雨をもたらしただけで、大した影響も出ず、翌朝は台風一過の快晴になった。ＪＲの鶴舞駅で降り、改札口の横にあるローソンパークで流太の好きな小倉入りのパイとドーナツを買った。流太が迷い込んで来てから私の日課のひとつだった。

「流太はおらんぞ、俺が代わりに食べてやるよ」

事務所へ入ると社長が言う。

「どうして」

「あいつ、夜、雨の中を飛び出して行ったよ。それっきりだ」

私は肩の力が抜けていくのを感じた。流太の身が案じられた。あの雨で臭いが消され、帰る場所がわからなくなってしまったのだ。繋いでくれたらよかったのに……。

いっとき悲しいだけだ。私の目の前から流太がいなくなれば、次第に忘れていくだろう。周囲に気を遣いながら流太の面倒を見ていくのも結構骨が折れる。諦(あきら)めよう。あいつが死のうが生きようが忘れよう。もういい。アクセルと流太の面影を払いながら、それでも涙が零(こぼ)れるのはどうしてなのか。

流太はお昼になっても帰ってこない。あの迷子札も役に立たなかったのか、私は「郵便局へ行って来る」と言って事務所を出ると、広い通りに沿って流太を探し回った。

誰も流太のことを口にしなかった。

社長は「タバコを買って来る」と言って自転車で出たまま帰って来ていない。

あの迷子札は、飼い主へのメッセージでもあるが、この犬には身元引受人がいるという意味でもあり、捕獲されて保健所で抹殺されることを防ぐためでもあった。

流太の身に何が起きたとしても、あの迷子札が心ある人の目に留まれば、必ずここへ連絡があるはずなのに……。

仕事に身が入らない。四時になった。佳子さんは洗濯物を取り入れるため屋上に上がって行った。

しばらくして、上にいる佳子さんから内線のブザーが鳴る。

「流れ者が帰って来たよー」

外へ出ると、隣の犬の激しく鳴く声をバックバンドに、流太がゆうゆうとした足取りで事務所に入って来る。

「流太、どこへ行っていたの」

叱りながら、一日中留守をして、また事務所へ帰って来る一途さがうれしい。私はパイとドーナツをちぎって流太の口へ次つぎに放り込む。

社長が出先から帰って来た。まさかといった顔で、

「こらおまえ、金でも持って帰って来たか」

足で突くと、流太は唸る。怒っているのだ。

あの台風の最中、出て行ってまる一日、それでも流太は会社へ帰って来る。そんなにここが気に入っているのなら、なぜもう少しじっとしておれないのか。

佳子さんはあちこちの保健所へ電話をかけ始めた。どこにも家出犬の届けなど出ていなかった。佳子さんは諦めて受話器を置いた。

この家の奥さんが、流太を飼おうが飼うまいが、私はもう期待をかけてはいけないと思った。流太を鎖に繋ぐか繋がないかの問題だけだ。人間だって縛られることを嫌って、自由を求める生き方が増えている世の中だ。

……流太、おまえ野良として生きな、餌は私が運んでやろう。夜は寝泊りできる作業場がある。そこへ毛布を敷いてやるから、昼間は事務所へ入り込んで寝転んでいたって、誰も怒りは

しない。飼犬になれなくても、おまえの味方は大勢いる。車に気を付けてさえくれれば、その方がおまえにとって楽しい人生かもしれない。この迷子札が流太を守ってくれるだろう……。

私は心の中でそんなことを呟きながら、どこかへ落としてきた迷子札を再び作り直し、首にかけた。

土曜日の夕方、スーパーでカステラ二袋とフランクフルトソーセージも二袋買って社長に預ける。ローソンパークのパイやドーナツよりはずっと安い。

「おまえ、いつまでもここにいるつもりなら、心掛けを変えて、粗食に耐えてくれなければ」

社長がソーセージやカステラを与えると、お座りをしてうれしそうに食べた。社長はみんなが帰ったあとも流太を相手に事務所に残っているようである。

「社長と流太は相性がいい」

アクセルは、事務所に入れてもらえなかったので、大工さんや同僚はそう言う。

「流太は社長に取り入ることがうまい」とも言って笑う。

土曜日に退社するとき、流太にもう二度と会えないような気がして別れを惜しんだ。

月曜日に出勤すると、佳子さんにシャンプー、リンスしてもらった流太は、ピカピカの犬になってストーブの傍でながながと寝そべっている。

こうして見るとなかなかの美男である。毛並みもいいし、目にも生彩が出てきた。アクセルよりはひと回り大きいだけに、姿が堂々として美しい。初対面のときのヨレヨレになってふるっていた犬とは見違えるようになった。

流太を連れて出かけると「いい犬だね」誰もが振り返る。

やはり捨て犬ではない。器量がある。風格がある。お尻のふくらみに色気があって、歩く姿が魅力的だ。

「奥さん、飼わない、飼わないと言いながら、こんなに綺麗にしてやって、もうずいぶん情が移ってしまったわね。アクセルに生き写しだもんね」

「いいえ、綺麗にしてやったら、いいところへもらってもらえるかもしれないから」

「手放せないくせに強がり言って」

「とんでもない」

十二月五日、また流太がいなくなる。どこをほっつき歩いているのか。あいつの放浪癖には心配する方が疲れてしまう。

電話のベルが鳴って「犬のことで電話」女性の同僚が取り次いでくれた。

「はい、変わりました。犬が何か……」

胸がドキドキする。

「三田といいますが、飼い主さんではないですね」

「迷子札に書いてあるとおりです」

「うちの子供が、学校の帰りに犬を連れて来たんですけど、大人しい犬だから、一晩貸してもらっていいでしょうか」

若いお母さんだ。

「どうぞ、どうぞ」

「また明日犬をお返ししてもいいですか」

「構いませんが、よろしかったら飼ってやってください。大人しい犬ですから」

「うちはマンションですから飼えないのですよ。人懐っこい犬ですね、さっきから肉をパクパク食べて、お腹がすいていたんでしょうか」

「ごちそうになっているんですね」

「食べるとすぐ寝てしまうのですけど、体が弱ってるみたいですね」

「そうでもないですよ。寝るのが商売なんです」

先方の女性も、うちの会社は知っていて、明日スーパーへ行くときに一緒に連れて来ると言う。私もそのマンションは知っていた。流太のテリトリーはかなり広い。

大人しい、人懐っこい、共通の印象なのだけれど、あいつは案外大物かもしれない。それにしても人の心も知らないで、よくあちこちとほっつき歩く。

翌日の夕方、マンションの母娘が流太を連れて来た。外で佳子さんが応対していた。事務所には工場から専務が来ていたし、急ぎの仕事もあって、私は帰って来た流太と慌しく対面した。首にかけていた迷子札がまたない。

「首に迷子札がかけてあったでしょう」

「わたしがはずしてしまったの」

小学生の女の子が言う。

あとでちゃんと書き換えればいいからと、私は急いで迷子札を作って流太の首に縛り付けた。これは流太の命綱だから、一刻もはずす訳にはいかない。

……本当の飼い主はわかりませんが、この犬はうちの会社で居候をしています。名前は「流れ者の流太」といいます。迷子になったら、こちらへ連絡をください……

咄嗟(とっさ)にそう書いて、電話番号入りのゴム印を押した。

外泊して饗応してもらって帰って来た流太に、

「なぜ、尻軽について行ったのだ」と文句を言う暇もなく、やっと構ってやれる時間ができたとき、流太はまた行方知れずになっていた。

翌朝になっても流太は帰って来ていない。饗応してもらった母娘のマンションへ流太は行ったのだろう、と私は思い込み溜息が出る。

翌朝十時ごろ、またしても「犬のことで電話」同僚が取り次いでくれた。しょうがないやつだな、と思い電話に出ると、

「犬の飼い主ですが……」

私は一瞬耳を疑った。女の人の声、聞き違いなんかじゃない。

今日は十二月七日である。十一月二十六日に流太が迷い込んで来て以来、この電話を待ち続けていた。昨日の夕方、鶴舞公園に近いこの会社を出て、あくる朝名古屋駅近くにある飼い主の元へ帰ったというのだ。

私は飼い主の女性ともっと感激的に流太のことを語り合いたかった。でも急ぎの仕事が入っている。タイミングが悪い。残念だが電話番号を控えて、佳子さんに電話を回した。

佳子さんもどんなにかこの電話を待っていただろう。佳子さんは半年間アクセルを飼ってみて、ただ犬が可愛いだけで飼ってはいけないことを、身をもって経験した。家族全員が、犬を家族の一員として責任を分担するという誓約をしない限り、絶対に流太を鎖に繋ぐことをしなかった。そのことが流太にとって却って幸いし、飼い主の元に帰り着くことができたのだ。

「佳子と折り合いがつかない」

アクセルに少し冷淡だった社長は、流太で罪ほろぼしを、佳子さんの方は、しっぺ返しをしているように私には見えた。

社長と佳子さんと私、流太を見捨てることができない三人が、自身の思惑を大声で主張せず、流太にとって一番幸せな解決を願っていた。最早アクセルも流太も一緒だった。

仕事が一段落したところで、流太の飼い主さんに電話をかけた。平和な世の中に感謝しながら、流太のことをしみじみと語り合いたかった。

ジュライテン太郎

事務所の前に見慣れない外車が停まった。恰幅のいいご主人と、彫りの深い西洋的な美人の奥さんを伴って、流太がケーキを持って挨拶に来たのである。

社長はコンペがあって生憎(あいにく)留守。お弁当のおかずを三分の一くらい流太にとられていた棟梁や、居合わせたみんなが入口の前で流太を囲んだ。

流れ者の流太がとても立派に見える。流太は遠藤産業の社長さんの飼犬だった。流太の劇的な帰還を、奥さんが電話でご主人に知らせると、ご主人は多忙の中を工場から駆け付けられたのである。

流れ者の身元がやっと判明した。

流太は七歳の雄犬で、七月十日に遠藤家に来たので、その名を、ジュライテンと名付けたが、ご主人が孝次郎だったことから太郎をつけ「ジュライテン太郎」が流太の本名なのである。

「おまえはいいなあ、暇があって、僕にもそんな時間がほしいよ」

ご主人の言葉にみんなが笑った。


ジュライテン太郎は、美味しい食べ物と暖かい部屋、柔らかい敷物を用意された遠藤家の一員だった。彼は何ひとつ不満があった訳ではない。

小春日和のある日、彼はいつものように屋上で昼寝をしていた。体がつきたてののし餅のように伸びてしまう心地がした。そのとき風に乗って強烈なにおいが彼の嗅覚を襲ったのである。太郎は鼻をピクピクさせながら、非常用の階段を下りると、そのにおいと一緒に、夢見心地でどんどんと家をあとにした。鼻がむずむずと活発に動いて、自分の臭いをつけてくることも、時どき忘れていた。

太郎はかつて歩いたこともないほどの長い距離を歩き続けた。へとへとに疲れた彼がハッと気が付いたとき、あの得体の知れないにおいはどこにもなかった。あれは一体何だったのか。箱入りで育ってきた彼にはわからなかった。どうしてこんなことになってしまったのか。遠藤家を出て以来、腹の中には何も入っていなかった。

太郎の頭の中は真っ白だった。どこかの軒先で、へなへなと崩れるように眠りに落ちた。

夢の中で「こっちこっち、ぼくの家においでよ」そんな声が聞こえた。誰の声なのか、どこから聞こえてくるのか、声の主の姿を見ることはできなかった。

太郎はふらふらと起き上がると、夢遊病者のように歩き続けた。

「ぼくね、アクセルというんだよ」

そんな声が闇の中から聞こえた。

雨がひやひやと太郎の体にかかった。寒かった。足に氷の靴をはいた感覚だった。無意識に体を何度も震わせた。

「ここでしばらく休んでおいでよ。ぼくもう天国へ帰る時間なんだ」

その声が夜明け前の暗闇の中に消えると、入れ替わりに石油ストーブのにおいがした。

気が付いたら周りにいろいろな人たちがいて、なんだかんだと言っていた。立ち上がる気力もなく、またすぐに眠りに誘われた。

一日、二日じっとしていると体力も回復してきた。ここで一番偉そうな人に取り入ることが処世というものかもしれない。太郎は尻尾を右に左に動かしながら、そんなことも考えていた。

偉そうな人は優しい顔をしていた。

淡白なものばかりを食べさせられたので、油くどいものも食べたくなった。分厚い肉でもないかと思って階段を上がって台所に入ると、油のにおいがした。思わずぺろぺろと舐めてしまった。胃が焼けるように熱くなった。吐き気が強く襲ってきて、歩く度にそこらじゅうで吐いた。また寝込んでしまった。旅先で病むのは辛いものだ。

周囲の人たちの親切に甘えながら、ここを拠点として帰る道を探さなければ、と太郎は時間のある限り外へ出た。車に轢かれそうになったことも何度かあった。ボスが向かって来たが無視した。何日も手がかりがつかめない日が続いた。

来る日も来る日も、暖かい部屋で、美味しい肉を与えられ、おとうさんやおかあさんに守られて、至福の中で過ごしたわが家。

そのわが家が、彼の手の届かない宇宙の彼方へ飛んで行ってしまったように太郎には思える。

会社では朝六時半ごろ荷積みをしてトラックが出発するところだった。突然偉い人が、

「流太、おまえはオシか、いっぺん吠えてみろ」

と言った。太郎は吠えた。そのとき突然ひらめいたものがあった。西北西に進路をとれと。

彼は吠え続けた。

西の方角に歩いて行ったら、可愛い女の子が近づいて来て太郎の頭を撫でてくれた。シャンプーをしてもらってから、みんなが丁寧に太郎を扱ってくれる。彼も女の子は好きだった。わが家の方角が折角ひらめいたのに、太郎はまた道草をすることになった。

生来の呑気者なのか大器なのか、ここまできたら焦ってもしようがないのだ。出て来たついでに他の家を覗いて見るのも、世間知らずの自分には必要かもしれない。

マンションのエレベーターに乗って八階まで行った。女の子のあとから、太郎は尾っぽを振り振りついて行った。部屋へ入ったら香水の匂いがする女の人がいた。女の子の母親だ。

太郎にとっても、この匂いはとても懐かしい。わが家では食事を作ってくれたお母さんがいつもこんないい匂いをさせていた。

久しぶりに肉をたんまりごちそうになった。太郎はホームシックにかかっていた。一刻も早くわが家に帰りたかった。おとうさんの運転する車でドライブもしたい。

あまり長居をしてもと思って外へ出ようとしたけれど、ドアが閉まっていて、どこからも出るところがなかった。仕方がないから寝ることにした。いたずらに歩き回っても体力を消耗するだけだ。

翌日、紐で括られて、太郎が居候している会社へ連れて行かれた。こうして括られていると自由に行動できず、わが家が果てしなく遠くなる。あんなに近くにいたおとうさんやおかあさんが、視界を遮断されて見えなくなってしまう。

会社の人たちも良くしてくれたけれど、ここで安住してしまっては、七年もの間、自分を養ってくれた家族に申し訳ない。どんな困難が待ち構えていても、家に帰るまでは死ぬ訳にはいかない。あの家の敷居を跨ぐまでは……。

迷子札をマンションの女の子がとってしまったから、太郎も不安な思いにかられたが、すぐに新しいのを付け、紐もはずしてもらった。

彼は「ありがとう」と一声吠えたが、多分わかってもらえなかっただろう。

それにしても肉は美味しかった。一日のブランクが嗅覚を鈍らせ、本当のご主人と二度と会えなくなってはと思うと一時もグズグズしていられなかった。

暖冬とはいうけれど、師走の空は足早に暮れていった。昼間よりは夜の方が邪魔が入らなくて動きやすかった。今夜こそは何とか手がかりを見つけなければ、安心してお正月が迎えられない。広い横断歩道を一気に駆け抜けようとしたとき、真ん中付近で、突き進んで来る車に引っかけられそうになった。太郎は反射的に踏み留まった。

次から次へと溢れ出る車の洪水に、出るに出られなくなったとき、太郎は中央分離帯の植え込み伝いに歩こうとした。鼻が電線に触れたように、ビリッと痺れた。太郎自身の臭いを発見したのである。

この道は何度も来たことがあった。いつも横断歩道を向こうまで渡り切ってしまっていた。分離帯に沿って歩いていたなんて考えもしなかった。

雨や排気ガスで臭いは消されてしまったのだろうか。太郎は自分に焼きが回ってしまったのではと悔しかった。同じ道を行きつ戻りつしながら時間ばかりが過ぎていく。夜通し歩き続け、足が棒のようになってしまった。もう臭いを嗅ぎ分ける気力もなくしていた。とろけるような眠りに誘われた。夢の中でまたいつかの声が聞こえた。

「こっちへおいでよ、ぼくアクセルというんだ。君のお家へ連れて行ってあげるよ」

太郎はその声を頼りに、夢見心地で再び歩き続けた。

「ぼくね。あんまり急いで死んでしまったから、みんなにお別れする暇がなかったんだよ。だから君にしばらく、ぼくの身代わりになってもらおうと思ってね、案内したんだよ。でも、ぼくもういいんだ。君の姿を借りて、みんなにいっぱいお別れをしたんだ。ごめんね」

アクセルの声はそれっきり聞こえなくなった。太郎はどこで怪我をしたのか、足から血が出ていた。数歩歩いては足を舐め、また歩いた。太郎はとうとう気を失ってしまった。

ふと気が付くと、東の空からだんだんと日が昇って、お日様が全部顔を出した。あたりを見渡すと、自分と同じ姿をしたものが二つ並んでいた。太郎は「ワン」と吠えた。それから立て続けに吠えた。

太郎はおとうさんといつもここへ散歩に来ていた。やっと自分のテリトリーに帰って来た。氏神さんだった。太郎はうれしかった。宇宙の彼方からおとうさんやおかあさんが近づいて来たような気がした。太郎は夢中になって走った。走りながら何度も吠えた。

「帰って来たよう、帰って来たよう」

やっとわが家に辿り着いたときの感激を、太郎は一生忘れないぞ、と思った。


身元がわからないときの流太は、同じ犬でも頼りなく見えた。こうして遠藤夫妻と一緒に挨拶に来た流太は、もう流れ者の流太という名前は似つかわしくなかった。

外車にヒョイと飛び乗ると、車を取り巻く私たちに、一声「ワン」と吠えた。

堂々たる貫禄のジュライテン太郎であった。


「33ナンバーの外車が会社の前で停まったのよ、中から流太が降りて来たの、流太、いいとこの子だったわ」

コンペから帰って来た社長に私は言った。

「名前はね、ジュライテン太郎っていうの」

佳子さんがそう言って笑った。

彩鱗舞う

窓を開けると街路樹の葉が、この裏通りの路地まで風にもてあそばれて舞っていた。

水分を失った葉は、端の方を巻いてしばらく転がっていたが、やがて居場所を見つけたように次つぎと側溝に留まった。吹き溜まりになった側溝は、そこだけ黄色く彩られた。

麻子はホットカーペットのスイッチを入れて、ホームコタツの座卓に新聞を広げた。〝きょうの天気〟の欄には、雲が多く北風が吹いて寒いとあり、予想気温は最高で十度になっている。

リモコンでテレビの電源を入れたとき、電話を知らせるメロディーが鳴った。いつになくまだるい響きに聞こえた。

テレビの音を消去すると子機を取った。麻子の耳に迫力のない男の声が聞こえた。

「誰だかわかる?」

「……義兄さんじゃないの」

電話の声が微かに笑った。彼は三番目の姉和枝の夫だった。かかるはずもない人からの電話に、一瞬不安がよぎった。

「どうかしたの」

努めて明るい声を装った。しばらく間があった。

「今日、どこへも出かけない?」

控え目な男の物言いに、麻子はじれったさを抑えて子機を持ち替えた。

「出たり入ったりはするけど、予定はないの」

「いるのなら、ちょっと寄ってみようかな」

「義兄さんが」

怪訝な気持ちで問い返した。

「迷惑かな」

「そんな訳ないけど、びっくりしたわ」

「和枝、娘のところへ行って一週間ばかり帰って来ないんだ」

「奈良へ行ったのね、どうかしたの」

「孫が腎臓を患って入院したそうだ」

「ネフローゼだったわね」

「熱さえ下がれば、いつものことだから」

「何時ごろになるかしら」

「十一時ごろになると思うんだ」

「じゃ、お昼ご飯一緒にしましょうか」

「僕ね、また胃が悪くて何も受け付けないんだわ」

麻子の不安が現実的なものとなった。

「義兄さん、もともと胃が丈夫じゃないから」

修治が電話を切ってからおもむろに子機を充電台に置いた。買ったばかりの真っ赤なシクラメンが部屋の中で鈍い日射しを受けていた。

ドアを敲(たた)く音が微かに聞こえる。麻子は腰を落として、覗き窓を覆ったハンケチを上げ、ノックの相手を確かめた。それからチェーンをはずしドアを開けた。

「いらっしゃい、寒かったでしょう」

「風が冷たいわ」

そう言いながら修治は狭い三和土(たたき)に靴を脱いだ。戸惑いを見せる彼を、日当たりの良い和室へ案内した。

「一人住まいにしては広いね」

部屋を見回しながら修治は言った。

「初めてじゃないでしょ」

「入って来るのは初めてだよ、一度はドアの外で用事を済ませたから」

「そうだったかしら」

修治はホームコタツに手足を入れ肩を丸めた。体が小刻みに震えている。血の気のない顔をして、外はかなり寒かったようだ。日射しが大きく翳ってきた。風の音がJRの電車の音と混じって聞こえてくる。ガタガタとサッシの窓が鳴った。

窓にストッパーをかけると、あらゆる音がわずかに遠のいた。外の音と交替して、時計の秒針が時を刻んでいるのがはっきり聞こえる。

「珍しいこともあるものね、今日の天気じゃないけど……」

「どういう風の吹き回しって言いたいのだろう」

麻子の言葉に修治が乗った。

お茶を入れるために台所に立った。ストーブの炎が真っ赤に燃え薬缶の湯がたぎっていた。

急須でお茶を注ぎながら、距離を置いて修治を見た。

会う度に少しずつ小さくなったように見えるのは気のせいだろうか。

「何も受け付けないいんだわ」

さっきの言葉が頭から離れない。

お茶を座卓に置くと、修治がキズのある柿を五個ほど紙袋から出した。

「庭になったから、和枝いないし僕も当分食べられないし」

「……ありがとう」

柿を受け取ると台所のテーブルに置いた。

岐阜に住む従姉が、産地直送してきた富有柿が大方まだ残っていた。お金を使わない修治らしいと麻子は思った。

時折、窓越しに木枯らしが唸り声を立てる。湯がたぎり、薬缶の蓋が跳ねる音が呼応した。水をいっぱい薬缶に満たした。

部屋の温かさに顔色を持ち直した修治は、丸めていた肩をようやく落とした。

「この絵もらってきた。いいだろう」

彼は額に入った二号の絵を見せた。麻子はさっきからの違和感に救われた思いで絵を手に取った。

寒天に屹立する〈冬木立〉だった。

「有本さんの絵ね」

修治の表情が急に明るいものに変わった。

「これで十万円くらいするのかな」

「じゃ、一号五万円なの」

「いや、相場はもっとするよ……買う人がないだけのことだ」

粗く小粒な歯並みを見せて修治は笑った。

年に二回名古屋で開催される日府展を観に行くと、必ずこのような絵に出会う。有本に限らず、出品者は毎回同じような絵を出していた。名前を見なくても絵を観れば、出品者は誰か大方の見当はつく。

有本は〈朝霧〉だったり〈朝靄〉だったり、タイトルは毎回違うけれど、一様に天を突くような裸木を描いている。

一方、修治は錦鯉ばかりを出品して二十年になる。

「いつ観ても義兄さん、同じような絵を出しているのね」

麻子は過去にそんなことを言った覚えがある。

「一つのものを追求するという姿勢で、これしか描けないという訳ではない」

麻子の言葉に修治は穏やかに笑ったものだ。

「お昼ね、サンドイッチくらい食べに行きましょうよ、うどん屋さん、このあたりにないし」

気持ちがほぐれてきたところで麻子が言った。

「遠慮している訳ではないんだ」

「すぐそこよ」

「……」

修治は返事の代わりに、みぞおちのあたりをさすった。

「あまり無理に誘っても悪いし」

健康に恵まれなかった彼は、食べられないことも日常のうちだった。胃薬や喘息の薬、便秘薬など一度に腹が膨れるほど飲んでいたから、今度もそんなに深刻に考えている様子は見られなかった。

「体が悪いときに姉さんがいないなんて、心細いわね」

「うちのおかあちゃん僕に冷たいもの」

鼻にかかるような声だった。

「それは言えるわね、でも冷たいのは姉さんばかりじゃないはずよ、お互いに言い分があると思うわ」

「……」修治は黙って言葉を呑み込んだ。

「有本さんのお宅へはどうして伺ったの」

話題を前に戻した。その方が無難だ。彼にとって絵画の話は胃の活動を促すものだった。狭い部屋で今更修治夫婦の不仲を話題にしたくはなかった。麻子にとっても気が滅入る。

こんな寒い日に、体調が悪いのをおしてわざわざ名古屋へ出かけて来たのは、余程大事な用事でもあったに違いない。

「今度東海地区の会員が、日本画府を脱会して新しい会を発足させることになったんだよ」

「どうして、勿体ないじゃないの」

麻子にとっても寝耳に水であった。

「まあ、そうには違いないが……」

日本画主体の日本画府の常務理事として参画してきた修治が脱会することは、よくよくの事情があったにしてもかなり辛い決断だったに違いない。

日府展の東京での展覧会をより充実したものにするために、名古屋展を中止する方針にしたのだった。地元の日府会の会員にとって腹に据えかねることだったろう。引くに引かれぬ意地や会員の後押しもあって、有本を旗頭に東海地区独自の会を旗揚げすることになった。

絵画の世界に疎い麻子でさえ、そんな扱い方をされれば無理もないと、修治たちの立場に同情的な気持ちが湧いてくる。

「名古屋だけでも一万人の入場者があったんだ」

「そういう実績を無視されたってことね」

「三重県だけはついてこなかった」

修治は手を温めていたお茶を座卓に戻し、残念そうに言った。

「大挙して脱会されれば日本画府の理事さん方もショックでしょうね、翼がもぎとられた訳だから」

「読みが浅かったんだろうや」

「大きくなれば全体が見えなくなってしまうのよ、まあ、それなりにやっていけるでしょうけど、お互いに裏切られたって感じは残るわね」

内部事情を知らない麻子は、合わせるのに精一杯でもあった。

新しい会を設立するに当たって、会則を作ることや、会員の取り纏め、運営方針、展覧会の会場を確保すること、公募展でどの程度の作品が集まってくるか、問題が山積みで、設立準備のための雑用が、彼の肩にものしかかってきた。

それだけの体力が修治にあるのかどうか、麻子には彼の病気がわかっているだけに、前途を憂えるものがあった。

修治は知ってか知らずか、七年前、稲沢市民病院で胃がんと診断され胃の手術を受けた。主治医からあと半年の命と宣告され、その後は小康を保ちながらこれまできたのだった。

修治ががん患者であることさえ、もう遠い日のできごとのように麻子には思えた。本人が知らないことを前提に、話題にするのも避けていた。

「旗揚げまで結構大変だわ」

「それが体に障（さわ）っているんじゃないの」

「おかあちゃんには理解してもらえないし」

「姉さんも絵に対してはずいぶん頑なになっているわね」

「飯の種だから、もう少しわかってくれてもいいのに」

「それだけの理由があるんでしょ」

修治の言い分に軽く抵抗した。

「苦労させたからといっても、あいつときたら」

「ここまで評価されるようになったんだから、もう少し協力的になってもいいわね」

「絵のことになると、目の敵になるんだ」

修治の怒りが次第に増幅してくるのがわかった。

和枝は絵に対してかなり反感を持っていた。結婚当初から修治は絵の世界に没頭し、そのうえ金銭的にもゆとりのない生活をさせられてきたようだ。

「あの人はね、絵にだけは金をかけるの、絵のことになるとすぐ飛んで行くの」

麻子も和枝から長年そんな愚痴を聞かされてきた。

近ごろでは、修治と絵の話でもしようものなら、和枝はすぐに席をはずしてしまう。

荻須美術館で修治の大規模な個展〝鯉の四季を描く展〟が開催されたときですら、和枝は会場に姿を見せなかった。

「今更、あれに僕の絵を認めさせようという訳ではないが」

修治の怒りは悲しげな表情に変わった。麻子は再び有本の絵に視線を移した。

「結婚してから、一度だっておかあちゃんと一緒に出かけたことないんだ」

「知っているわ」

「どこかへ行こうと誘っても、素直についてこないしね」

「姉さんも、今更って気があると思うわ」

もう少し修治が早く気が付くべきだった。振り向いてもらえなかった歳月の長さと、和枝の乾いた心を思いやる。

「女ってねえ、心の中ではいつだって、一緒にどこかへ連れて行ってほしいと待っているのよ。

してくれない、構ってもらえないが姉さんの怨念のようになってしまったのね」

「そんなこと言ったって、絵に賭けていたんだよ」

「相手にされなくて我慢しているうちに、内向する人と、外へ出て適当に友だち作って、楽しみを見つける人とあるのじゃないかしら」

「……」

「姉さん内向的な性格でしょう、湿った火打石を擦(こす)るようなものかもしれないわね」

修治に向かって自業自得だとは言えないが、麻子もそれに近い感情を抱いていた。

「僕の口から出たなんて言わないで、麻ちゃんから誘ってもらえないかなあ、いい思い出ないんだよ、うちのやつと」

修治は今まで自分の病気に気が付いていないとばかり麻子は思い込んでいた。もしかしたら知っているのではないか、知っていないまでも、心のどこかで払拭できないものがあるのか、それとも、食べられないことで一時的に気弱になっているのだろうか。

有本の家に来たついでに麻子のアパートに立ち寄ったのも、麻子の口から姉である和枝に、修治も含めて一緒に食事などに出かけようと持ちかけてほしかったのだ。

「そこそこの年齢になったんだもの、たまにはみんなで集まって美味しいもの食べるのもいいわねえ」

「一度もなかったな、そんなこと」

「乗ってこなかった張本人は義兄さんでしょ」

思わず言葉を返してしまって、一瞬後悔したが、身内の間では、修治は冷たい人として通ってきたからだ。

「僕も仲良くやりたいよ、離婚する訳にもいかないし、どっちみち最後は面倒見てもらうことになるのだから」

「義兄さんも変わったわねえ」

「年金が入るようになってね、国民年金だから大したことないけど、半分はおかあちゃんと一緒に使ってもいいと思っているよ」

「六十一匹の錦鯉の絵があったでしょう、買い手はついたの」

「あれだけの大きな絵を売るといっても値段が折り合わないし、しかるべき先があったら寄贈したいと考えている」

還暦を過ぎたのを期して、修治が襖八枚の錦鯉の大作を日府展に出品したのは平成三年だった。

その日、愛知県美術館へ行くと、修治はロビーでくつろいでいた。誰かを待っている穏やかな視線が麻子を捉(とら)えた。彼の目に喜びの表情が漲った。

修治は席を立ち一緒に会場に入った。最初の展示室に入室すると、壁面いっぱいに群れ集う錦鯉の屏風絵が、突然目に飛び込んできた。麻子は息を呑み、目を奪われた。震えを感じて足を踏みしめた。

屏風絵は〈彩鱗四季群游(さいりんしきぐんゆう)〉と題されていた。

桜の花びらが浮いている水面に映っているのは、金のシャチをいただいた名古屋城だろうか。水中を華麗に舞い集う六十一匹の錦鯉が目にも鮮やかに描かれていた。

彼が絵の世界では、着実に階段を上り活躍していたことは、新聞や各方面の情報で知っていた。

修治夫婦の地味な私生活は、身内として付き合うのも稀で、展覧会を観に行く以外は、冠婚葬祭に顔を合わせる程度で親しい付き合いはなかった。彼がこの大作に挑んでいた時期も知らずにいた。

修治は〈彩鱗四季群游〉の前で、腕を後ろに組んで立ち、絵の仲間が撮るカメラに控えめなポーズをとった。

一世一代の華美な屏風絵の前には人の群れができた。圧倒的に観賞者の目を引きつけた。

薄い髪は後頭部まで禿げ上がって、顔の黒ずんだ植皮の痕は、むしろ芸術家としての深みを増し渋味を醸し出していた。

男にしては小柄な彼の穏やかな表情の裏には、絵に対しての執念と闘志があった。

「見事な絵だわ、制作にずいぶんかかったでしょう」

「二年くらいだなあ」

「鯉何匹いるの」

「還暦を過ぎたから六十一匹描いたんだよ」

麻子の言葉に修治は笑顔で応えた。

「還暦には間に合わなかったのね、それにしても途方もない根気がいるわねえ」

「半分は前回の展覧会に発表したんだ。繋ぐのに苦労したよ」

日府三十八回展出品〈彩鱗四季群游〉に描いた鯉の種類は初めて聞いたものだった。因みに、
変７００（７０４×１７２）

紅白（６）・真鯉（３）・金兜・大和錦（２）・藍衣（２）・丹頂・孔雀黄金・白写・百年桜・黄金写（２）・五色・銀松葉・禿白・銀昭和・丹頂三色・大正三色（４）・九紋竜・浅黄・昭和三色（２）・黄金（２）・緋影写・鹿の子三色・白別甲・黄金はりわけ・松川バケ・御殿桜・近代昭和・プラチナ紅白・緋秋翠・山吹はりわけ松葉・影五色・滝浅黄・ぶ

どう三色・プラチナ・山吹はりわけドイツ・金昭和・鹿の子紅白・落葉しぐれ・赤別甲・白影写・鹿の子黄金・緋墨流・秋翠・銀白・錦水・黄鯉

修治の穏やかで自信に満ちた笑いは、六十一匹の錦鯉の中に吸い込まれた。

鯉の鱗は一列三十六枚と聞いたが、一体どれほどの鱗を描いたというのだろうか。錦鯉の鮮やかな鱗の一枚一枚を丹念に描くほどの途方もない根気のよさは、彼に科せられた宿命との内なる闘いでもあった。

麻子は凄まじい執念を見せ付けられた思いでたじろいだ。修治に抱いてきた薄っぺらな認識が一変した。それが契機になって、麻子は修治の絵に次第に関心を深めていった。

もう一軒寄るところがあるからと、修治は渇いた唇を潤すこともなく席を立った。麻子も一緒にアパートの階段を下りた。

「体に気をつけてね」

「寒い……」

外へ出ると修治は身を縮めた。そして木枯らしが吹き荒ぶ街へ出て行った。

横断歩道を渡って行く薄い背中がさみしげで、麻子は突き上げてくるものがあった。和枝の身内で絵に対して比較的理解を持っている麻子に、何かを託しておきたい気持ちが修治の内にあったのではないか。

まさか、とは思いながら、二年の歳月を費やして完成させた〈彩鱗四季群游〉の大作を、修治にもしものことがあったときは、しかるべきところへ寄贈したいという彼の願いを、確かに聞いたことを覚えておこうと思った。

午後からスーパーへ買い物に出かけたとき風は止んでいた。木枯らしが雲を掻き消したあとに蒼穹（そうきゅう）というにふさわしい空が広がっていた。

買い物から帰って来ると、日はとっぷりと暮れていた。冴え冴えとした空に三日の月が星を抱きかかえるような格好に見えた。

麻子はしばらく足を止めて大空を見上げていた。遥かな時間が流れていく過程にあるのだ。凛とした星の輝きを見ていると、木枯らしの中へ、小柄な背を丸めて出て行った修治の姿が思い起こされ、麻子の心は重かった。

アパートへ帰ると、時計の針は午後六時を差していた。

テレビを点ける。「ちびまる子ちゃん」の軽快な音楽が流れだす。漫画が苦手な世代でも、これだけは麻子も好きな番組だった。懐かしい少女時代へと回帰させてくれる手掛かりにもなった。

「あれは修治君が小学校六年生のときだったかな」

老人が和枝に縁談を持って来たとき、母親に話していた内容を今でも覚えている。

……運動会の前日だった。足に揮発油を塗ったら足がスッと軽くなって速く走れるだろうと言って、戦時中揮発油を隠し持っていた近所の家の二階に少年たちが集まっていた。

何かの手違いがあって揮発油がこぼれ、少年たちは証拠隠滅のためマッチを摺って乾かそうとしたところ、火が走って揮発油の缶に引火した。

修治はみんな何をしているかなあ、と二階を覗いたところで爆発が起きて、事故に巻き込まれてしまったらしい。死傷者は十一人に及び、足に揮発油を塗っていた少年たち五人は亡くなったが、修治は奇跡的に助かった。彼は重体だったが、水を飲まなかったことが生死を分けたのだという。大量の輸血をし、顔や体には皮膚を移植した傷跡が残った。修治はそのために体が弱かった。母親は中学生になった彼を独り残し、食べるために再婚した。精神的にも孤独だった。絵を描くことだけが修治の心を癒した。

やがて、彼は川端龍子に師事し、青龍社展に初出品、その後構成員となって、十七年間青龍社解散まで所属したのである。

修治は七年前に胃の手術をした稲沢市民病院へは行こうとせず、近くの開業医で薬を処方してもらっていた。

彼には設立したばかりの創日会の雑多な仕事が重くのしかかっていた。それに加えて、二月に予定されている息子の結婚式も控えていた。

彼自身、市民病院で再手術と言われ身動きがとれなくなることを恐れ、意識的に回避していたとも考えられる。和枝も「私の意見なんか聞く人ではない」と投げやりだった。冷たい川が夫婦の間に横たわっていた。

年が変わって二月、長男の結婚式が慌しく行われた。花嫁は身ごもっていて、出産は九月の予定である。修治の描いた赤富士の絵が列席者に配られた。心のこもった何よりの引き出物であった。

結婚式を済ませ、肩の荷を少し下ろした修治の体調は日を追うごとに悪くなった。結局、市民病院へ診察に行き即再手術になった。

「手術はねえ、見込みがあれば時間が長いし、見込みがなければ早く終わるそうよ」

手術の前に電話してきたのは四番目の姉弥重だった。彼女は和枝と手術に立ち会うことを約束していた。

「二時間で終わったよ、やっぱり再発、あと半年だって主治医に言われたの」

「前にも半年だって言われたでしょう」

半年が何年も延びることを期待したい気持ちを弥重にぶつけた。

「あれは奇跡みたいなものだって」

テレビは国府宮の裸祭りで、裸男が揉み合う勇壮な姿を映し出している。修治はその近くの市民病院で呻吟（しんぎん）していた。

再手術はしたものの、がん細胞は胃から腸全体に転移しており、手がつけられない状態だったらしい。主治医は差し当たり、食べ物を受け付けるだけの手術を施した。

「手術しなかったらどうなったのですか」

「一カ月ともたなかったでしょう」

弥重の質問に、主治医はそう応えたという。

一週間後、麻子は修治を見舞った。再手術をしたことで彼は胃がんと知り、打ちのめされているのではないか。

麻子の心配をよそに、修治は日当たりの良い六人部屋の中央のベッドに体を預け、結婚したばかりの息子夫婦と和やかな雰囲気の中にいた。

どのようにして自分を律しているかと思われるほど、安らかな表情をしていた。

麻子は新婚夫婦と入れ替わりにベッドに近寄った。

「退院したら黄金の鯉を描いてね、友だちに頼まれたの、鯉の頭は左向きにお願いしますって」

病気にわざと触れないようにした。絵の話題は彼にとって心地よく、一時的でも回復力を早めてくれる。錦鯉は縁起もので、玄関から奥へ入るように鯉が頭を向けていた方が喜ばれる。友人の苑子は修治の絵を以前にも買ってくれた。

バブル時代はどんな絵でも売れたというが、湾岸戦争のあと、バブルがはじけてからは、彼の絵もあまり売れなくなっている。

失意のときに、黄金の鯉の注文があれば、修治の励みにもなると、思いやりの深い苑子は考え、彼の才能を惜しんで注文してくれたに違いなかった。

修治は普通の患者と同じように退院した。抗がん剤治療をしている様子はなかった。抗がん剤を打っていれば、確実に自分の病名を知り得たかもしれない。

彼はどこまで本当のことを知っているのか憶測するだけだった。みんな不自然なほど、がんという言葉を避けていた。絵に賭けているのなら、自分の命の時間を知ってほしい。知るべきだと思った。

人は誰でも思い半ばで人生の終焉を迎えてしまうことになるが、とりわけ修治においては、万が一のときに、描きためた絵はどうしたら良いか、自分の意思を明確にしておく必要があった。

修治は行動できなかった期間を取り戻すように、絵の世界で積極的に活動し始めていた。

「義兄さん、その後どう」

「知らないわ、絵の会にはよく出て行くから大丈夫でしょ」

電話をかけると、和枝は相変わらず含みを持たせた物言いをする。彼の病気など自分に関係ないとも受け取れる。麻子はそっと受話器を下ろした。

梅雨に入っても一向に雨が降らず、ダムが干上がり、唯ごとではない夏を予感させた。時折かける見舞いの電話で、黄金の鯉が描けている、と修治は言った。

日曜日の午後、弥重の夫である浩史の運転で、修治を見舞いながら絵を受け取りに出かけた。車のウインド越しに照り付ける日射しは厳しく、助手席に座っている弥重は、スカーフを左側のウインドに挟んで日射しを和らげ、麻子は運転席の後ろに逃げた。

信号待ちの度に一層不快を覚える熱波に、出かけて来たことを悔いた。

「うちのミーコだけど」

「猫ちゃん、どうかしたの」

「朝からバルサン焚いてダニ退治をしたの、居場所がないからミーちゃん籠に入れて、この車に乗せて買い物に出たんだわね。駐車場に帰って来たら、ミーコ死にそうになっていたの」

「車に置き去りにしたってこと」

「ほんの二、三十分だったけど、車の中は物凄い暑さになっていて」

「脱水症状を起こしたのね」

「あと十分遅かったら死んでたわ、もう、ごめんね、ごめんねって必死だった。あのまま死んでしまったらどんなにか後味が悪いかしら」

「元気になったの」

「何とか持ち直したけど」

「もの言わないから余計気を付けてやらないとね」

「猫でもあんなに苦しむんだもの、パチンコに夢中になって幼児が車の中で脱水症状で死んだりするでしょう、ああ、こんなふうに苦しむのかしらと思ったらゾッとしたわ」

猫がのた打ち回る光景を思い出したのか、弥重は汗を拭っていた。

修治の家は一階部分が文房具店になっていて、錆付いたシャッターが下りていた。人ひとり通れるほどの路地には湿った土の上に苔が生えていた。体を狭めて路地を通り裏へ回ると、使われていない古井戸が蓋を閉められたままになっていた。外用の流しもあって、そこに洗濯機が置いてある。

母屋と離れの間の中庭は、植木も暑さに生気がなく、あたりに転がった植木鉢からは、雑草が横に伸び放題になっている。

「こんにちは」

裏口から中へ入ると和枝は台所で洗い物をしていた。掛けてあったタオルで手を拭い、少し間をおいてから、

「来たの……」と言った。

時代遅れの扇風機が首を振っている。素早く冷たいものを用意するとか、そんな気配りは期待できない人だった。

元もとそういう性格なのか、それとも修治との結婚生活の中で、すべてに対して励みをなくしてしまったのか。内に閉じこもり前向きに行動を起こせないのだ。

階段のきしむ音がした。話声が聞こえたのか修治は二階のアトリエから下りて来た。

「元気そうね」

弥重の言葉に修治は、

「まあこんなもんだわ、ぼつぼつやって七十歳まで生きればいいのだから」

暑さに挑む体力もなく、生気が衰えた顔をしていた。「治った」と思っているのだろうか。食欲がない、戻す、つかえるという自覚症状があって、手術となれば真っ先にがんを疑うはずなのに、これだけ繰り返し辛い思いをしながら、まだがんと気が付かないのだろうか。それと

も自分に限っての思いが強いのか。

もし、がんだったら、言ってほしいか、それとも言ってほしくないか、何でもないときに和枝がきくと、修治は断固として「言ってほしくない」と応えたと言う。

「黄金の鯉、描いてくれたの」

「持って来るわ」

修治は再びアトリエに上がり、額に入った黄金の鯉を二枚持って現われた。

彼は黄金の鯉の絵を壁にもたせかけた。麻子は腑に落ちない顔で修治を見た。

「……」奇妙な空気が漂った。

「これ、両方ともまだ色塗るのでしょう」

屈託がないのか、辛辣なのか、それとも本当にそう思ったのだろうか、弥重が口火を切った。

「まあこれだけのものだわ」

修治は苦笑いを浮かべた。

嘘でしょう。心の中でそう言いながら麻子は急激に疲れを覚えた。麻子の部屋にかけてある鯉の絵は、背景の石の苔など写真かと思われるほど精緻に描かれているし、苑子が以前小規模展で気に入って買ってくれたのもそうだった。

鯉は一匹だとバックに時間をかけるけど、二匹になるとその分バックに時間をかけない。と修治から聞いたことがあった。プロとして一枚の制作時間が決まっているらしい。

それにしても、注文した黄金の鯉は一匹なのに、黄金に輝やいていないし、背景も通り一遍といった手抜き作品に思える。展覧会の出品作品は、時間など抜きにして自分に納得できるまで手を入れるのに、これをどう解釈したらいいのだろう。

「鯉、活き活きしてないよ、もう少し色濃くした方がいいと違うの」

弥重に再び言われて、

「だって描けないもん」

修治の投げやりな言葉に、病気のせいでもう描けなくなってしまったのかと麻子は落胆した。

「気に入らなければ買わなくていいよ」

プライドを傷つけられたのだろう。麻子たちよりももっと気に入らないのは、画家としての彼自身ではないか。

修治を見舞うつもりが、よそよそしい雰囲気を残したまま帰ることになった。和枝は終始絵の話に入ってこなかった。

浩史は、洗車してからしばらく車の中でクーラーをかけて眠っていたが、ドアを敲かれるとびっくりして起き上がった。

弥重は助手席に座り、麻子は絵を持って後ろの席に座った。

苑子にこの絵を持って行けば、文句も言わず、むしろ賞賛して買い取ってくれるに違いなかった。そういう彼女の性格を知っているので尚更できなかった。

病気だからといって描けない訳ではないはずだ。ショールームで開催する小規模の個展に向けて、何枚か描かなければならないので、片手間に描いたとすら思えた。

苑子に合わせる顔がなかった。

「黄金の鯉は諦（あきら）めてね」

逡巡の末、苑子に思い切って言った。

「描いてもらったけど、鯉まるで生彩がないの」

「そんなことないでしょう」

苑子は浮かぬ顔をしていた。

「義兄は手術をしたあとだから絵に力が入らないの、がっかりしたわ」

「そうだったとしたらお義兄さん可哀想、でも黄金の鯉は私がお願いしたのだから、良くも悪くも私がいただきます」

彼女は眼鏡をはずし、ハンケチでレンズを拭いながら言った。

「それはいいの……」

彼女を得心させる言葉が見つからない。それかと言って自分が買い取ったとは尚更言えない。

「病気だからって、あんな絵を描いていては駄目よ」

「それはいけないって、義兄さん折角描いてくださったんですもの」

麻子は言葉に詰まって、手を左右に動かしてひたすら固辞した。納得できない不明瞭なものを苑子の心に残したまま話題を変えた。

修治が退院してから、すでに半年が過ぎようとしていた。気象庁の長期予報がはずれ、猛暑が続き雨は記録的に降らなかった。

ポリタンクを持ち、給水車に並ぶ人びとがテレビに映し出され、木曽川水系の名古屋でも節水を呼びかけられた。

蝉は早朝から夜中まで、狂ったように鳴き叫んだ。真夏の太陽にそむけた顔に、アスファルトの道路からは蒸せ返るような熱気が襲った。

中央分離帯のサツキは、ほとんど枯れ果てて引き抜かれ、街路樹も生きとし生けるもの、すべてが日干しになってしまうような夏だった。

「義兄さん、あの絵やっぱり他の絵と替えてね」

麻子がいらいらとしてそんな電話をかけたのも暑さのせいかもしれなかった。

「残っている絵のどれでもいいの」

「……」

「義兄さん、あんな見事な絵を描いていたのに病気のせいなのね」

素人の麻子にそんなふうに言われる修治が気の毒だったが、あの活力の乏しい鯉の絵を手元に置くことも辛かった。

修治に生命力を吹き込んでくれることを願って頼んだ黄金の鯉が、却って自信喪失を招いてしまうような結果になるのを恐れた。別のものと取り替えてくれるようにと約束を取り付けたものの、いざとなると拘る心が億劫にさせていた。

修治との間で絵について触れなくなったのは、そのことが引き金だった。

余命半年と宣告されながら、その半年が過ぎても和枝は一向に心構えをしている様子はない。そして麻子たちはもっと実感してはいなかった。

「奇跡が起きてくれないかしら」

泣き顔を見せた手術後の緊張感が薄らいでいき、和枝は修治と顔を合わせれば、どこかつっけんどんな物言いをし、傍らにいる者をハラハラさせた。

外へ出れば、〝先生〟と厚くもてなしを受けながら、家庭に入れば、修治は貧乏絵描きにすぎなかった。はやらない文房具店の主人であった。

二足の草鞋はどちらも実入りの少ないもので、陳列された文房具の上は埃がかぶり、触ると手が汚れた。

和枝は店には関わらないと宣言し、離れで内職をしていた。三十何年かの結婚生活で、すべてにおいてひもじい思いをしてきた。ストレスがこうじて、彼女を神経症にさせていた。会えば人の心を憂鬱にさせる暗さを持っていた。修治にとっても居心地の良い家庭ではなかった。その分絵の世界に埋没し、錦鯉の絵の中にこそ彼の生きる世界があった。

一月十七日の未明、突然ドンと突き上げる衝撃を受けた。地震だと思って目が覚めた。物が落下するのを恐れ体を横に移動させた。意外に大きな揺れだった。揺れは一回だけで納まった。麻子はホッとして再び眠りについた。

朝七時のニュースでは、近畿地方で地震があったことを伝えていた。そのまま会社へ出勤した。

お昼の休憩時間にテレビを見て、神戸を中心とした阪神地方に大地震が襲ったことを知り驚愕した。

家屋や建物が倒壊し火災が追い打ちをかけた。犠牲者は刻々と増え、遂に六千人以上に達した。阪神淡路大震災と名付けられた。テレビは震災地の焼け跡を映し出していた。火災が満月を真っ赤に染めていた。

テレビも震災一色だった。家族を失い震災の焼け跡に佇んで途方に暮れる女性の姿が新聞に載り、人びとの心に惨状を強く訴えていた。

ボランティアが各地から集まり、義援金を寄せる人びとの名前は新聞のページを増大させた。

震災の記憶も生々しい三月二十日。

「東京の地下鉄で次つぎ人が倒れているらしいね」

そんな情報を勤め先へ持ち込んだのは銀行の得意先係だった。オウム真理教が地下鉄にサリンを撒いたのだ。

その事件が発端となり、武装集団と化していたオウム真理教の幹部は次つぎと逮捕され、教組麻原彰晃の行方を追った。

教組逮捕に至るまでマスコミはこのニュースで持ち切りとなり、阪神淡路大震災は報道の片隅へと追いやられた。

人びとは好奇な目で事件の成り行きを見守った。年が明けて半年に至る間、麻子もほとんどテレビや新聞に釘付けになっていた。

この年は、阪神淡路大震災、オウム真理教事件と二つの大きなニュースが日本を震撼させた。

修治の闘病生活も長くなり、そのニュースの合間を縫ってちらっと脳裏を掠めるといった程度にすぎなかった。

本当に暑い夏だった。蝉が異常発生し、至るところで蝉の死骸が転がっていた。

お盆を過ぎればいつもの年なら、油蝉に替わってつくつく法師が鳴き始める。日が少し短くなりかけた夕方、秋風が様子を窺うように肌を掠める。そこに人の気配を感じて、ふと立ち止まったりするのも、秋を告げる移動性高気圧の仕業であった。が、九月に入っても、そよとも秋の気配を感ずることはなかった。

延々と続く猛暑に、自然は四季の移り変わりを忘れてしまったのではないかしらと思わせた。太平洋高気圧が日本列島に張り巡らし、一向に衰える気配を見せなかった。

「本当に秋って来るかしら」

時間が過ぎても、一向にやって来ない恋人を待つような気持ちで、麻子はねっとりと首にまとわりついた後れ毛を掻き上げた。世紀末を思わせるような何もかもが異常な年だった。


「修治さん、やっぱり調子悪そうよ」

弥重から電話がかかってきたのは丁度そんなころだった。

二回目の手術で半年と言われてから、すでに一年半が経過している。修治は虚弱体質だから、がんも老人並みに進行しないに違いない。彼の希望どおり七十歳までかろうじて命を繋いでいけるのではないかと楽観していたところもあって、麻子も多少胸に堪えるものがあった。

「一度様子を見に行った方がいいわね」

弥重の言葉にも麻子は「そうね」と気乗りのない返事をしていた。

矢合観音の参道で、弥重はよもぎ餅を買い、麻子はみたらし団子を買って修治の家に向かった。いつも弥重の夫浩史が運転手役である。

父親の衰弱が目立つ家に、昨年結婚した息子夫婦が同居し始めた。若い夫婦と新しい命が入ったことで、衰退よりも生命の息吹きが感じられ救われる思いがする。一歳になる女の子が両手でバランスをとり、覚束なく歩き始めては転びそうになるのを、若い母親が何度も受け止めていた。

女の子は歩くのがうれしくて、すぐ母親の元を離れよちよちと歩きかけるが、数歩歩くのが限界で誰かの手の中へ倒れ込む。どっと歓声が湧き上がる。

前の歯が二本生えかけたのも愛らしく、大人たちの目を楽しませ愛嬌を振りまいていた。

キュルキュルと階段が鳴る。修治はそんな賑やかな声に誘われて、二階のアトリエから下りて来た。

彼は一メートルくらい先で腰をかがめ、両手を出して「おいで、おいで」と言い、やっと辿り着いた孫を掬（すく）いとるように手で支えると、危なげに抱き上げた。

麻子が初めて見る峰山家の団欒だ。この子はおじいちゃんのことを覚えてはいないだろう。

今までに見たことのない修治の一面だった。しかし、その顔は肉がそがれたように痩せ細っていた。

「痩せたねえ、義兄さん」

弥重が思わず口にした。

「十キロ減ったわ」

修治は力なく応えた。植皮した手が枯れ枝に見えた。

「体の具合はどう」

麻子は恐る恐る言葉をかけた。

「自信がなくなったわ、食べられないから力が入らないし」

「この暑さだもの、健康な人だって食欲が落ちるわ、涼しくなったらきっと食べられるようになるよ」

麻子がそう言うか言わないうちに修治はよもぎ餅を一つ食べ、口に入っているうちに、みたらし団子を手に取った。

「食べられるじゃないの」

びっくりして弥重が言った。

「私だってよもぎ餅一つ食べられないのに」

麻子もあっけにとられた。

「こういうものなら食べられるけど、食事ができんのだわ」

修治が力なく笑った。

「勝手な胃ねえ」

弥重も救われたように笑いで応えた。

「間食だったらするんだわ、この人」

和枝の言葉は、その場に一瞬気まずい雰囲気を漂わせた。

修治のあまりの痩せようは、見舞った彼女たちをも打ちのめし、別れが近いことを思わせた。

浩史が待ち時間を利用して、たった今磨いたばかりのメタリックのカムリに二人は乗り込んだ。修治と和枝、それに幼子を抱いた若い母親が見送りに出て来た。幼子の手をとってバイバイさせている。

人生という登山を、終わってきた者と、これから始まる者とがすれ違うような光景を見ながら帰って来た。


秋の彼岸も過ぎると、執拗な暑さも高い空に吸収されていくようになった。移動性高気圧が勢力を得て、一気に太平洋高気圧を押し退けた。少なくともこの年に限って、夏と秋が同居しながら徐々に夏が身を引いたというものではなかった。

昨日までは夏、今日からは秋、まるで大晦日から元旦に年が変わるようにはっきりと季節が移った。

空には鰯雲が広がりさわやかな秋空になった、麻子の細い腕に半袖の夏服は涼しすぎた。窓辺に置かれたサマーベッドやイグサの上敷きが冷たくよそよそしく目に映った。あの猛暑が信じられなかった。必ず終わりがあることを教えてくれた長い夏の幕引きでもあった。

修治はあれから二週間後にやはり入院した。あのときを境に全く食べられなくなった。よもぎ餅やみたらし団子を食べたのは、がんが彼に示した最後の譲歩だった。

絵に対する執念が生きることへの意欲に繋がり、彼は食べる努力をしたが、体の隅々まで転移したがんは食道を圧迫し、重湯さえも受け付けなかった。

「どうする、あと一カ月だって」

またしても弥重が電話をかけてきたのは、九月のカレンダーを捲った直後だった。来るべきときが来た。絵一筋に支えられた精神力も遂に限界だと思わなければならなかった。

次の日曜日、浩史の車に弥重と麻子が乗り込んだ。病院へ修治を見舞う前に家の方へ寄った。生きて帰ることはない修治のアトリエを見に二階へ上がった。

主のいないアトリエは雑然としていた。床に零(こぼ)れた絵の具のシミが、長い年月修治がここに座り続けていたことを語っていた。

暑くてもクーラーさえ付けず、店にたまさかの客があれば二階のアトリエから階段を駆け下り、客が帰ればまた黙々と絵筆を持つ。

絵に無頓着な和枝が、安く処分しかねないことを考えると、少しでも自分自身の手元へ置きたいと思ったからだ。麻子は十号の絵を三枚買い、弥重も色紙を二枚買うことにして売却済みの紙を貼った。

和枝に黄金の鯉の経緯を話し、修治に他の絵と替えてもらえるよう頼んであると伝えると、和枝はビニール袋に入れたまま、無造作に何枚も立てかけてある絵の中から、

「どれでもいいから、選んで持っていったら」

抵抗もなく言う。

「いいの?」麻子は尋ねた。

「もう帰って来ることないもの、帰って来たって、本人も覚えていないしね」

生還できないにしても、修治に無断で絵を持って来ることに抵抗があった。しかし、彼の絵を自分の手元に少しでも、そう思うことが多少でも後ろめたさを救った。

市民病院は車で十分とかからない距離だった。病室に修治を見舞うと、彼は大部屋の隅の低いベッドに横たわっていた。周りはカーテンで仕切られ、ドアに面した部分を少しだけ開けていた。

その瞬間息を呑んだ。修治は起き上がる元気はなく、入院してから点滴だけで余命を繋いでいた。顔は最早この世の人とも思われない。口中や口の周辺は黒いカサブタが覆っている。もう何日も口から食べ物を入れなかったのだろう。口を開くと錆付いて使われていない蛇口を連想させた。

弥重が前に出た。次に麻子がいて後ろに浩史が立っている。丁度一列に並んだ格好だ。一人で見舞いに来ていたら思わず後退りしかねなかった。

がんというおぞましい物の怪が、自分の勢力を拡大するために、脂肪という脂肪を根こそぎ吸い取ってしまったかに見えた。吸い尽くしてしまったあとは、がん自身の存在する肉体が消滅するというのに、あとに引くことをしない。

何とか折り合いをつけて、お互いが生存の方向へ持っていこうとする妥協はもう残されていない。ほんの少しも残されていなかった。

修治の肉体はがんに占領されてしまっていた。がんも勝利宣言したあとは滅びる道しかない。穴のあいた船にひたひたと水が浸入し、遂に船を沈没させてしまう。修治の肉体は沈没寸前の船にも見えた。

三人はしばらく何もいう言葉がなかった。それでも、弥重が枕元に歩み寄って、

「早く元気になってよね」

その言葉が陰気な病室に、却ってそらぞらしく響くばかりだった。修治はカサブタが覆っている口をわずかに開け、何かを考えるふうであったが、

「どっちみち、このままではいかんから」

小さく吐いた言葉は、自分への確認の言葉だったのだろうか。それっきり黙ってしまった。歯には得体の知れないお歯黒のようなものが付着していた。

「でも、すぐ病院出られないようなら……」

弥重はあとの言葉に詰まっていた。

「姉さんにいろいろなこと教えてやった方が」

何も知らされていない和枝に、店のことや預金のことなどを言い置いてやってほしいと言っているのだ。

「義兄さん、退院したらまた絵描いてよね……私に何かやってほしいことがあったら言って」

麻子の言葉に修治は応えなかった。背後には彼岸への川が横たわっていた。ジリジリと追い詰められている。絶体絶命であってもまだ逃げ道を信じていた。しかしその目はぞっとするほど冷たく麻子に注がれた。

入院して自由な身でないのだから、役に立てることがあったら遠慮なく言ってほしいという言葉の裏に、絵のことで言い残しておきたいことがあったら、私がやってあげるのにという思

いが隠されていた。

修治の願いをききだすのに、持って回った言い方をしなければならない麻子自身の辛さがあった。

何とか生命をこの世に繋ぎたい修治には、冷酷な言葉でしかなかった。黄金の絵の経緯がずっと尾を引いていたような冷たい目にも思えた。

たとえお金を支払ったとしても、修治の了解もなく、彼の死を前提として鯉の絵を持って来たという心の痛みがそう思わせたのかもしれない。

三十年以上も身内として生きてきても、和枝と同じように、また彼女たちも修治の温かさに触れたことはなかった。

所詮、絵に理解を持たない和枝の身内でしかないのだろうか。

「また来るね、お大事にね……」

そう言って病室を出て来たものの、いたたまれずに逃げて来たのだった。三人は黙って通路を歩きエレベーターに乗った。

「悪いけど、気分悪くなったわ」

弥重が顔を顰めている。

彼女はこれまで和枝に電話をかけ、泣き言のひとつも聞いてやっていた。姉妹として同情的な面が多分にあって、修治には批判的な目を向けてきた。麻子の目には、弥重が修治を見舞うのも義務的に見えていた。

麻子も弥重の家族ならこんな冷静な気持ちではいられないはずだと思いながら、やはり義兄が一人欠けてしまうだろう現実はさみしかった。

かつて、麻子たちの父親が胃がんで死んだ。五十三歳だった。痛みとの壮絶な闘いの中で、あと五年生きたいと絶叫した。

「いい父ちゃんになるから、あと五年生かしてくれ」

そう言っていたが、遂に息を引き取った。

修治もまた、あと五年生きたいを繰り返した。人間は生命のぎりぎりの期限に立たされたとき、誰でもあと五年生きたいと言う。

五年あれば人生の採算を合わせるのに何とかなるのか、それとも、延命を願う最小限の期限なのか、人はみな死を前にして、あと五年生かしてほしいと願う。

休日の市民病院は外来もなく静かだった。エレベーターを降り、黄色い線を辿って進むと玄関へ出た。

浩史が駐車場へ走り車を運転して来た。麻子はドアを開けて後部座席へ座り、弥重は助手席へ小柄な体を沈めた。

ワイパーが緩慢に作動し始めた。フロントガラスに雨足がぶつかる間隔が段々と速くなる。予期せぬ雨だった。

流れるように雨が落ちるとワイパーは動きを加速した。雨とワイパーの戦いだった。

雨足の激しさの中で、この世を去って行かなければならない人のさみしさを思った。人間の末路を真正面に突きつけられて麻子は後退りし、吐き気がしてきた。

修治の幽鬼のような表情がフロントガラスに映り、ワイパーが掻き消した。後ろに大きなものを背負っていた。遠い昔同じようなことがあった。

三十数年前、母が高野山参拝の帰途、脳卒中を起こしてバスの中で倒れた。入院の準備を整えて麻子たちが駆け付けたとき、

「かあちゃん、ようなかったんやで」

付き添っていた近所のおばあさんが言った。母の顔には白い布が被せられていた。

死体運搬車に遺体を乗せて帰って来たのは真夜中だった。関ヶ原の山間部を抜けるとき、急に驟雨に見舞われた。フロントガラスに母の顔が映った。雨でびっしょり濡れた母の顔をワイパーが音を立てながら掻き消した、

そして今、消しても消してもフロントガラスに覆いかぶさる修治の顔がまるで金太郎飴のように不気味だった。

あと半年の余命と言われながら、一回目の手術のときは七年持った。再手術のときも半年と言われて一年半が経過している。

今度は一カ月と宣告されたものの、今年いっぱい持ち堪えるのではないかしら、修治を見舞ってから時間が経つにしたがって少しずつではあったが、切迫感が遠のいていった。生命力が強い人だと思うことで現実から逃げた。

修治が小学生のころ、小さな体で火魔と闘い、闘い抜いて生き残った生命は半端なものではない。幾たびも奇跡を呼び起こすことが可能かもしれない。

運命に大きな貸しを与えた人だったから、修治が望む七十歳までは、何とかその代償で生かされるみたいな、漠然とした安心感と不安感が麻子の中で同居していた。

修治を見舞ったあくる日、麻子が職場から帰って来たのは七時半を過ぎていた。テレビをつけるとニュース番組が終わり、明日は秋晴れが期待できると気象予報士は天気図を辿りながら伝えていた。

電話が鳴った。テレビの音声を消去し、受話器を取った。

「ちょっと、聞いた?」

弥重の切迫した声を聞いた途端、修治の身に何か起きたことを直感した。

「義兄さん、今日病院で転んでね、容態が急変したの、あと二、三日だって」

麻子は心の用意ができていなかった。まだ高を括っていたところがあった。突然胸に大きな荷物を投げつけられたような衝撃だった。

修治は早く元気になりたい一心で、歩行の練習をしていたものか、それともトイレにでも行こうとしたのか、倒れたとき全身に巣食っていたがんが潰れたような状態になって、呼吸困難に陥ったのではないか。弥重は想像を加えて麻子に伝えた。

電話を切ると追いかけるようにまた電話が鳴った。今度は修治の長女からだ。

「叔母さん、お父さんもう駄目なんだわ。私今から病院へ行きますから、みなさんに連絡取ってください」

「私もすぐ駆け付けるからしっかりするのよ」

言い終わらないうちに電話は切れた。

緊急を告げる姪の物言いはどことなく他人行儀なものだった。叔母と姪という親近感を拒絶するような慌しさだった。姪も自宅がある奈良から駆け付けて来たからだ。

静止していた池の鯉が一斉に激しく泳ぎだした。麻子は呼吸を整えると受話器を取った。

プッシュホンを忙しく押した。弥重が慌しく受話器を取る様子が伝わってくる。

「義兄さん危篤だって、私今から行こうと思うの」

「私も行った方がいいかしら」

「向こうにも家族がいるから、行かなくても」

麻子は心を急かせながら言った。

「あんた何で行くの」

「何で行くって、お別れだからよ」

「そんなこと言ってないでしょう、足のことよ」

「しょうがないからタクシー飛ばすわ」

麻子が言うと、

「ちょっと待って」

向こうで遣り取りしている声が受話器を通して聞こえてくる。

「うちの人も行くというから、ここまで来て」

麻子は表通りでタクシーを拾った。

「中村、大門に向かって」

緊張感で口の中が渇いていた。

花の金曜日、栄周辺は渋滞しきっていて、タクシーは徐行運転を繰り返していた。こんなときに、という気持ちが苛立ちを募らせた。

「義兄が危篤なの」

どうしようもないと思いながら麻子は運転手に訴えた。運転手は無言で急遽迂回した。何か言ったかもしれないが聞き取れなかった。どちらに行っても渋滞は緩和することなくタクシーのメーターだけが上がっていった。

もう間に合わないだろうか。修治に生きて会うことはできないだろうか。彼に言わなければいけないことがあった。

麻子は奈落の底からせり上がってきた一つの言葉を心の中で言った。いまわの際に聞かせてやりたかった。

修治が一生かけて地道に描き続けてきた錦鯉の絵を、和枝は多分雑に処分してしまうに違いない。守ってやらなければならなかった。

「義兄さんの絵は、私が必ず守るから」

心の中で何度も繰り返した。

人間というものは、いや私という人間は、こんなに差し迫らなければ大切な言葉が言えないのか、麻子は自分自身を責めていた。

修治が一年前麻子のアパートに立ち寄ったとき、その一言を聞かせてやっていたら彼もどんなにか喜んだかもしれない。

心を開いて麻子に、自分の絵に対する思いをもっと切実に語ったかもしれない。

その後も言える機会は度たびあった。私ばかりではない。誰だって現実に直面しなければ……心中せめぎあうものがあった。

弥重たちが住む市営住宅でタクシーを降りた。今度は待機していた浩史の運転で修治が最後のときを迎えようとしている稲沢市民病院へ急いだ。

いつもの道とは違っていた。夜の堤防沿いは暗かった。浩史は焦って近道をしようと思ったのか、道を間違えたらしく舌打ちをしている。焦れば焦るほど道はわからなくなってしまったらしい。

「知ってる道にしなさいよ」

弥重が堪(こら)えかねて言った。

堤防の街路灯の下で浩史はUターンする。運転を誤れば川の中へ真っ逆さまである。間に合うだろうか、間に合わないかもしれない。麻子は怖さを噛み殺していた。

「義兄さん、義兄さんの絵は私が守るからね」

最早、この世にいないかもしれない修治に向かって無言の言葉を闇に投げかけた。

「急がなくてもいいよ」

弥重が助手席から、今度は穏やかに安全運転を促した。

車を降りると昨日来たばかりの病室へ慌しく駆け付ける。

そこには修治の名札はかかっていなかった。三人は無言で顔を見合わせる。遅かったのか。

「家に帰ったのかしら」

弥重の声が背中に聞こえた。麻子はナースセンターへ走った。若い看護婦が愛想よく反対側の通路の方へ左手を差し出した。間に合ったのだ。暗い通路に足音を忍ばせて三人は急いだ。ドアを開けた。空気が一変した。三人は思わず息を呑んだ。そこにはかつて見たこともない地獄の絵図が展開されていた。修治の運命の刻が迫っていた。

傾斜したベッドに横たわっている修治の顔は入口の方へ向けられていた。白目をむいて、最早瞳孔が開いてしまったのだろうか。凄まじいほど速い呼吸は、今しも止まるかと思われた。もうどんな治療をもってしても、修治をこの世に引き戻すことはできない。この世とあの世の綱引きに完全に勝負がついてしまっていた。

身内の者がベッドを囲んでいた。むごい。麻子は目を背ける。酸素吸入器は修治によって無意識にはずされ、医師や看護婦はそれを再び装着しようとはしなかった。

ときどき修治の名前を大きく呼ぶ看護婦も、発車のベルが鳴り続けたまま立ち往生している列車に、どう対処していいのか、腕をこまねいている様子である。

麻子は修治の耳元に恐る恐る顔を近づけ、

「義兄さん、義兄さんの絵は私が守るからね」

それが言いたさに駆け付けてきた麻子であったが、この差し迫った状況の中で、言葉は空しく跳ね返ってきた。

「義兄さん、聞こえたの？」

麻子は繰り返し言った。断末魔の喘ぎの中にいる修治に届くはずもなかった。

「まあいいわ」

和枝が麻子を制止した。この期に及んでも、なお絵という言葉に対しての反発なのか、言っても無駄だということか、少なくとも麻子が出る幕ではなかったのだ。麻子は気まずい思いで引き下がった。

大勢でベッドを取り囲んで、修治が苦しい息を引き取るのを待っているのだった。

一体みんなどうしてこんなところに集まって待っているのか、今更ながら不思議で残酷な光景に思われた。

旅立ちのベルは故障したように鳴り響いたままだった。

「早く発車させて」

麻子は心の中で叫んでいた。

一刻も早くベルが止んで、あの世へと旅立ってほしかった。無益な苦しみをいつまで続けさせるのか。動物でさえ死に様は見せないというのに、かつてこれほど苦しい形相の臨終を見たことがなかった。

壮絶な死との闘いだった。いや闘いではない。もう死を許容しているのに、生から死への橋渡しがうまくできないのだ。修治はがん特有の痛みを訴えたことはなかったが、呼吸不全を起こしていたのである。

鬼気迫る形相が麻子の脳裏に刻印を打った。そこには六十一匹の錦鯉を描き、愛知県美術館の壁面いっぱいに飾って会場を沸かせたり、荻須美術館で個展の成功を納めたり、稲沢市から文化功労賞を受けた画家峰山修治としての尊厳は失われていた。

絶え間のない苦悶が長く続いた。それが麻子の目には生への執着の凄まじさに見えた。

修治の臨終に立ち会うためにみんな無表情で突っ立っていた。無表情というよりも恐ろしさに顔色を失っていた。

けたたましく鳴り続ける旅立ちのベル。

ホームで見送る有縁の人びと。

旅立ちのベルは鳴り止まない。

零時を過ぎた病棟は寝静まっていた。旅立ちのベルがあまりにも長く、見送り損ねてしまったという不謹慎な気持ちを抱いて、三人は修治の家族だけを残して帰途に着いた。

麻子は弥重の自宅へ立ち寄った。

人のいる賑やかな部屋で、修治の亡霊を払拭し気持ちを切り替えなければ自分の部屋へ戻れない。わけても麻子の部屋には、修治が描いた錦鯉の絵がいくつもかかっていた。

弥重の長男長女も電気を点けたまま起きていた。交流の少ないとはいえ、義伯父の死を前にして平静ではいられなかったのだろう。

午前一時を過ぎてアパートへ帰った。部屋には修治が描いた錦鯉が何匹も泳いでいる。麻子はあかあかと電気を点けて錦鯉から目をそらし、寝室だけは豆電球にして精神安定剤を服用した。目を閉じた闇の世界で、六十一匹の錦鯉が人魚のように舞っていた。どの鯉も豊満、艶麗、格調、雅を競っていた。

修治は絵筆をタクトのように振りながら、いつしか華麗に舞う六十一匹の錦鯉を操っていた。彼は自分の描いた錦鯉の舞いに酔いしれていた。恍惚の表情で舞台に立っていた。絵筆を一振りすると、錦鯉は飛天のように舞い、更に一振りすると錦鯉の群れは絵筆の中に吸収された。錦鯉は修治の振るタクトから、まるで舞台に登場するかのように次つぎと出て行って華麗な舞いを繰り広げる。

修治が操る絵筆の指揮棒は、いつしか変幻自在の金剛杵に変わっていた。〈彩鱗四季群游〉の屏風絵は華美でもくどくはなかった。彼は生涯縁が薄かった豊饒と贅と美に魅せられ続けてきたのだろうか。

錦鯉の群れはいつしか舞台から遠ざかって行った。麻子は精神安定剤の力を借りて眠りの中へ誘われた。

どこかで聞き覚えのあるメロディーが鳴っている。麻子はおもむろに目を覚ました。電話がかかっている。

眠る以前の場面が繋がって麻子はハッとした。頭がもやっていたが、起き上がって子機を手にした。電話の内容はすでにわかっていた。

「麻ちゃん」

実家の義姉律子だった。持ち前の明るい声を幾分抑えていた。眠り足りない声でもあった。

「修治さん、あれからすぐに亡くなったそうよ。あんなに苦しんでお気の毒だったわね」

「私たちも、あの場で義兄さんの死を待つことに耐えられなかったから帰って来たの」

「辛いものね」

律子は更に声を落としていた。

「私の部屋、錦鯉の絵いくつもかかっているでしょう、怖くてね、電気点けて寝たのよ」

「わかるわ」

二人の中で、昨夜の凄まじい光景が去来した。息を引き取った時間から考えても、今晩が通夜で明日が葬儀だと思っていたら、和枝が一日でも長く修治の遺体を家に置いてやりたいから、一日延ばすと主張したそうだ。意外だったが、やはり夫婦なんだと安堵した瞬間だった。

修治の遺体と対面したのは昼ごろだった。六十有余年住んだ我が家へ、彼のアトリエがある家に修治は亡骸(なきがら)として帰るしかなかった。

遺体は北を枕にして合掌していた。苦しい形相は消えていたが、目を閉じてはいなかった。葬儀屋が瞼を閉じようとすると、瞼の皮が剥がれて手にくっついてしまうらしい。こんな経験は初めてだと言った。

長い間つつましい生活の中で磨いてきたものが、花を開き実を結ぼうとしていた。七十歳まで命がほしいの必死の願望は、その開花と結実を自分の目で確かめられる年齢であった。

「義兄さんの絵、世の中へ出してあげたいわ、そうでなかったらこの目瞑(つむ)れないんじゃないの」

麻子は合掌しながら、心の中で修治に語りかけた。

「もし来世というものがあったら、今度は火傷なんかしないでね」

修治は火傷のことに触れなかったけれど、人知れず泣いた日が幾度もあったに違いない。

目を閉じていない遺体は薄気味悪くさえ感じられた。

和枝は虚脱状態に襲われていた。修治の容態が急変してからの気疲れもあっただろうが、葬儀の采配をふるえるような状態ではなかった。

通夜と葬儀は近所の無住寺を借り切って営まれることになった。

禅宗のこの寺は、最近まで尼さんが守ってきたが、彼女は六十歳近くになって、独り暮らしのさみしさからお坊さんと駆け落ちしてしまったという。

艶っぽい話が囁かれる寺に祭壇が設えられ、修治の遺体を安置したのは午後二時を過ぎていた。生花やお供えが運び込まれ通夜の準備が進められた。

修治の内孫になる女の子は、綺麗な祭壇や人が大勢いるのがもの珍しくうれしくてしようがない。広い本堂でよちよち歩いては転び、起き上がっては転んで上機嫌である。みんなの目が幼子に集まる。湿っぽい雰囲気が明るいものになった。死者への何よりの供養ではないだろうか。

和枝は通夜の時間が迫ってきても、祭壇の前に座り込んだままである。白髪混じりの髪はおかっぱのままで化粧水や乳液で労ってやったこともない。急に化粧を施しても、肌の強張りはファンデーションを跳ね返してしまうだろう。

「そろそろ着替えしてきたら、みなさん弔問にいらっしゃるのよ」

「……」

和枝は虚ろな視線を麻子に向ける。

夫婦の複雑な心理が、独りで生きてきた麻子には理解することが無理というもので、不可解でならなかった。

和枝の心に、潮のように後悔の涙が押し寄せてきたのか。それとも修治が息を引き取った瞬間から、本当の夫婦になったというのだろうか。

「おとうさん」という言葉を彼女の口から初めて聞いた。

絵三昧に生きてきた修治は、決して家では良き夫、良き父親ではなかったのだろう。幼いころから両親の愛情に恵まれなかった彼は、また妻子を慈しむ愛がどういうものか、不器用で自然に振る舞えなかったものとみえる。

弔問客は本堂を埋め尽くした。この通夜の場で、美術家としての修治の生前の活躍の姿をここに披露した感があった。

麻子は火葬場まで見送ってもらえる人や、初七日の法要まで残ってもらえる人を当たっていた、美術関係者には三人の割り当てがあった。

弔問者の間を縫うようにして、修治が一番親しくしていた「創日会」の羽根に相談に行った。話はついたが、満員で自分の席に戻れず羽根の傍らに座っていると、近くで、

「麻ちゃん、麻ちゃん」

と呼ぶ声がする。

「まあ、澄ちゃん」

麻子が思わず叫ぶと、相手は色の白い小さな顔をゆっくりと綻(ほころ)ばせた。

「どうしてここへ」

「あなたのお義兄さんは、稲沢市の美術協会の基礎を作ってくださった方なのよ」

澄子は祭壇の写真に視線を合わせながら言った。

「そうだったの」

修治が稲沢市の美術協会の草分け的存在だったことを麻子は初めて耳にした。

彼が昭和五十七年に稲沢市から文化功労賞を受賞していたことは、修治が個展を開催したときに画歴を読んで気が付いた。修治や和枝はそのことに触れさえしなかった。

「お義兄さんの絵、素晴らしいわね、私の家にもかけてあるの、今出かけてくるとき、鯉は生きているかしらって見てきたの、温厚であゝいう方好きですわ」

「澄ちゃんにそこまで言っていただけるなんて、義兄もきっと喜んでいるわね」

澄子のように芸術を愛し理解する伴侶を選んでいたら、修治の人生もどんなにか張りのあるものだったろう。それは和枝の側からすればもっと言えるはずであった。

お互いに間違った相手を選んだことが二人の人生を不幸に導いてしまった。

「あの方先生の奥様ですか」

「……ええ」

麻子は消極的な返事をした。

弔問客に挨拶している和枝の顔は、隠しようもなく日々の生活に疲れ切った様子を色濃くしていた。張り合いに乏しく抑圧された人生がそこにあった。

彼女の住所と名前を手帳に書き留めた。澄子という名前ではなく書家としての名前だった。彼女の書道歴は二十年に及び、地方ではかなりのものであるらしく、中央へ出ることを模索していると同じ美術協会のメンバーから麻子は聞いた。

澄子は小学校、中学校と一緒だった。性格が朗らかで友だちからも人気があった。多少のライバル意識があったかもしれないが、澄子の明るい性格はときに麻子の目に眩しく映った。

和枝と甥夫婦は引きも切らない弔問客に挨拶していたが、ほとんどが美術関係者である。ひっそりと息を潜めるように家で絵を描いていた修治の外での顔を想像してみるのだった。

「ねえ麻ちゃん、これじゃ和枝さんが気の毒だったことよーくわかるわ、修治さんてねえ、家と外では人格が違っていたのよ」

律子の言葉に麻子は無責任に頷いた。世間の評価はどう見たって和枝に不利である。絵に対して無理解な評判だけが広がっても、弁解も抗議もしない和枝だった。

通夜の弔問客は途絶え、親族が祭壇の前で屯（たむろ）していた。

葬儀は午前十時から営まれた。修治をこの世から見送る空は、彼自身の生い立ちやイメージとはほど遠い秋晴れだった。稲沢市で活躍した峰山修治の会葬者は多かった。

「創日会」の羽根が弔辞を読んだ。

……峰山さん君に最後にお会いしたのは、たった四日前の十月九日の晩でした。暑いとも寒いとも痛いとも痒いとも一言も言わずに、遠い遠い全く手の届かない彼岸へひとりで旅立ってしまわれました。

人生は一期一会、まさに出会いと言うが、君に最初に出会ったのは確か終戦直後の昭和二十二、三年ごろと記憶している。お互いに本当に若かった。君とはよく気が合って、青竜社展、日府展、創日展と、あっという間に半世紀が過ぎてしまいました。

君は生来十分に健康に恵まれていたとは言えなかったが、飾らず気取らず謙虚で、持ち前の真面目さと絵に対する情熱、粘りだけはずば抜けて、誰にも負けぬ根性を持っていたと思う。その人柄は万人が認め親しく尊敬されました。

そしてその峰山芸術の開花は錦鯉を描くことによって頭角を顕し、平成四年四月の荻須美術館で開かれた峰山修治展は、多くの観賞者を魅了し、中でも六十一匹の錦鯉の群游屛風は、今も多くの人の心に鮮やかに刻まれております。

それ以後の作品も闘病中の作品とはとても思えぬ気力の充実した傑作の連続で、峰山芸術の集大成でもありました。

願わくばこれらの作品を、永久に保存していただきたいと心から願うものであります。それにしても、常日頃君は七十歳まで絵を描きたいとよく言われ、そして秋の創日展の下図を見せて頂いた九月二十三日が最後の研究会になってしまいました。

そのとき正直、肉体的にはあまりに衰弱がひどく、大きな不安がよぎると同時にびっくりしました。しかし制作意欲は些かも衰えず平成八年五月の創日展には可愛い孫を描きたいともらされました。

それも叶わず断腸の思いです。

これからが親子水入らずで孫に囲まれてという矢先、言葉もありません。家業についでは奥さんはじめご家族が立派に後を継がれ、何の心配もありません。

峰山さん願わくば黄泉の世界ではもっと楽しくもっと自由に心ゆくまで絵三昧を、また天上からはいつまでも、創日会の発展にご加護あらんことを、
どうか峰山さん、安らかに安らかにお眠り下さい。

創日会一同に代わり心からご冥福を祈念いたしお別れといたします。

人の世の風をとめえずこぼれ萩

さようなら

平成七年十月十二日

創日会会長　羽根長秋

羽根の弔辞は列席者の涙を誘った。

十月も中旬というのに、立っているだけでも汗ばむ陽気は、この夏の一向に終わりそうもない猛暑を思い出させた。

火葬場に行く車に麻子が乗ろうとしたとき、大勢の会葬者の中に澄子の顔を見た。

麻子は黙って頭を下げた。

修治の遺体を乗せた霊柩車を先頭に、親族や美術関係者が祖父江火葬場へと向かった。

新設されたばかりの火葬場は、ひとりの人間が彼岸へ旅立つにしては、あまりにも近代的になりすぎていた。ただ亡骸(なきがら)を始末するにすぎない施設だった。

火葬場の扉の向こうに消える修治に和枝は何やらしきりに語りかけていた。

「お腹がすいたら、このご飯食べなさいね」

夫婦として万感の思いがあったに違いなかった。

「義兄さんの〈彩鱗四季群游〉の屏風絵は必ず世に出してみせるわね」

麻子は心の中でそう言いながら修治を扉の向こうへと見送った。

「今度は俺の番だな」

休憩室へ行こうとすると、後ろでそんな声がした。長老の義兄だった。

骨上げまでの待ち時間を利用して、休憩室で昼食が用意され始めた。まさか、こんなところで食欲もあったものではないと思ったが、麻子も含めて結構みんな胃に納めている。

昔、おんぼうの利市さんが夜どおし酒をひっかけながら火葬場で死体を焼いていた。母が焼かれたときは、風に乗って家まで臭いが入ってきた。今は死体焼却場とでもいうべき巨大な施設で、すべてが合理的に行われていく。

修治の肉体は焼かれて骨になってしまったけれど、燃えることができない魂は、一体どうなってしまうというのだろうか。

再び寺に帰って、初七日の法要が終わると、創日会会長の羽根が一足先に帰ることを告げて本堂を下りた。奥さんが迎えに来るのを待つためだった。

麻子は羽根のあとを追った。あたりは大分暗くなりかけていた。羽根の穏やかな風貌を見ることで、修治が五十年来親友として、誰よりも心のよりどころとしていたかがわかり、このまま帰らせたくなかった。

「羽根先生の椿の絵、毎回観せていただいています」

彼は満面に穏やかな笑みを漂わせた。気品があった。

「十二月に展覧会をやるんです。修治君の絵、遺作として是非出品してくださいよ」

心持ち背中が丸くなって、両手を腰のあたりに組んでいる。彼独特のポーズでもあった。

日中の夏を思わせるような暑さも、日が暮れると肌寒さを覚える。麻子は黒の上着を着てこなかったことを後悔しながら半袖の腕を囲った。虫の音はすっかり聞こえなくなった。秋が深まりつつあった。

もうかなり待たされていながら、羽根の穏やかな表情は変わらなかった。羽根も麻子も夕闇の中に包まれた。

乗用車が止まった。

「では……」彼は右手を顔まで持ち上げて挨拶し、運転席の女性は麻子に会釈をした。羽根は助手席に腰を下ろし、シートベルトをかけると、車はゆっくり走り出した。

和枝の修治へ向ける刺々しい物言いを思い出しながら、羽根夫妻を見送る麻子の心は複雑だった。

日が落ちてあたりはすっかり暗くなっていた。六地蔵のよだれかけの色も判別できなくなっている。この無住寺を飛び出して行った尼僧のさみしさがしのばれる。麻子は庭園の佇まいを見ながら、どこかに修治が立っているような気配を感じた。

尼僧は普通の女性に還り、どこかで普通に生きていることだろう。修治の肉体はこの世のどこにもいないのだった。修治が死んでも世の中は露塵ほども変化はしない。

悠久なる宇宙で、人は生まれ死に、生命の営みを繰り返していくにすぎなかった。

生への執着が強い人だった。それはとりもなおさず、画家として大成したいという願いにほかならない。

息を引き取った瞬間から、この世の中に三日と姿を留め置いてはもらえない。修治も宇宙の円環の一点でしかなかった。

今、麻子の頭の中には、平成四年四月、稲沢市荻須美術館で開催された〝鯉の四季を描く〟峰山修治日本画展が甦っていた。六十点あまりの鯉の作品が展示されていた。

その中には、前年愛知県美術館に出品していた〈彩鱗四季群游〉の屏風絵が中心に飾られ、二年に及ぶ制作過程が下絵とともに記されてあった。

出品者名、受賞、画題、寸法、描かれている鯉の種類もすべてにわたって紹介されていた。

展示された錦鯉の数々は、暗い宿命と闘い続けてきた峰山修治の人生とは対照的に、絢爛豪華なもので観賞者を圧倒し魅了させた。

平成四年四月二十六日発行のブロック紙には個展の模様をこう伝えていた。

〝繊細華麗に鯉の四季を描く〟峰山修治日本画展
……稲沢市に住む日本画府常務理事で「鯉の四季を描く」と題して新作を中心に約六十点を発表している。

作家は三十六回日府展で日府賞を受賞したほか、これまで幾多の賞を受け、昭和五十七年には稲沢市から文化功労賞として表彰を受けた。

鯉をモチーフに二十年。錦鯉を描く画家は多いが鯉の習性、特に泳姿をこれほど知り尽くしている画家は少ないだろう。

大作の「彩鱗四季群游」をはじめ「春鯉」「流夏」「彩秋」「冬日」といった作品は繊細華麗な筆触で表現されてヌメリのある魚体の流動美ときらめき、ゆらめく水の透明感を活写、独自の世界を展開している。

豊かな色彩と練達な筆致による一連の作品は訴求感があり、日本人ならではの美意識で築かれ、見る者の心をとらえることだろう。

そして修治自身の個展に寄せる言葉として、

……絵を描き始めて四十五年、鯉を描き続けて気が付いてみれば二十年近くも過ぎておりました。齢ばかり重ねても一向に上達せぬ画技に悩みつつ描いた作品を、日府展に出品してきました。

この出品画のうち、手元にある十六点と、この個展のために描いた新作四十余点を並べて、鯉を描いての歩みの跡を振り返り、知らぬ間に過ぎた還暦を期して、初心に返り、今後の画道への精進の糧としたいと思います。

これからも、鯉の華麗に輝く、ヌメリのある魚体の流動美と煌めき揺らめく水の透明感を追求していきたいと思います。

なお、日頃描きためました身近に咲く花や鯉の写生のなかより自選した素描も併陳致します。

是非、お誘い合わせご来場賜り、ご高覧ご指導下さいますようお願い致します……


とあった。


師走も中旬に入っていた。麻子は会社の忘年会で宿泊し、マイクロバスで送られて午前十時ごろアパートへ帰って来た。

ホームコタツに潜り込んで寝不足を補い、正午になって目を覚ました。その日は創日会展が名古屋市博物館で開催されているはずだった。

毎年展覧会の度に修治から案内状をもらうが、彼が亡くなってもう二度と届くはずがないと思っていた。見慣れない筆跡の案内状が郵便受けに入っていた。

差出人は和枝になっているが、彼女の字ではない。きいてみると甥の連れ合いの筆跡だった。大切に保管していた案内状をポケットに突っ込むと麻子はアパートを出た。

冷たい風に思わず体を強張らせ、コートの衿を立てた。

身内として自分くらいはそっと観てやりたいと麻子は思う。

地下鉄を上がると車道では信号待ちで車が渋滞していた。師走の町に格別に変化がある訳ではなかった。

吹き付ける風の冷たさに、なぜ和枝ではなく自分がと問いかけてみる。

博物館に入るとコートの衿を直した。寒さですっかり凝ってしまった肩の筋を伸ばしながら、エスカレーターへ向かって歩いて行った。遠目がきく麻子の視界に、和枝と家族が映った。和枝と、甥夫婦が子供を抱いて円形のソファに腰を下ろしていた。

「みんな来ていたの、珍しいわね」

「入口で、義叔母さんとわかったんよ」

若い母親だ。

「それにしても姉さんよく出て来たわね」

麻子はコートを脱いだ。腑に落ちない気持ちを隠せなかった。

「この子たちが博物館へ行くと言ったから、私も車に乗せて来てもらったの」

展覧会場は最終日で賑わっていた。今回は十号程度の絵をワンフロアーで観るといった小規模な展覧会である。

どの部屋のどの位置に展示するかで、序列や作品の優劣が判断されるから、絵を展示するにも頭を悩ますと修治から聞いたことがある。今回はそんな配慮をしなくてもいい。修治の絵はすぐ目に付いた。彼の絵には黒いリボンがかけられていた。

「この絵はね、最近まで荻須美術館に出してあったものなの」

和枝が説明した。

修治が傍らにいるような錯覚を覚えた。錦鯉が二匹寄り添って優雅に泳いでいる。仲の良い雌雄の鯉であろう。顔が下向きになっているのは十分見せ場を持たせたものか。豊満な鯉は鮮やかな彩りである。

「いい絵じゃないの」

甥がカメラを向けた。和枝は修治の絵の前に立ってポーズをとった。近くにいた女性たちが、

「先生の奥様じゃない、きっとそうよ」

彼女たちは囁きながら近づいて来た。

「失礼ですが、峰山先生の奥様でしょうか」

和枝は女性たちから声をかけられると途端に涙を流す。修治が生きているうちに、一度でも展覧会に来ていたら、彼もどんなにか喜んだかしれないのに。生きているうちは感情がもろに出て、お互いを理解することができなかった。

会場で出会う先生方に和枝を紹介すると、彼女は深々と頭を下げる。

「生前中は主人がお世話になりました。また葬儀のときはお見送りいただいてありがとうございました」

和枝は暗記してきたように澱みない挨拶を述べている。

修治が逝くまで絵に対して決して心を開こうとしなかった彼女が、拘りを捨てるどころか、回帰するような心を見せて修治の妻になりきっていた。

絵に対しての凄まじい反感はどこへ行ってしまったのか、その変化に麻子の方が却って戸惑いを覚えるのだった。

会場を出ると和枝は零れる涙をハンケチでおさえながら、

「どうして私なんかと結婚したのかしら、あの人にもっとふさわしい人があっただろうに」

自分自身を懺悔する言葉を和枝の口から聞いた。片意地を捨てた和枝を責めようとは思わなかった。麻子は黙って聞いていた。

若いころ和枝はおしゃれだった。美容院で髪をアップに結ってくると、彼女のコシのある豊かな黒髪に、中学生だった麻子は見とれることもしばしばだった。

修治のつつましく爪に火を灯すような生活に、一体誰が耐えられたというのだろう。和枝なればこそ頑なになりながらも、じっと耐えて二人の子供を育ててきたのではなかったろうか。

弥重や麻子なら、とても修治と何十年も生活をともにすることはできなかっただろう。外部から批判するのはたやすいけれど、何ごともその渦中にいなければわからない。世の中の評判ほど不確かなものはない。

「あの人がね、もう一度個展をやるつもりで描いていた絵があるのだけれど、制作途中で目が入っていないのよ」
五、六枚そんな絵がアトリエにあった。何枚も同時に描いたものだ。修治は退院してから目を入れようとしたものだが、ついに彼自身の手で目を入れることはできなかった。
制作途中だから、修治の棺にそれを入れると和枝は言った。

麻子は遺作として残しましょうと反対した。この世に一枚でも多く修治の絵を残す方が彼もきっと喜ぶと考えたからだ。修治の棺には、薄い紙に描かれた下絵と筆を入れた。

「あれね、是非完成させてやりたいと思って、日本画やっている人に目を描いてもらったけど、まるで別物になってしまったわ」

和枝は申し訳ないといった眼差しを向けた。

修治の絵に鯉の頭が上を向いた図はあまりない。彼は見せ場がないからと言っていた。目が描けないからだ。鯉が生きるも死ぬも最後に色を入れる目にかかっている。彼は入魂の思いで目に色を入れたに違いない。修治にとって鯉の目は画竜点睛ならぬ画鯉点睛だった。

「惜しいことをしたわね」

錦鯉がまるで義眼を入れたように輝きを失っているのが、麻子には容易に想像できた。

折角のチャンスだから夕食をみんなでしましょうということになった。甥夫婦とはそれまで別行動をとることにした。

若い夫婦は子供を抱いて駐車場の方へ歩いて行った。

目が大きい修治の顔立ちによく似た甥は、修治が和枝に遺した最大の贈り物だった。

和枝と麻子の二人はあとから歩いて行った。

「仲がいいわねえ、羨ましいような」

麻子は微笑んだ。

「私の割り込むところがないの」

「さみしいの」

「朝起きるとね、どうしておとうさんいないのって思う」

「夫婦ってそんなものかしら」

「あんたが買ってくれた絵ね、もう少し預からせてね」

「どうして」

「さみしくなってしまうもの、あの人の絵手元に残しておきたいから」

「いいわよ、私のアパート狭いから」

「いつか修治の遺作展やりたいの」

和枝は目線を遠くへ持っていった。

「そうなれば、義兄さんの絵が一堂に観られるわね」

和枝の心に何が起きたのか、修治の葬儀を通して、初めて世間というものに向き合った彼女が、自分の夫の価値を他人から教えられたものか。あるいは、修治の死によって、自分の夫をしっかりと手繰り寄せることができたのか。

修治へ向けられた怨念は、彼の死とともにすべて昇華されてしまった。絵に理解を持たなかった過去の和枝を今では想像すらできない。

「峰山修治遺作展」和枝のこれからの生き甲斐になるのだろう。スペースのある会場で、もう一度〈彩鱗四季群游〉を観たい。あの屏風絵にはそれ相当の舞台が必要なのだ。

そして修治の絵を世に出してやりたい。それは麻子自身の願いであり、大きな夢でもあった。人は一生を費やして励んできたものがあるとして、それが思い半ばで死に見舞われてしまったとき、それっきりになってしまうものだろうか。死という大きな眠りから覚醒するとき、必ず前世に培ってきたものは、何らかの形で蓄積されている。

だとしたら修治は、来世で画家として颯爽と世に登場するかもしれない。

そう思わなければ修治の無念さが心に残ってやり切れない。

〈彩鱗四季群游〉襖八枚にわたるこの屏風絵こそ、峰山修治の命そのものだった。彼の生涯をかけた傑作であった。

師走の風が、木枯らしのように吹き荒んでいた。

麻子は立ち止まって視線を遠くへ遊ばせた。街路樹はすっかり裸木になった。カサコソと道路の上を枯れ葉が舞う。

あちらから、こちらから風に吹き寄せられて、枯れ葉は名曲の調べにのるかのように集い舞っている。

一瞬、黄金の鯉の群れと化して舞いを繰り広げた。

麻子は目をしばたたいた。交差点の車道の信号が赤になり、東西の車が一斉に止まった。

横断歩道を渡って行く修治の後ろ姿を、風の中に見たような気がした。

にいさまは認知症

＊

お盆が過ぎても二百十日が過ぎても、一向に猛暑が衰える気配を見せなかった。太平洋高気圧はいっぱいに張り出したまま、台風を日本列島に寄せ付けなかった。熱中症でバタバタと倒れる人が多いことをニュースは報じていた。私の周辺でも熱中症で亡くなったお年寄りもいたし、体調を崩した人も多くいた。

猛暑、酷暑、炎暑、異常、熱中症という文字や言葉が連日飛び交っていた。そんな暑さが果てしもなく続いていたが、ふと気が付いてみると、悲鳴にも似た蝉の鳴き声は、力が尽きたかのように聞こえなくなった。

それでも私の部屋のエアコンはフル稼働していた。六時少し前に起床した。夜中に何回も目が覚めていたので疲れはとれていない。そのまま布団に崩れていきたいと思った。

電話が鳴った。こんな時間に誰だろう。早朝に鳴る電話に禄なことはない。間違いであってほしい。私は恐る恐る子機を取った。

「麻ちゃん」

私の名前をそう言って確認するのは義姉の律子だった。

「義姉さん」

私はそれに応える。

兄の則夫に緊急事態が起きたに違いない。緊張が走る。次の言葉を待った。

「にいさまが、肺炎を起こして熱が高いの、昨日も救急車でF病院へ連れて行ったけど、まだ熱が下がらないんだわね、もう一度救急車で連れて行こうと思うけど、病院の方へ来てもらえない?」

にいさまとは、私の兄、則夫のことである。律子は自分の夫を、私たちがそう呼ぶように、にいさまと言う。土地柄でもあるけれど、兄ちゃんではなく「にいさま」と、小さいときから呼んできた。様をつけているつもりはなく抵抗感もなかった。

「わかりました」

午前中にF病院へ行くことを約束すると、私は電話を切った。受話器を下ろした途端、また電話が鳴る。

「もう来なくてもいいわ、救急車で行くのは止めて、いきつけのS病院で点滴をしてもらおうと思うから……でも、どちらにしたらいいと思う？」

S病院は糖尿病で通院している稲沢の個人病院だった。

「私には状況がよくわからないもの、そんなに容態が悪いのですか」

いきなり言われても、今までの経緯が全くわからないので、正直そう思った。

「いいわ、いいわ、もう来なくていいからね」

「本当に行かなくてもいいの」

私は念を押した。

しばらくしてまた電話が入る。デイサービスに通所している「憩い」という老人保健施設に電話をかけて則夫の容態を説明したら、やはり救急車で病院へ連れて行くべきだとのアドバイスを受けたと言う。

「だから、やっぱり救急車で連れて行くわ、十一時ごろF病院の方へ来てね」

「いいですよ、そうします」

「お願いね」

律子は何だか慌てふためいている。私に頼むことなど、今まで決してなかったのに、頭が混乱しているようだ。考えるよりも行動が先立ってしまうから、電話で話をしているうちに度たび変更になるのだろう。

いよいよ来るべきときが来たのかもしれない。男は八十歳の坂を越えることは容易ではない。昭和七年生まれの則夫は私とひと回り違う。十年くらい前、いや、もっと前になるだろうか、暗闇の草むらで犬と一緒にいたところを、自転車が突っ込んで来た。大腿部を複雑骨折し、何カ月も入院する羽目になった。そのころからわずかずつ、認知症の症状が見え隠れしていたが、最近はかなり症状も進んできたらしい。

昔から寡黙な兄だった。あまりに喋らないことも、認知症を早めたに違いない。

兄にはやさしい言葉ひとつかけてもらった覚えはない。私もそんなものだと求めることはしなかった。則夫はこの四十年の間、多分私がどこに住んでいるかも把握していなかったに違いない。仲が悪い訳ではないが自分のことしか眼中にない、視野の狭い生き方しかできない人だった。

一年くらい前、律子に電話しようとしたら留守で則夫が電話に出たときがある。いつもは「おらんわ」「そう」くらいで電話を切っていたが、その日はなぜか違っていた。

「おまえ、マンション買ったのか、そんな金ようあったなあ」

唐突にそんな言い方をしたのにはびっくりした。たったそれだけでも言葉をかけるのは珍しい、と言うより変だ。私に口を利くなど、長年ないことだった。

認知症が進行しているせいだと思った。私は賃貸を通しマンションなど買ってはいない。予定がなくてよかった。F病院へ行くために一宮駅で名鉄電車を降りてバスに乗った。十五分ばかりで「F病院前」と運転手がアナウンスする。

バスを降りると、新しい病院が斜め前方に聳え立っている。降りたところに小公園があった。日射しは厳しいけれど、木々は勢いよく枝葉を茂らせていた。緑陰の下を通り抜けることで強い日射しを避けられる。若い母親が幼子を木陰で遊ばせている。反射的に私の顔が綻んでくる。

まず受付に行った。今日救急で入院した則夫の名前を告げると、エレベーターに乗る場所と四階の病室を教えてくれた。部屋の番号を追って病室へ辿り着くと、則夫は六人部屋の廊下側のベッドに横たわり、点滴を受けていた。律子が付き添っていた。

「麻ちゃん、ごめんね、ありがとうね」

律子に会うのも、昨年の暮れ以来だった。

則夫は思ったよりも元気そうだった。命に関わるようには思えない。手足はひどく痩せ細っていた。歩かないために、足の筋肉が衰えていったものと思われる。足首など私の一握りで十分である。

「私だけど、わかりますか」

声をかけると、わかったのか、わからないのか、笑った。認知症の人独特の緩慢な笑い方だった。

「うれしいねえ、麻ちゃんが来てくれたんだよ」

私が誰だかわからないのだろう。それほど兄とは疎遠に生きてきた。律子に言われて、

「身内はいいなあ」

則夫の言葉とも思えない。頭がおかしくなったので、喋るようになったのだ。築いてきた砦みたいなものが、認知症という災害に見舞われて、砦が破壊されてしまったものと思われる。

砦は男の沽券のようなものだったろうか。

嚥下障害による肺炎で熱も高く、食べられないために、体もかなり弱っているらしい。

「ちょっと」

律子はそう言って私を休憩室に連れ出した。

「こんなところへ来て、殺されに来たようなものだわ」

なぜだか怒っている。

「どうしたの」

「検査をしたらね、飲み込む機能が弱っているから、胸の静脈から管を通して栄養を摂るというの、そんなことしたら一生食べられなくなるのよ、死ぬのを待つだけじゃないの、えらいと

ころへ入ってしまったと思って、どう思う」

声は低いが、更に語気を強めた。

「でも、病院に入ったら、先生の治療方針に従うものでしょ、そんなふうに思わないで、もう少し様子を見たら」

いきなり言われて私も戸惑った。気が高ぶっている律子をなだめた。頭の回転が速い律子は、想像力が豊かでその分思い込みが激しい。いつも自分の世界の中で果てしもなく物語が作られていく。病室へ引き返した。

病室は気管支科で六床、脳梗塞で嚥下障害になっている患者も横たわっている。則夫の並びは空いているが、窓際の男性は脳梗塞特有の大きな鼾（いびき）をかいている。

向かい側の男性は、こちらで喋っているといらいらするのか、それとも見舞い客のないさみしさだろうか、大きな声を発して牽制（けんせい）を仕掛けてくる。その度に私たちは唇に人差し指を押し当てて黙った。

則夫は高齢なのに濁りのない目をしている。こんなに可愛い目をしていたのか、間近で兄を見たのもおそらく初めてだったので、改めてそう思った。

実家を出て来て四十年の歳月が経つ。父や母の法事に何年に一度くらいの割合で帰ったことはあるが、普段はなかった。

帰らないまでも、きょうだいが六人もいれば、それぞれの家庭で慶事や仏事が起きたりして、一年に二度や三度はどこかでお互いに顔を合わせ、私たちなりにコミュニケーションは十分とれてきた。

夫婦に子供がなかったたし、則夫は度を越して寡黙であった。法事で実家に行き「こんにちは」と挨拶しても、「オッ」と言ったっきり、一人だけ応接間に入って、テレビを見ている。物を言うのが煩わしいようだ。

六人きょうだいで男が一人なので、姉妹のかまびすしさの中に入ってこれないのだろう。話をした記憶はあまりない。

この四十年、兄とは「こんにちは」「オッ」とだけしか言葉を交わしたことがなかった。そう断言しても決して過言ではない。

人に話せば「昔の男の人はそんなもんだわ」と取り合わないけれど、それにしても、兄としては冷たい人である。冷たいという自覚なども決して持ってはいないだろう。

律子は、則夫という夫によく耐えてきたと思う。夫婦としての愛情があったからこそと思うが、続けて二回も救急車を要請するなんて、愛情なくしてできるものではない。

律子は救急車で駆け付けたので、入院の支度をしていなかった。則夫が落ち着くのを見計らって、入院の準備をしてくると私に言った。

「麻ちゃんがいるから、さみしくないでしょう」

子供に言い聞かせるように言うと、律子は病室をあとにした。

六人部屋とはいいながら、二人だけで向き合ったのは初めてのことだった。気が重い。則夫との間には一緒に暮らした歳月があったとは思えないほど遠い距離が存在していた。むしろ、私の周りの男性の方が余程親しかった。

ところがどうだろう。認知症になって、プライドもテレもなくなった兄には、もう砦も要塞もなかった。抵抗なく私に喋ってくる。すっかり人格が変わってしまっている。ここに横たわっているのは、かつての「にいさま」ではなかった。

「あれはどこへ行ったの」

義姉が病室を離れると、途端に不安になるのか、律子のことばかりきく。

「家に行ったのよ、すぐ帰って来るから」

そう言い聞かせても、しばらくすると、

「あれはどこへ行ったんだ」

またきいてくる。

「家よ」

「いつ帰って来るの」

「だから、すぐ帰って来るから、心配せんでもいいわ」

「何か、いい話ない」

「いい話ってどんなこと」

「金がもうかる話だわ」

「お金はね、こうやって寝ていたって、ちゃんと年金が入ってくるのだから、もうけなくてもいいのよ」

「年金は有り難いな、よう働いたもんな」

「ほんと、にいさまはえらかったわね」

「犬はおらんのか」

「ここは病院だから、犬はいないよ、ダルちゃんはね、家でお留守番してるの」

日本ハムのダルビッシュから名前をとったらしい。夫婦は犬や猫を可愛がっている。

「病院へ来たのか」

不思議そうにあたりを見回している。

「そうよ、どこだと思ったの」

「憩い」

憩い、とはデイサービスの施設の名前である。則夫はデイサービスに来ていると思っているらしい。

「元気になったら、犬にも会えるからね」

「あの犬は高かったぞ」

「いくらしたの」

「八万円もしたわ」

そんなくらいしたと律子から聞いているので、これは正解だった。

点滴をしているので腕にハリが刺してある。違和感なのか、痛いのか、点滴の管をはずせと言う。これをはずしたら死んでしまうよ、と諭しても、ききわけがない。はずさないまでも、体を動かすので結局ははずれてしまう。三回もはずれたので、看護師がハリの刺してあるところに、粘着テープでグルグル巻いて出て行った。

「あれは、どこへ行ったんだ」

繰り返し繰り返し同じことばかり言う。何時間も向き合っているからには、何かいい方法を考えなければならない。認知症とはいえ、昔のことだけはよく覚えている。昔のことで共通の話題がないものか、私は考えた。

「そうそうにいさま、五十年も前の話だけど、私と二人でお母ちゃんを関ヶ原へ迎えに行ったでしょ、覚えている？　お母ちゃん、関ヶ原の病院で亡くなっていたでしょう。夜中に死体運搬車に乗って、家に連れて帰って来たわね、悲しかったよね」

「覚えてるよ、苦労したよなあ、お袋が死んで」

「……」

忘れてはいなかった。苦労したことが身に染みているのだろう。認知症になって、一番苦労したことがむき出しになり、お金のことばかり言うのだった。

この九月に母の五十回忌を迎え、法事をして、それで弔い上げをすることにしていた。跡取りの則夫が入院したのでそれもとりあえず延期となった。

五十年前、血圧が高かった母は、私たちが制止したにも関わらず、早朝こそこそと高野山へ旅立った。

三日後、母は高野山からの帰途、関が原をバスで走行中、猛烈な頭痛に襲われた。脳卒中だった。ほとんど即死状態であったという。

知らせを受けて則夫と私が関が原の病院へ駆け付けたとき、母はすでに亡くなっていた。茫然としている私に、

「これからは一緒に苦労するんだぞ」

悲しかったけれど、兄の一言は力強く私に響いた。

そんなことを話していると、何とか間が持った。時間が稼げた。話が途切れると、

「あれはどこへ行ったの、遅いなあ」

子供みたいに律子を慕っている。いかに認知症とはいいながら、これだけ慕われれば、義姉も可愛いのかもしれない。

二時間ばかり経って、律子が入院の準備を整えて戻って来た。犬にも散歩させ、猫にも餌を与えてきたと言った。私は、則夫と一対一で向き合うのは初めてで、もう限界だった。

義姉の顔を見てホッとした。認知症の則夫と対峙することが容易でないと知らされた。

いい話はないか、何度も何度も則夫はきく。

「元気になったら、また畑やったら、玉ねぎなんか作っていたこと覚えているよ、大輪の菊も上手に作っていたでしょう」

「そう、そう、大きなスイカも作って、みんなに食べてもらったわね、にいさまの作るスイカは美味しかったでしょう」

律子が私に言った。

「知らない、私食べてないもの」

「悪かったね、麻ちゃんには食べてもらってなかったんだね」

「じゃ、絶対今度作ってスイカ食べさせてちょうだいね」

則夫は「いいよ」と言ったり「はい」と返事をしたり、うれしそうに笑っている。

私の記憶にあるにいさまはどこにもいない。ベッドには幼児になった兄が横たわっているだけだった。

「みんながいるからさみしくないでしょう、明日また来るからね」

一週間くらい経ったらまた見舞ってみよう、私はその程度に考えていた。

その夜、すぐ上の姉の弥重から電話がかかってきた。昨日は律子の電話で、弥重夫婦はいきつけの稲沢のS病院へ一緒について行ったという。その後救急車を要請したことに驚いていた。弥重はまだ会社に勤めているから、引き続いて頼むことに遠慮があったのだ。それで私に役割が回ってきたということらしい。弥重は一応養女になっていた。

兄は長くないかもしれない。疎遠だったので、何があっても別れやすいと思った。愛情をかけてくれた兄なら、どんなにか別れが辛いだろう。実家のことは弥重に任せておけばいい。私はほどほどの関わり方をすればいい。少なくともそのときはそう割り切っていた。

三日後、夕方六時ごろ、律子から電話が入った。

「悪いけど、今から来てくれないかしら、にいさまが家に帰ると言ってきかないそうなんだわ、看護師さんが面倒を見きれないので、すぐ来てほしいと電話がかかったの」

今から行くといったって、律子なら車で二十分ばかり走ればいいが、私は名古屋から名鉄に乗って、それからバスに乗り換えなければならない。行きはよくても、帰りのことを考えてた

めらっていると、

「一人で行って来るわ、病院へ着いたらまた電話するから」

夜の八時半になって電話が入る。律子が病室を出て、私に携帯電話をかけている間に、則夫はベッドから下りて、律子のあとをついて来たようだ。携帯電話の向こうで、

「どうして出て来たの」

律子がたしなめている。

「どうしよう」

困っている様子が伝わってくる。私はどうしてやることもできないまま電話を切った。

則夫は歩くことも立つことも覚束なかった。けれど点滴を打って体力がつき、一人でもベッドから下りることができるようになった。家へ帰ると言って、廊下を歩き回る則夫を看護師が追いかけていたらしい。

やがて、病室の人に迷惑がかかるので個室に移った、と律子から電話があった。今日は病院へ泊まると言う。私は明日病院へ行くと約束してようやく電話を切った。実家には犬や猫もいるから、義姉はその世話もしなければならない。

認知症とはいえ、いつからこんなにわがままになったのだろう。子供がいないのでわがままいっぱいにやらせてもらっていたのだろうか。こんなに手がかかる人だとは思わなかった。

あくる日、私が病院へ到着するのを待って交替する。律子は則夫と一緒のベッドの足元で体を丸めて眠ったと言う。

個室は明るく、遠くに山並が見えるし景色もいい。窓際にベッドが置かれ、トイレも付いている。他の患者の迷惑にもならない。何より安気(あんき)が一番だ。

「オシッコは立って一人でするからね」

律子が言う。

「私が看ているからゆっくり行って来てよ」

「ありがとう、お願いね」

律子は病室を出て行った。運転の達者な人だった。則夫に免許証がなくても、助手席に則夫を乗せていつもドライブを楽しんでいたらしい。

男性と女性の役割が逆であるが、不平を言ったりしない。律子は自分なりの方法で人生を十分楽しんでいるようだった。

「義姉さん、他所(よそ)の夫婦が羨ましいと思わないの」

私は感心してきいたことがあった。

「そのかわり私、友だちと贅沢な食事したりするの」

決して、他人と自分を比べて嘆いたりしない。〝くれない族〟とはほど遠い女性である。

則夫はオシッコがしたいと言って、ベッドから下りて来た。

個室にあるトイレに誘導する。トイレの仕切りのカーテンを開け、便器に向かって立たせたところで、私は見てはならないと思って、カーテンを閉めた。

則夫は用を足してトイレから出て来た。パジャマのパンツが濡れている。緩慢な笑いが私を気持ち悪くさせる。

「どうしたの、ベタベタじゃないの、パンツ下げなかったの」

知らず知らずに声を荒げた。

「しらんもん」

そう言って突っ立っている。そんな馬鹿なこと、さっき看護師が着せ替えていったばかりのパジャマだ。こんな場面に初めて立ち会った私は、どうしたらいいのか慌てた。この年齢になるまで介護はしたことがなかった。

「義姉さん、早く帰って来てよ」

私はうろたえた。泣きべそをかいてパジャマを探した。もう兄だから男だからと、ためらってはいられなくて、覚悟を決めた。

「さあ、脱いで」

やっとの思いで濡れたパジャマのパンツだけは脱がすことができた。紙オムツをはいている。

着替えをはかせた。

則夫はベッドへ這い上がった。大変な労力だった。やれやれと思ったら、またオシッコがしたいと言い出した。

「だって今したでしょう」

「また、したいもん」

しようがないので、ベッドから下ろし、またトイレに誘導する。オムツごとパンツを下ろした。すっかり萎縮しきったにいさまのかつての象徴が、あからさまに私の目の前に垂れていた。今度は便器に後ろ向きに座らせた。パジャマにかかってしまうので、便器の奥へと座らせる。オシッコはなかなか出てこない。パジャマの服の裾を手で持った。

「オシッコしないの」

「出ないもん」

「力入れてみても駄目なの」

またベッドに横になった。途端に、

「オシッコ」

「うそ、今行って出なかったでしょ、そんな気がするだけよ」

「行って来るわ」

半信半疑で、またトイレへと誘導する。頑張っても出ない。出てもチョロチョロである。オムツを上げて、パンツを上げて、ベッドに横になったと思ったら、

「ションベンがしたいわ」

そんなことの繰り返しなのだ。

「もう、いいの、したかったらオムツの中ですればいいわ、どうせ出ないんだから」

「そんでもしたいもん」

「そのままで、したらいいの、オムツはいてるでしょう、その中でしなさい」

「そんなカッコウワルイコトデキルカ」

びっくりして則夫の顔を見た。もう十分格好悪いのだ。そんなことを繕って何になるんだと思いながら、私は、則夫の言うままトイレに連れて行く。まだ、恥じらいだけは残っている。トイレに行く度に記録しているが、一時間で六回行った。前立腺が肥大して、尿道を塞いでいるから尿が出にくいのだった。残尿感で本人も気持ちが悪いのだろう　今が今まで、兄の下の世話をしようなどと考えたこともなかった。この年齢になって初めて経験する介護であった。人生には何が待ち構えているかわからない。

昨年の暮れ、弥重の孫が三歳で亡くなった。骨上げの順番が回ってきたときだった。則夫は「オシッコ」と言い出した。律子がみんなに「ごめんね」と言って、トイレに連れて行ったこ

とを思い出した。あのときも何回も何回もトイレに連れて行っていた。律子は毎日毎日こんなことに付き合わされているのだろうか。

「にいさま、今どこにいるの」

優しくきいてみると、

「憩い」

と答える。

デイサービスに来ている感覚なのだ。則夫は私を妹だと思うこともあるが、この段階ではデイサービスのおねえさんと勘違いしている。

オシッコへの執着が遠のいたと思ったら、今度は、

「おっかあは、どこへ行ったの、いつ帰って来るの」

姿が見えない律子を「おっかあ」と言いまた拘りだした。

「あのね、犬の散歩に家に帰ったから、もうじき戻って来るから、待っててね」

「遅いなあ、いつ戻って来るんだ」

律子は三時間ばかりで帰って来た。

「もう帰って来たの、風呂でも入って、もっとゆっくり行ってくればよかったのに」

「やっぱりね、落ち着かないの」

「おっかあ遅い、おっかあ遅い、って言うのよ」

「おっかあ、なんて言葉どこで覚えたの、恥ずかしいわ、私はノーちゃんてこれから呼ぶから、せめておかあちゃんと呼んでよ、わかったの、おかあちゃんだよ」

律子が明るい声で言い聞かせている。少しばかりの介護で私はこんなに落ち込んでしまったのに、凄い人だと思った。

点滴で少しは持ち直したものの、病院へ入ってから何ひとつ食べてはいない。しかし点滴だけでもブドウ糖が入っているので血糖値が四〇〇以上もある。指先にハリを刺して血液が露の玉のように出たところで血糖値を測る。二〇〇以上あればすぐにインスリンを打つ。

夕方になって、私は帰ることにする。律子は泊まらなければならなかった。

「ごめんね、こんなときばかり勝手なこと言って頼んで、助かったわ」

病院の近くで一緒に夕食をするために、床マットにスイッチを入れた。則夫がベッドから下りると、ナースステーションに伝わるシステムになっている。病室を出ようとすると、目敏く見つけた看護師が引き止める。

「一人は残ってください」

「義妹を駅まで送って、すぐ帰って来ますから」

律子は看護師に懇願し続けた。ようやく一緒に出ることができた。完全看護といっても限界がある。則夫のように手のかかる認知症の患者は、この病院では誰か付き添っていなければならないのだった。看護師と律子とのやりとりを傍で聞いていた私はいたたまれなくなった。律子が気の毒になった。

「義姉さん、私、明日から毎日来ますから」

人情としてそう言わずにはおれなかった。見るに見かねての言葉だった。放っておいたら、律子が倒れてしまうだろう。

弥重は養女になっていても、仕事を持っているので頼めない。私にもやる仕事はいっぱいあるけれど、会社で時間に縛られている訳ではなかった。時間をやり繰りすれば何とかできる。当分日参しようと思った。

私たちを引き止めようとしたのは、昨日、則夫が家に帰ると言って、病院の通路を徘徊するので手を焼いた看護師だ、と律子はあかした。それであんなにきつく引き止めたのだ。

病院の近くの寿司屋に入った。夕食時だというのに客はいない。店の片隅のテーブルで食事を摂っているのは、この寿司屋の家族のようだった。娘が子供を連れて帰って来た雰囲気である。脱サラで寿司屋を開業した当初は流行ったけれど、近ごろはお客さんを回転寿司にとられてしまった、と店主は嘆く。経営して行くのも大変だろう。ネタも限られている。今は、F病院の関係で辛うじて経営が成り立っているという感じにも見える。

F病院は忙しい。則夫は七十八歳という高齢だし、かなりの認知症で多臓器も患っている。もっと重病の患者が多いため、主治医はあまり顔を出してはくれない。それに飲み込む力がないから、中心静脈栄養に切り替えると言うのを、まだそんな覚悟がついていないから、と律子は首を縦にはふらなかったようだ。

主治医の言うことに従わないから、医師の心象を害している、と律子は勘ぐっている。人手が不足しているので、病院も簡便な方法をとりたいのだ。しかし、律子にとっては大切な夫である。則夫に万が一のことがあれば、田舎の家にたったひとりで取り残される。そんなさみしい生活は一日でも後回しにしたいのだった。明日は十時までに来ることを告げて別れた。信号を渡ったところにバス停がある。十五分ばかり待った。

夜空が無限に広がって星が綺麗だった。澄み切った夜空を久しぶりに見た。名古屋の繁華街で見る空は、高いビルに空が区切られていて狭い。介護など他人ごとのように思ってきたつけが、にわかに自分にも降りかかってきた。逃げれば逃げられるけど、逃げる訳にはいかない。乗り越えなければならなかった。

則夫の命も風前の灯火だった。星の瞬きが命の灯(ひ)のように思えた。今までと違った日常が、明日から来ることに覚悟を決めなければと思った。夜空を見上げていたが、いつしか溜息に変わっていた。一日一日を味わって生きることの、これも一端であるかもしれないと気を持ち直した。

　あくる日も十時までに病院へ行く。私が行くことを見込んで律子はすでにいなかった。則夫が普通の状態なら、一時だって一緒でいたら気詰まりなのに、タガが全部はずれてぼけてしまったから気が楽だった。

　昨日はあんなにトイレと戦争ごっこしたのに、今日は三十分に一回程度しか、トイレに行くと言わない。執着することが違ってくる。今度は、

「いい話を持って来てくれたか」

ときく。

「いい話、ないねえ」

　答えるのはむずかしい。

「おっかあはどこへ行ったの」

「おっかあ、じゃないでしょ、おかあちゃんでしょう」

　おかあちゃんと言うと、私たちの母親とこんがらがってしまう。夫婦は今までどうやって名前を呼び合っていたのだろう。兄夫婦の日常を私は知らなかった。

　律子はお昼に病室に戻って来た。朝六時ごろ、則夫がまだ寝ているうちに、床マットにスイッチを入れて家に帰ったと言う。これから、そうするつもりのようだ。

介護ベッドが借りられるというのに、律子は則夫のベッドの足元で、体を丸めて休んでいる。看護師が見かねて、介護ベッドを借りるよう更に勧める。

「面倒臭いから、私はここでもいいけれど」

「それじゃ、体が休まらないじゃないの、借りた方がいいと思うよ」

私もベッドを借りることを勧めた。

一人暮らしの私は同じ部屋で誰かが寝ていると思うだけで落ち着かなかった。どういう夫婦生活をしてきたのだろうか。介護ベッドを借りについて行った。ベッドはすぐに持ち込まれた。

「何でもいいから、口に入れてやってほしいわ、病院へ来てから、一週間何も食べていないのよ」

律子が切なそうに言った

家にいるときからだと、もう十日間ほど、則夫は何も食べていない。食べることにあんなに執着があった人なので、余計気の毒だ。

「私頼んでくる、可哀想だもの」

そう言いながら、義姉はナースステーションへ交渉に行った。看護師が入れ替わり立ち替わり来て、熱を測ったり、血糖値を測ったり、数値によってインスリンを打ったり、点滴を取り替えたりしてせわしない。熱は三七・四度くらいあっても何の手当てもない。これで肺炎は果して本当に治っているのだろうか、と律子は心配する。

何日ぶりかでペースト状の食事が配膳された。試験的に食べることになった。ホウレン草や魚も、ペースト状になっている。介護食としてテレビで見たことがあるし、昨年亡くなった姉も介護食を食べていたが、魚は魚の味がする。

栄養管理士が前もって説明に来る。お茶や水にもトロミ剤というものを混ぜてむせないようにする。

最初は律子がスプーンでおかゆを掬って、則夫の口に入れる。二人で反応を見守る。

久しぶりにおかゆを口の中に入れた則夫は「オイシイ」と目を輝かせる。濁りのない目、素直な目だ。年寄りなのにどうしてこんなに綺麗な目をしているのか。幼い子が「オイシイ」と言っているみたいだった。感動的な喜びようだ。

ひとさじ掬っては口に入れ、背中を叩く。三十分ばかりかけて、やっと半分くらいの量をこなした。心もとない。相変わらず微熱が続いている。

全部食べたと言って律子は喜んだり、半分くらいしか食べないと言って心配したりした。食べられるような状態になると、すぐに点滴がはずされる。

食事と点滴と両方という訳にはいかない。

食事が配膳されると、則夫は欠食児童のようにがつがつ食べる。口の中にはまだ飲み込んでない食べ物が残っているのに、次つぎ口に入れるので、咳き込んでしまう。

見かねた私はスプーンを取り上げて食べさせる。一時間ばかりかけて全部平らげることもあるが、食べ切れないときもある。食べることで却って体力が消耗する。咳き込むと、

「出しなさい、出しなさい」

律子がティッシュを口に当てる。則夫は口の中のものをティッシュの中に吐き出す。

二人がかりで、食べさせることもあった。こんなに手をかけてもらうほど則夫に徳があったのか、と私の心の中でいろいろな思いがまた湧き起こってくる。

子供のない律子は母性本能のすべてを則夫に注いでいたのであろう。手をかけすぎた報い、甘えさせすぎた結果として、今の兄があるとも言える。

通常であれば、食べ物が入れば、自然のうちに食道のフタが開いて食べ物が入っていくのだが、則夫の場合は、それが自然にうまくおこなわれない。自動開閉装置が故障して、ときには気管から、肺というルートになってしまう。肺で腐敗して肺炎を起こすのだ。誤嚥性肺炎である。認知症になると、今まで当たり前にできた食べるという行為がむずかしくなる。スプーンで食事を口に運んでやる度に、

「オイシイ、オイシイ」と言う。

「そう、オイシイの、よかったね、食べられるようになって」

私も優しい口の利き方になる。心の中では、あんたにこんな優しい口を利くほど、愛情かけてくれたことがあったの、と問いかける自分がいたりする。そんなこと考えない方がいいよ、余分なことを考えない方が幸せなんだから、と抑えるもう一人の自分もいる。

母親の五十回忌を急遽延期したので、日曜日を利用して姉妹や甥姪が見舞いにやって来た。身内を寄せることとさえ嫌いだった兄のはずだったのに、

「身内はいいなあ、きょうだいはいいなあ」

無心に喜んでいる。認知症になって兄はとても可愛くなった。神様の粋な計らいかも、と思ったりする。

入院して以来、主治医は一度も病室に来ていない。熱は相変わらず三十七度を超していた。何度も看護師に訴えると、漸く主治医が顔を見せた。それから解熱剤とか頻尿の薬とかが処方されるようになった。

まさかと思ったけれど、微熱が引かないまま則夫は退院させられることになった。急性期の患者であり、物が食べられるからという理由らしい。

「このまま、退院させられてもね」

律子は心配そうに言った。

「こんな状態で家に帰っても困るわね」

次つぎと重い患者が運ばれて来るので、一日も早く退院してほしいのである。若い主治医は、八十に近い認知症の患者など重きをおいていない。そんなふうに考えるのはヒガミというものだろうか。今の医療というものに不信感が募る。近代的な建物だけれど、医療は寒々としてはいないか。

この病院に入ったとき、律子は、主治医や看護師たちに、自分たちが夫婦二人だけではないこと、養子縁組もしているし、主人の妹もいて、毎日こうして介護に来てくれる。則夫がいかに大事な立場にいるかということを強調した。

甘く見られたくない、とバリケードを張っているように聞こえた。生かしたいという必死さが伝わってくる。私は妹でも義姉ほど愛情がない。それでも律子が兄を大事にしてくれることで、悪い気はしないのだった。

まだ熱があり、ペースト状の食事も満足に食べられないというのに、明日は退院しなければならないことがどうしても納得できない。

「明日は、何時に来たらいいの」

「十時までに来てくれる、それまで待っているから」

翌日、病院へ十時に着くと、もう荷物をまとめて出るばかりになっていた。則夫はベッドに腰を下ろしている。

「よかったわね、退院できて、家に帰ることができるのよ」

兄は私の顔をなぞるようにゆっくり眺めた。

「おまえのお陰で元気になれたわ、うれしいわ」

私は耳を疑った。困惑した。認知症を患っているとはいいながら、優しい思いやりに溢れた言葉を、未だかつてかけてもらったことはない。

ああ、駄目だ。心の用意ができていない。たった一人の兄に、好意を持っていなかったことを、懺悔しなくてはならなくなる。私は慌ててしまった。

思い出したことがあった。母が亡くなって、四カ月くらい経っていた。その間に二人の姉が慌しく結婚し、則夫と弥重と私の三人で暮らしていた。寒い夜だった。残業で遅い兄を私は一人で待っていた。

今のように電子レンジがない時代である。どんぶりにご飯を盛って、皿で蓋をして新聞紙に包み、冷めないようにホームコタツの中に入れていた。私はいつの間にかホームコタツに入って眠ってしまった。あのとき弥重はどうしていなかったのだろう。

「コラッ！　こんなところで寝ていたら風邪ひくぞ」

びっくりして目が覚めた。則夫が帰って来た。母親が急に死んでしまって、きょうだい三人のさみしい生活の中で、兄に叱られたことがとてもうれしかった。自分に関心を持ってくれる言葉に、涙が込み上げてきたのだった。

母が亡くなって仲人さんが急がせて、半年後に義姉が嫁いで来た。兄からうれしい言葉を聞いたのは、あれ以来だろうか。

律子が則夫の手を引き、私が荷物を持った。駐車場から律子が車を持って来て、則夫を助手席に乗せ、私が後部座席に座った。

家には直行せず、糖尿病で通院している地元の病院へ連れて行くと言った。このままの状態で家に帰るにはさすがに心細かったのだろう。S病院へ車を駐めた。

九月も半ばだというのに、猛暑は一向に衰えていない。強い日射しから則夫をかばうようにして三人で歩いた。

多くの患者が待っている。優先的に診察してもらえるかと思ったけれど順番待ちである。則夫はソファにすぐ横になる。

「こちらが甘かった」

律子はまっすぐ家に帰らなかったことを後悔した。病人をベッドで待たせてもらえないかと頼み込んだ。

やっと診察を終え、糖尿病の薬をもらって車に乗った。病人にとっては辛い時間、私たちにとってもハラハラと病人を気遣う長い時間だった。

「ほら、もうじき家だよ、よかったね、犬も猫も待っているよ」

私は則夫の耳元へ顔を近づけた。

「よかったよ、はい」

兄は幼稚園児のようだ。

実家へ来たのは何年ぶりのことだろう。父の五十回忌のときだったから三年前のことだ。久しぶりに見る家は、兄に手がかかるので、庭の草も伸び放題だ。私が家を出たころはまだ、新築して間がなかったけれど、あれから四十年も経っている。跡取りがあれば、それなりに建て替えもしただろうに、老夫婦の住む家はすっかり老朽化していた。

「ダルちゃん、ダルちゃん、ダルちゃん」

律子が、大喜びで跳ね回る犬を抱きしめている。犬は私にまで跳び付いてくるが、服が汚れることを警戒して逃げる。躾（しつけ）ができていない。

あんなに「犬はどこへいった」ときいていたのに、則夫は大して関心も示さない。

律子は、私が則夫を看ている間に病院へ引き返した。退院の手続きで足りないところがあったという。忘れ物もあるらしい。

則夫は、家に帰っていながら、あたりを見回している。

「俺はどこへ来ているんだ」

不思議そうな顔をする。

「にいさまの家に帰って来たんだよ」

「どこ？」

他人の家のような言い方をする。どうも納得できないらしい。体が衰弱しているときは、頭もボーとしているのだろう。私には則夫の頭の構造がどうなっているのか、こちらの方が変になってしまう。旅行に出ていて、宿泊先に辿り着いたと思っているようだ。

律子が病院から帰って来た。この田舎で車に乗れなかったらさぞかし不便なことだろう。

律子が病院で講習を受けたように、固形物をフードプロセッサーにかけ、お茶にもトロミ剤を混ぜてゼリー状にして持って来る。「はい、はい、はい」声を弾ませて、介護食も持って来た。私はそれを受け取って食べさせた。

そんなものでさえ、口に入れると激しく咳き込む。その都度背中をトントンと叩く。今にも息が詰まりそうで、こちらも気が気ではない。

こんな病人をどうして退院させるのだろう。高齢者が見捨てられたような今の医療である。

律子は熱を測っては高いと言って心配し、血糖値を測っては二百以上あると慌ててインスリンを打つ。病人は衰弱するばかりである。

「ひょっとしたら、九月いっぱい持たないかもしれないね」

律子が、不安そうに言う。愛情の比重が私よりかなり重い。私もこの暑さを乗り越えることはできないような気持ちにもなった。

「ここはどこだ」

則夫は、またあたりを見回す。

「どこだと思う」

こちらからきくと、

「旅館」

答えなければ悪いように言う。

鄙(ひな)びた温泉にでも来ているつもりかもしれない。子供のない身軽さで夫婦はよく旅行に出かけていた。切れかかる電気が点いたり消えたりする。私は旅館の仲居さんだろうか。

「やっぱり、家族葬にしようかしら、でも町内があるから、そんなこともできないわね」

「今は、どこも家族葬よ、身内が多いからそれでいいじゃないの」

家の中を片付けなければと思うと、それどころでない律子は夜も眠れないと言った。

三日ばかり家で面倒を見ていたが、病人は一層衰弱するばかりなので、またかかりつけのS病院へ連れて行くことになった。ペースト状のものさえ思うように飲み込めない。むせてばかりいる。喉に詰まって窒息してしまうのでは、という危惧が襲って怖い。

「点滴でも打ってもらえば、もう少し元気が出るかもしれないわね」

律子が不安そうに私に言った。

女二人がかりで男一人を病院へ連れて行くにも、相手は歩くこともままならないので大変な労力がいる。おまけに私たちも高齢者なのだ。こんなことが降りかかってくるのなら、介護の勉強でもしておくべきだった、と思った。

則夫は待合室で待ってはおられない。座っているのが辛いのだ。すぐに体を横たえて、私の膝に頭を乗せてくる。

病室のベッドで待たしてもらうことになった。一時間くらい待ってやっと診察が回ってきた。かかりつけの医師は、則夫を診察し、体が衰弱しているのですぐに点滴をする。そして、救急車を呼ぶからこのまま入院した方がいいと言う。

近くのK市民病院へ救急車で搬送される。律子と私も同乗した。私が救急車に乗るのは初めての経験だった。

則夫は最近三回も救急車に乗った。救急隊の人も先回の人だと律子は言った。血圧、脈拍を測る。血圧は正常だけれど、脈拍は百以上もある。入院する病院はすぐ近くだった。

K市民病院は古い建物で病室も前の病院のように綺麗ではない。まもなく、別のところへ建て替えることになっている。

六人部屋の病室へ移ったとき、比較的症状の軽い患者が前のベッドに一人いた。あとの四人はほとんど寝たっきりの、脳梗塞の患者だった。まともな患者が二日ばかりで転院すると、則夫は「さみしい、さみしい」と言うようになった。

律子は毎日病院へ行っているのだが、前の病院と違って、夜は付き添わなくてよい。則夫も夜中に帰りたいと言って騒がなくなった。ベッドから下りることがあれば、床マットのセンサーが反応して看護師がすぐに飛んで来る。

病院こそ古いが医師も看護師もとても気持ちが温かい、良心的である。認知症の則夫を人間的に扱ってくれている。

年増の看護師が尿の検査のためにやって来た。

「尿を採らせてくださいね、ちょっとがまんしてね」

看護師も則夫を子供のように扱っている。私はカーテンの外へ出た。

「イタイ、イタイ、カンベンシテクレ」

その言い方が何とも可愛い。カーテン越しに聞いていた私も思わず笑ってしまった。

「ごめん、ごめん、もうちょっとだからがまんしてね」

看護師も手馴れたものである。

この病院へ来てから則夫はみるみる元気になった。律子は毎日お昼ごろにやって来る。久しぶりに夜もゆっくり眠らせてもらえるようになった。

則夫は確実に体力を取り戻していった。

「この分なら八十歳くらいまで生きられるかもしれないね」

律子もホッとしたのだろうか。そんなことを言うようになった。

K市民病院では、則夫が嚥下障害で食べられなくなっているので、機能回復するためリハビリすることになった。

元々兄は無口もはなはだしいことから、認知症になった可能性が強い。看護師がリハビリをするために書いたものを持って来る。

「サイタサイタサクラガサイタ」

「ハルニナッテタンポポガサキハジメマシタ」などである。

看護師が先にそれを読み、次に則夫に言わせる。兄は看護師の言うとおりに復唱する。

舌を長く出したり、口の左端に寄せたり右端に寄せたりして舌を動かせる。また、巻笛というのだろうか、縁日で売っている子供の玩具のようなものである。口に銜(くわ)えて、フーと吹くと渦状になったものが、みるみる伸びていく。伸縮自在の紙のおもちゃである。

吹くごとに、一、二、三、四と傍で数えてやると、最初は五回くらいが精いっぱいだったが、日ごとに回数が多くなる。

私も毎日のように病院に来ていた。則夫と二人で向き合っているのも退屈なので、そんなことばかりやらせていた。点滴を打つことで、栄養が行き届いてくると、頭も少ししっかりとしてきたようだ。熱も平熱を持続している。

律子だと甘えがあるらしい。わがままになってやらない。

「そんなバカバカしいことできるか」

とそっぽを向く。看護師や私だと、気を遣うのか聞き分けがいいのだ。体調が良いと頭の方へも栄養が回っていて、もっともらしい言葉が出る。

「おまえが来てくれるといいなあ、世間のことをよう知っているで、いい話ないか」

「いい話って、どんな話」

「お金がもうかる話だわ」

「もうけなくてもいいじゃない、年金で十分でしょ」

「まあ、いいか」

「よく働いたもの、もうゆっくりすればいいの」

一クール済むと、また同じことを繰り返す。

「おまえは世間に明るいで、いい話知っているだろう」

面倒臭くなってくる。こっちが聞きたいくらいだ。

「いい話ないねえ」

巻笛を取って「さあ、リハビリ、リハビリ」と促す。

則夫は巻笛を銜（くわ）える。私は傍で回数を数えてやる。

「また美味しいものを食べられるようになるから一生懸命やるのよ」

則夫は、調子に乗って巻き笛を吹き続ける。

夕方には大抵律子と一緒に夕食をし、私は最寄りの駅から電車に乗って名古屋へ帰る。金山総合駅の近くに住まいがあるので便利だ。仕事の合間を縫って見舞うことができる。

胃ろうをするときのために、胃の検査をすることになった。

「検査の結果はどうだったの」

律子に尋ねた。

「昔、胃の手術したでしょう」

「そういえばね、もう何年になるかしら」

最初は胃がんだと思っていたが、摘出した腫瘍の検査をしたら、悪性のものではなく、良性の腫瘍だったと言って律子が喜んでいたことを思い出した。

「胃が三分の一しかないから、胃ろうはできないそうよ」

これまでは、鼻から栄養を注入したり、胸から静脈を通し栄養を送ったりする方法がとられてきたが、近年は胃に穴をあけ、そこから栄養を注入する。その必要がなくなれば、カテーテルをはずせば二時間ほどで穴は自然に埋まるという。患者に苦痛を強いらない。違和感もない。病院も管理しやすいそんな簡便さから、近年はかなり普及しているらしい。

病が回復して社会復帰できる人にはいいが、ほとんど回復力のない高齢者には、ただ消化器だけが動いているといった延命措置になる。医療費ばかりが膨らみ、最近は大きな問題になっている。先日も胃ろうを開発した医師が、ジレンマに陥っている姿をドキュメンタリー番組として放映していた。私は関心を持って見ていたのである。

しかし、則夫の場合は胃が小さかったことが、却って幸いしたといえる。リハビリも功を奏した。

ペースト状の食べ物が出されるようになった。欠食児童のようにガツガツと全部平らげてしまう。F病院のときのように残したりしない。付き添いというものではなく、則夫がさみしがるので話し相手になってやればよい。

それにF病院では年を取った患者を切り捨てようとする治療方針が見え見えであったが、今度は明らかに違う。

K市民病院は建物こそ古いが、医師も看護師も介護に当たる人すべてが、患者に愛情を持って接している。その気持ちがありありと伝わってくる。律子もK市民病院へ入院している間、束の間気を抜くことができたのではなかったろうか。

しかし、ここでも、食べ物が食べられるようになったら、即退院しなければならなかった。

「もう少し、いさせてもらいたいね」

と言い合った。

それでも、前の病院とは比べものにならないくらいの元気さで、則夫は退院することができた。

退院の日も私は午前中に病院に着いた。関わり合った看護師の一人一人が則夫の退院を心から喜んで、エールを送ってくれた。

斜め向かいのベッドに横たわっていた患者も、植物状態だと思っていたが、看護師がペースト状の食べ物をスプーンで掬って、実に気長に根気よく食べさせている。こんなに丁寧に患者の面倒を見ていたら、人手がいくらあっても足りないだろう。病院によってそれほどに違うのだった。

年を取っても、自立しなければならないということを、痛切に考えさせられた。

則夫と律子、私の三人で病室を出た。エレベーターの前に来ると、ナースセンターから、ほとんどの看護師が出て来て、口ぐちに、

「退院おめでとう、よかったわね」

則夫に声をかける。握手をする。エレベーターのドアが閉まるまで見送ってくれた。F病院を退院したときとは打って変わって、にいさまは元気で家に帰った。

再びデイサービスに行くこともないと思われたが、律子がケアマネージャーに相談すると、行くことができるようになった。私も暇を見つけては実家へ帰って則夫を見舞った。

仏壇のある座敷に介護ベッドを入れた。この部屋にいるとご先祖様が見守ってくれていると、律子は則夫に言い聞かせている。

「あの犬は高かったぞ」

「ほんと、いくらしたの」

知らないふりをしてきいてやる。

「八万か、九万しただろっ」

「にいさまの家はお金持ちだね」

「金なんかないよ」

「でも、高いお金出して犬を買ったんでしょ」

「はい、この犬はうちの天下様だわ」

躾ができてなくて、はしゃぎ回る犬を見て則夫が言う。

「犬が天下様で、義姉さんがかかあ天下、じゃあ私はなあーに」

「おまえか、おまえは金持ってるだろう」

「お金ならいっぱい持っているよ」

とぼけて私は言う。

「そんなら、おまえは大蔵省だわ」

思わず笑ってしまう。認知症とはいいながら、則夫は昔の感覚で実にユーモアのある解答をする。

「にいさまもお金持ちだからいいじゃない」

「金なんかないよ」

「じゃ、一体いくらあったら、お金持ちなの」

「百万くらいだろっ」

百万くらいあればお金持ちという感覚なのだ。思考が昭和三十年代で止まっている。百万長者と言われた時代なのだ。

「百万でよかったら、おかあちゃんが持ってるから、大丈夫だよ」

「本当に持ってるの、そんなら何があっても安心だなあ」

認知症になって、お金のことを露骨に言うようになった。

お金に苦労したのだ。可哀想だった。則夫が真面目に勤め、お金を家に入れていたから、私たちは育ってきたのだった。

「私は、だあれ」

「知らん、わからん」

バカバカしいことに答えられるか、という顔でそっぽを向く。今は妹だとわかっているのだ。律子はカボチャの煮たものを、フードプロセッサーにかけて持って来た。

「じゃ、この人は誰なの」

律子のことを、則夫に向かってきいてみた。

「あれは、取り持ちの衆が、わあ、わあ、と言うで、家へ来たんだろっ」

なるほど、取り持ち衆か。私は感心する。懐かしい言葉だった。昔は世話を焼いてくれる人たちが、田舎には多くいた。そばで聞いていた律子も、声を立てて笑い出した。

母が急に亡くなって困っているからと、近所の人や親戚の人たちが立ち上がって、二人を取り持ってくれたのだった。

＊＊

異常にそして執拗に暑かった夏だったが、秋の彼岸を境にして踵(きびす)を返すように遠ざかって行った。扇風機や夏茣蓙(ござ)が一日の違いで寒々と私の目に映る。

兄の則夫が退院したのは十月に入ってからだった。私は時どき実家に通っていた。少し良くなるとペースト状のミキサー食では満腹感が得られない。糖尿病もあるせいで欠食児童そのものだった。

律子は育ち盛りの雛に餌を運ぶ親鳥のように、固形物をフードプロセッサーにかけ、ペースト状にして食べ物を則夫に運んでいた。

「夜中に起きて食べた形跡があるの、これじゃ冷蔵庫に何も置いておけないわ、困ったものだわ、また誤嚥性の肺炎を起こしたらどうしよう」

「固形物食べて、よく嚥下障害にならなかったわね」

そこまで回復したと考えていいのだろうか。

「大丈夫だったみたいよ」

二度と通所できないと思っていたデイサービスも、週三回ほど行くようになった。そのときだけが、ホッとできる時間だと律子は言った。家にいるときは相変わらずトイレにひっきりなしに通っている。

「これが唯一の運動だから、行かせているの」

ポータブルトイレが近くに用意してあっても、この段階ではまだ使っていなかった。

律子も身体が休まらないので、則夫に噛んで含めるように言った効果だろうか、ショートステイを一日だけ消化して帰って来た。しかし、則夫は夜通し眠らなくてヘルパーを困らせたらしい。

「でも面白いんだわね」

電話の向こうで、律子はそう言って笑い出す。

「風呂に入ってこなかったんだわ、折角行ったのにどうして入れてもらわなかったの、っていたらね、麻ちゃん、にいさまどう言ったと思う」

「……わからない」

考えたけれど答えが見つからない。

「あんな若い女ではこっちが恥ずかしいわ、って言ったのよ」

「いやあ、にいさまらしい」

その日、律子と私の昼食のためにお寿司を買って行った。私の住まいの近くに「にぎりたて」の店がある。そこで買うあげ寿司やサラダ巻きの味が好きだった。律子も美味しいと気に入ってくれている。

律子が清洲駅まで車で迎えに来る。ついでに駅の近くの喫茶店に入る。私は朝食を済ませているのだが、律子は十時になってもまだ朝食を摂っていない。近ごろ実家へ帰る度に清洲駅で降りるようになったのは、ほとんど四十年ぶりのことだった。

今まで法事で実家へ帰るときは、知多から来る義兄の車に同乗していたが、その義兄も亡くなった。私は律子が運転する車から今浦島のように町並みを眺めていた。

お昼になって、則夫には何品もの食品をペースト状にして並べ、律子や私はあげ寿司やサラダ巻きを食べていた。則夫は寿司を食べると言ってきかない。目の前で食べる私たちが間違いだった。何しろ欠食児童である。則夫はサラダ巻きを手で掴むと口に運ぼうとした。

「ああ、いけない」私が止めようとしたが、律子は「もういいわ」と言った。

「どうせ、夜中に盗み食いしてるんだから、一遍に食べないでね、少しずつだよ」

「大丈夫かな」

私はそう言いながら見守った。

下の歯はあっても上の歯は一本もない。入れ歯を作っても、違和感があって結局は使わないのだった。盗み食いではなく、公然と固形物を咀嚼した則夫は、開口一番「オイシイ」と言った。幼児みたいな笑顔だった。

「ゆっくりね、ゆっくりね」

ひやひや見守る二人の心配をよそに、則夫の食べたものは、食道から正規のルートで消化器へ入っていったようだ。

「銀杏でも見にドライブしようか、ノーちゃん、どうする」

律子がきくと「いくわ」と応える。

実家から西の方へ走って行くと銀杏の名所がある。銀杏の木は一万本あるといわれ、祖父江の銀杏は有名であった。

「勘違いしていたわ、まだ早かったわね」

銀杏は少しも色づいてはいなかった。考えてみれば、十月も中旬である。銀杏の黄葉には一カ月も早い。私は何も考えずに同乗して来た。

「コーヒーでも飲みに行きましょう、いいところへ連れて行ってあげるわ、コーヒーなら飲めるでしょう」

律子は助手席に座っている則夫に言っているのだろうか、それとも後ろに座っている私に言ったのか、ハンドルを握りながら歌うような調子である。

比較的広い駐車場に車を駐めた。二人がかりで則夫を支え歩かせて喫茶店に入り、窓側の席に腰を下ろさせた。

このあたりはモーニング発祥の地で、どの喫茶店でもサービスを競っていて、店内のスペースもゆったりしている。名古屋では駐車場のある喫茶店を見付けることに難儀をするが、さすがに郊外だった。ウェイトレスがメニュー表を持って注文を取りに来た。

コーヒー代の他に六三〇円出せば、小ぶりなケーキが六つ盛って付いてくる。名古屋では信じられない値段に、間違いではないかと私は何度も確かめた。

店内を見渡すと主婦層がコーヒーとケーキを取って、おしゃべりに余念がない。こんな時間に女性たちは結構優雅な時間を過ごしている。

ウェイトレスがコーヒーとケーキを持って来た。

「さー食べなさい、糖尿病だから、本当はいけないんだけど、今日だけはスペシャルサービスだよ、食べれるかなあ」

律子がそう言うが早いか、則夫はケーキを手づかみで食べようとする。

「ちょっと、ちょっと」

向かいの席から、律子がケーキを器に戻させる。猿みたいな行動だ。脳のどこの部分の損傷で、こういう行動になるのか。私が隣の席で、スプーンを使ってケーキを口に運んでやると、次からは自分でスプーンを使いケーキを口に運んでいる。

「オイシイ」

顔がゆっくり綻んだ。則夫がコーヒーカップに手をかけたとき、

「ああ、シマッタ」

律子が言う。

「どうしたの」

「トロミ剤を持ってこなかったから、シマッタと思って、でもいいわ、なしでも飲めるよね」

則夫がコーヒーを飲むのを固唾をのんで見ていた。一口飲んでは、オイシイと言う。唇から漏れるコーヒーをティッシュで拭ってやりながら、こうして三人で一つのテーブルを囲んでいることが、ひどく懐かしい光景に思われた。

「そういえば、私たち、昔家族だったよね」

私は呟いた。兄にとって今日は久しぶりにいい日だった。お寿司を食べ、ドライブをし、コーヒーを飲み、ケーキまで食べたからだ。

病気になる前は毎日当たり前のように繰り返されていたことが、今では奇跡でも起きたように律子は喜ぶのだった。

則夫は週三回のデイサービスにも行き、小康状態を保っていた。ここまでくれば、まずひと安心、私もようやく日常の生活に戻ることができると思った。

律子は用心深くペースト状のものを食べさせていたのだが、則夫は夜中になると、律子の眠っているのをいいことに、夜行性の動物のように餌を求めて探索行動をする。

「ドッグフードを食べてしまったのよ、そんなもの食べて美味しいのって、こっちはあきれて言っているのに、オイシイよって、言うから困ったものだわ」

「ドッグフードなんて硬いもの、嚥下障害にもならずによく食べられたわね」

「そうとみえるね」

律子は則夫の様子をこんなふうに私に知らせてくる。

「お正月、仕出し屋さんからお節取るからね、麻ちゃん、食べること手伝ってくれない、お餅も買っておくからね」

九月に母の五十回忌の法要をするために十数人が集まることになっていた。則夫が入院したため、急遽料理屋の予約を取り消したことを、律子は申し訳ないと思っている。せめてその料理屋でお節を取って少しは償いをしたいそうだ。私は今までにないことなので、「ありがとう」と言ったものの正直戸惑っていた。

お正月二日、私が実家に行ったとき、お節の他に近所から、かに寿司の差し入れがあり、私が買っていった、あげ寿司とサラダ巻きもあって、則夫は次つぎ平らげた。その上に律子がペースト状のものを作って持って来る。血糖値のことを心配しながらも、

「お正月だから、まあ、今日は特別だわ」

律子はスペシャルサービスだの特別だのと与える自分に言い訳をしている。則夫にとっては盆と正月が一緒に来たような待遇だった。

昨年の九月から救急車に三回もお世話になった。あのころは今度の正月は迎えられないのではないかと思っていたが、信じられないくらい元気になった。しかし認知症の方は確実に進行していて、以前のように面白い会話もできなくなった。

デイサービスに行っても寝てばかりで、夜と昼が逆転してしまった。律子は夜寝させてもらえないので、疲労も極度に達していると嘆いていた。

「義姉さん、気分転換に名古屋へ出て来たら、私の家の近くに、『かに本家』があるのよ、午後一時ごろからならゆっくりできるし」

「デイサービスに行かない日に連れて行くわ」

とは言いながら、私のところへ来ることなど、今までになかったので、あまり本気にしてはいなかった。あれから一週間も経っていない。朝、律子から電話が入る。

「今日連れて行ってもいいかしら」

「どうぞ、どうぞ」

「昼間起きていてもらわないと夜寝ないし、二人だけでドライブするのも詰まらないから目的があった方がいいものね」

金山の『かに本家』に一時ということで約束した。

車の乗り降りに手を貸さなければいけない。私は早めに家を出たが、中に入ると二人はすでに来て待っていた。則夫の穏やかなうれしい表情、ヒゲも剃ってこざっぱりした格好をしている。頭は禿げ上がっているけれど、鼻筋がしっかり通って色も白く、今日は格別男前に見える。

「ありがとうね」

則夫が先に私に言った。

濁りのない表情に吸い込まれそうになる。係りの人に椅子に腰掛けられる部屋に案内してもらう。『かに本家』は、お昼の会席料理はお値打ちで、忙しい十二時から一時を除いたところで時間を組めば、ゆっくりと会席料理を味わうことができる。私のお勧めコースで「美幌」という会席料理を頼んだ。

二人がかりで則夫に言葉を交わしながら食べる世話をしていると、同室の年配の女性が労りの表情で微笑みかける。

「すみません、手がかかるものですから」

私も笑顔を返す。

則夫は一口食べる度に「オイシイ、オイシイ」を繰り返す。

「そんなにオイシイの、よかったね」

「よかったよ、おまえはオイシイものをよく知ってるなあ」

「麻ちゃんにお世辞言ってるわ」

律子が笑う。今まで一人でやっていた介護の役目を、ほんの一時でも協力者が得られることで、少しは律子もホッとするのかもしれない。則夫はまだちゃんとした味覚を感じることができている。全部平らげ堪能したようだった。

折角名古屋へ出て来たからと、律子の運転で熱田神宮へ一緒に行く。降りて参道を歩く訳にはいかないので、その付近まで行くと、律子は車を停めた。

「ここから手を合わせて拝みなさい。氏神さんもそうしたでしょう」

則夫は熱田神宮に向かって拝んでいる。素直な仕種だった。私の中にもう拘りはなくなっていた。

マンションまで送ってもらって私は車から降りた。降りてしまえば私は解放される。ホッとして去って行く車を見送った。則夫の介護は律子一人の肩にかかってくる。彼女も七十を二、三年前に越えた。面倒を見るといっても限界があるだろう。

介護福祉士をしている甥夫婦が、何かと以前からアドバイスしていて、共倒れになる前に施設に手続きをした方がいいと勧めていた。律子が倒れでもしたら則夫の面倒を見ることはできない。申し込みをしても順番を待たなければならないので、手続きを急がせたりするが、律子はまるで考えていないようだった。

「義姉さん、今、にいさまを施設に入れたからって、誰も義姉さんを責めたりしないよ。もう十分すぎるくらい面倒見てきたのだから、私たちは義姉さんのことが心配で」

「あなたたちの言うことはよくわかるよ、それが正しいかもしれない、でも私が看れるうちは看ようと思うの」

「そうかもしれないね、今更義姉さんが勧めようとしても、どこも雇ってくれないし、にいさまの年金分を稼ぐことなんてできないから、じゃ、仕事のつもりでやってみるだわ」

「あなたいいこと言うわね」

則夫の入所については、それを切りに、私はもう口を出したりしなかった。身内の訪問を心待ちにしているという則夫のために、頃合いを見計らっては見舞っていた。弥重夫婦や甥夫婦も仕事を持っているが、暇を見つけては見舞っていた。

則夫はかにに会席の料理が余程気に入ったようで、

「麻ちゃんどころへ行く?ときくと、かにの味を思い出すのか、にいさまが行くと言うから」

律子は半月も経たないうちに、則夫を『かに本家』に連れて来た。今度は飲み込みやすい、かに雑炊のコースを選んで、私たちもそれに合わせた。

「オイシイ、オイシイ」ご機嫌で全部平らげた。コーヒーを飲みたいと言うが、このあたりで駐車場のある喫茶店を思いつかない。

「いっそのこと、私のマンションの二階に来たら」

と誘った。

マンションの前に着くと、私は兄と一緒に車を降りる。近くに有料の駐車場があるので、車はそこへ入れてもらう。則夫は右手で杖を突き、私の肩に左手を預ける。私の右手は兄の体に回っている。そういう姿勢でそろそろと歩き、エレベーターに乗って二階の喫茶店に入る。私と並びの席に座らせた。喫茶店のママが表情だけで労っている。律子がすぐに入って来たのでコーヒーを三つ注文した。

則夫はコーヒーを一口飲むと私の顔を見て「オイシイ」と言う。その笑顔は確実に私の心を解きほぐす。

「そう、よかったわね」

「よかったよ」

コーヒーを忽ち飲んでしまう。そして空になったカップをじっと見ている。

「コーヒーはまだこないの」

不思議そうに言う。

「今飲んだじゃないの」

私のコーヒーをカップに注いでやる。それもすぐに飲んで、

「コーヒーいつくるの」

またまた不思議そうに私の顔を見つめている。

たった今飲んだことをもう忘れてしまうのだ。律子は私たちのやりとりを黙って眺めている。

「コーヒーいつくるの、コーヒーは」

私の顔を見て駄々っ子のように訴える。

「はいはい、ごちそうさんだよ、もう帰るからね」

そう言って立ちかけると、

「オシッコがしたいわ」

「じゃ、私の部屋にいらっしゃい。そこでゆっくりオシッコするといいわ。そうしようね、にいさま」

「悪いね、麻ちゃん」

則夫や律子が私の部屋に来ることなど、初めてだった。昨年の九月以来、初めてのことが多

くなった。エレベーターに乗るときも、通路を歩くときも、トイレに行くときも介助が必要である。

「シンプルな生活しているのね」

律子は部屋を見回した。

パンツをオムツごと下ろして後ろ向きに座らせる。ショビ、ショビと頼りない音がするばかりだ。トイレを出ると則夫は、

「えらいから寝たいわ」

寝るといっても、ベッドがない。

「じゃ、私の布団で休んでいく?」

布団を敷いて律子と二人で布団の上に寝かせた。ベッドでないと不自由である。

「この布団、私以外、誰も寝たことないの、にいさまだけよ、それこそ特別待遇だわ、いいわねえ」

「いいよ」

邪心のない目だった。

「麻ちゃんごめんね。ノーちゃんいいわねえ、麻ちゃんの布団に寝させてもらって」

「いいよ」

今度は律子の顔を見つめてうれしそうに返事をする。兄があるということを私の意識の中から四十年以上も遠ざけてきた。神様は則夫の晩年を利用して、こんな粋な時間を用意しておいてくれたのかとも、また思う。

則夫は三十分ほど二人の顔を交互に眺めながら、横になっていた。

「ノーちゃんもういいでしょう。すっかり邪魔してしまって」

律子が言い聞かせる。

則夫も帰っていいと言うので、二人がかりで体を起こす。

「よいしょ」と掛け声を出し、やっとの思いで則夫を立たせることができた。

狭い部屋にベッドを入れることは無理だと、ずっと畳に布団を敷いてきたが、これからは則夫のために、ベッドを入れようかと部屋のスペースを再確認する。

「麻ちゃん、上手だから助かったわ」

律子がお世辞を言うが、介護の勉強をしておけばよかったと思った。

「これからは気晴らしに時どき出て来たらいいわ」

二人を見送った。こんな老後が来ることを則夫や律子は予想だにしなかっただろう。私もそうなのだ。いつまでもこの体力が維持できるものと思い込んでいる。

則夫がデイサービスに行く日はよいとしても、二人だけで向き合っていたら、律子が肉体的にも精神的にも参ってしまうだろう。私が手伝うことにはならないが、誰かがいることで雰囲気が違ったものになる。

金山駅でＪＲに乗って清洲駅で降りる。律子が駅まで車で迎えに来ている。則夫の世話に追われてまだ朝食を済ませていない。

「モーニングに行きましょう。私朝コーヒー飲まないと元気が出ないんだわね」

モーニングで一日が始まるのも律子の長年の習慣になっている。麻ちゃんを迎えに行って来るわね、と則夫に言い聞かせて出て来ている。四十年前私が実家から名古屋に通っていたころは喫茶店など一軒もなかった。

私は朝食を済ませているが、一緒にモーニングをとる。コーヒーが体質に合うのなら、喫茶店がマンションの階下にあるので毎日でもコーヒーを飲むのだけれど、空き腹に飲めば胃に堪えるし、午後から飲めば睡眠の妨げになる。

若いころは孤独が好きだった則夫も、認知症になっても、死が近づいて来ることが察知できるのか「さみしい」と言う。単なるさみしさとは違うようだ。死の影が纏わりつくさみしさなのだろうか。

トイレと洗面所を必死で掃除する。則夫はトイレが戦場なので汚れている。あまり何度も何度も行くので、自分で杖を突いて行けばよいと思った。フラフラしている。案の定転んだが、私は黙って見ていた。その周辺には何も障害物はなかったから、転ぶにまかせておいたのだ。

律子が台所にいて、物音を聞いて飛んで来た。

「ああ、いかんがね、いかんがね、痛かったでしょう」

転んだままでいる則夫の体を起こして頭をさすっている。

「大丈夫だわ義姉さん、こけても大したことないわ」

律子の愛情に比べると、私の何と冷ややかなことだろう。でも骨折などしたら、またややこしくなると気を引き締める。

律子は相変わらず、雛の面倒を見るように、固形物をフードプロセッサーにかけては則夫に運んでいる。何度食べても一向に腹に堪えないし、食べたことすら忘れてしまう。すぐに「メシはまだ」と怪訝そうな顔をする。

「コーヒーを飲みに行こうか」

律子が言うと、「いいよ」と則夫が応える。いざ、行こうとすると「寒いで嫌だ」になる。

「寒いで嫌だと言うもの、熱でもあるのかしら」

そんなに心配ばかりしていたら身が持たないのではないかしらと思う。認知症になっても手がかかっても、律子にとって則夫は大事な大事な夫である。捨て置かれた妹の急拵え(ごしら)の愛情とはハカリが違うのだ。

二月四日に弥重も誘って、みんなでかに雑炊を食べに行く約束をしていた。二日前になって、律子から雑炊でも食べられる状態ではなくなったと断りの電話が入る。

「フードプロセッサーでも持ち込んでかに料理を食べさせてやりたいけどね」

律子も名古屋まで則夫を連れて来ることに、疲れを覚えるようになったと言っている。かかりつけの個人病院を通じて、またK市民病院へ入院する羽目になった。先回のように救急車を呼ぶほどではないから、K市民病院へ連れて行ってほしいと医師は言う。

K市民病院ではすぐに六人部屋へ案内された。腕の静脈から点滴を、そして尿道にもカテーテルを入れた。則夫はその両方に違和感があって気になってしかたがない。点滴をはずそうとする。尿道のカテーテルも引き抜こうとする。夕方になって則夫をなだめすかして律子と二人で帰って来た。

「大人しくしてくれたらいいのだけれど」

「ほんとにね」

私も祈るような気持ちだった。

夜になって携帯が鳴る。案の定律子である。

「やっぱり駄目だったわ、変なことばっかり言って、大声を出すらしいのよ、みんなに迷惑がかかるから個室に移ってほしいと言われてね、今日からまた泊まらないといけないわ」

K市民病院はこの前付き添いなしで入院させてくれたから大丈夫と思ったのに、あのときと状況が違っている。

「カテーテルが尿道に差し込んであるから、痛いのでしょう、はずせ、はずせと言ってわめくらしいのよ」

カテーテルも太い細いのサイズがあるから、もしかして、太すぎるかもしれない。しかし、則夫はただ引き抜こうとするだけで意思が伝わらない。

例え一週間でも、病院が面倒を見てくれたら、律子も少しは体が休まるかもしれないのに、K市民病院でも今度は付き添いがいるようだ。人手が足りないから則夫ばかりに手をかけてはおれないとも言うらしい。どうしたらよいのか、このままでは確実に律子が倒れてしまう。行く末を思って私たちは途方に暮れていた。

あくる日、早速K市民病院へ行く。病室の番号を辿って行くと昨日の病室と反対側にある。広い病室にはトイレは勿論のこと、仕切りがついた応接間もセットされている。有名人の個室みたいだ。則夫は病室にいなかった。どこへ行ったのだろう。しばらく待ってナースステーションで尋ねた。

「すみません、四一二号室の桐生と申しますが、部屋におりませんけど」

「お預かりしていますよ、ここで」

看護師の視線の先に則夫がいる。車椅子に乗せられ体をベルトで固定されて、兄はナースステーションに預けられていた。

律子は午前中にどうしても役所に行かなければならない。私が行くまでの間、目が離せないので看護師の目の届くところで則夫を看ていたのだ。

「すみません、申し訳ありません」

ひたすら謝って則夫を病室まで連れて来てもらった。そしてベッドに移してもらう。

看護師は大変な労力である。点滴をはずしてしまうので手にはグローブ状のものが嵌められている。則夫はそれに拘ってはずそうとするけれど、手首のところにボタンが掛けられている。ボタンをはずすにはちょっとしたコツがあった。認知症の則夫にわかるはずがない。それに気が向いている間はトイレに行くとは言わない。お昼を過ぎて律子が来た。

「義姉さん、すごい部屋ねえ」

「ヤクザの親分が入るような部屋でしょう」

「二人部屋もあるにはあるけれど、菌を持ってる人が入っているから嫌なのよ」

「でもこの部屋高いでしょう」

「一日一万二六〇〇円かかるけどしようがないわね、周りの人に迷惑がかかるから、一人の患者にかかりきりにできないと言われるから、どうしたらいいのかしらねえ」

原則として、私が昼間、律子が夕方から看ることにしているが、私も則夫にかかりきる訳にいかない。

仕事が休みだった弥重に午前中だけ来てもらった。昼から弥重と顔を合わせると、

「面倒見きれないわ」

と言った。ご飯とトイレの繰り返しだったと言う。半日、則夫を看ていただけでお手上げなのだ。

則夫の頭がまともならば、一日一万二六〇〇円もかかる個室に入ると言ったら、とんでもないと怒るだろう。何も訳のわからないことを、この地方では「唐人」と言っていたが、則夫も幼児と一緒で、高い部屋だという認識などない。お金という言葉も一切口にしなくなった。

「わがままばかり言って、本当に困った人ね、にいさまは」

「タノムよ」哀願するような眼差しに見えた。どういう意味なのか、どこまでわかっているのか。この唐人さんは。

「もし、もし、亀よ、亀さんよ」

私が先に歌うと、則夫は歌いながらついて来る。私が歌詞を忘れて歌うことを止めてもその

まま歌い続ける。昔覚えたことはよく覚えているのだ。それともデイサービスでいつも歌っているのかもしれない。

海馬という脳の記憶の層があって、新しい記憶から剥ぎ取られていく。今はもう幼児のころの記憶と人間としての根源的なものしか残されていない。お金は削除され、メシとオシッコだけである
弥重も午前中はメシとオシッコに悩まされたという。手に嵌められたグローブをはずせと訴える。無視しているので自分ではずそうとするが、知恵の輪と格闘しているみたいである。私が止めるように注意すると、

「放っといたら、やらせておけば静かだから、夢中になっているとトイレに連れて行かなくてもいいがね」

弥重が私に忠告する。それもそうだと思って放っておく。私が名古屋から買って来た寿司の弁当を弥重と一緒に食べる。部屋が広いので則夫の目が届かないことが幸いだ。

「こんな病人抱えていたら義姉さんも大変よ。共倒れになったら、面倒見きれないよ」

私が嘆いた。

「早く施設に申し込んだ方がいいのに、申し込んだからって、すぐには入所できないんだよ」

弥重がじれったそうに言う。

「でも、義姉さんはあくまでも自分で面倒見るつもりだから」

「面倒見きれないから、こうなるのでしょう、彰人が言っていたけどねえ、あの二人、片方がどうにかなるまで離れられないかもね」

彰人とは弥重の長男である。彼は夫婦で社会福祉士をしていて、律子は何かと相談していた。今は施設へ預けることは当たり前の世の中なので、そうしたからといって誰も批難しない。今から申し込んでもすぐに入所できる訳はないから、手続きだけでもするように、と律子にアドバイスしていた。

私は、義姉さんの体のことを思うとね、という程度にこのごろは留めていた。

弥重と昼食をしていると律子が入って来た。手馴れている義姉は「トイレに行きたいわ」と甘える則夫に、赤子か愛犬でもあやすように、

「ほうかね、ほうかね、オシッコに行きたいの。はい、はい、これがノーちゃんの唯一の運動だから、行こうね」と言う。

「義姉さん考えた方がいいよ。トイレばっかり行って、参ってしまうがね」

弥重は少しばかり顔を顰めた。

「そんなことでは病人の介護はできないわ」

律子が語気を強めて返した。一瞬気まずい雰囲気になった。夕方になって弥重と一緒に病院

を出た。

「食事でもして帰ろうか」

私は当然のように弥重を誘った。

国府宮の駅前に、律子と一緒に食事をしたうどん屋があった。そのときは中華を食べたが和風で美味しかった。今度は天ぷらうどんを注文した。一口食べたとき「美味しいね」と二人は顔を見合わせた。

「こんな美味しい天ぷらうどん初めてだわ」

弥重が言う。

「そうね、名古屋でもこんな美味しい天ぷらうどんちょっと食べれないよね」

私もそう思った。

「美味しかったわ、ごちそうさま」

勘定をするとき思わず言葉にでた。

「ありがとうございます」

厨房の中から店主らしい男性が満面の笑みだった。病院での沈滞ムードを、一杯のうどんが癒してくれた。

お経の中には礼拝（らいはい）、讃嘆（さんたん）、作願（さがん）というものがあるそうだ。礼拝せずにはおれない。褒め讃えずにはおれない。作願とは、私もこのような人になりたいと願う。一杯のうどんがとても美味しかった、ごちそうさまと言わずにおれない、そういうことだと私は思った。

昼間であっても則夫はトロトロと眠っている。私は兄が眠っている間を縫って原稿の校正をしていた。南側は一面のガラス窓で稲沢の町が一望に見える景観である。こんなビップな病室に出入りすることも二度とないだろう。少しは気分を味わっておこうと思った。

その日は雑誌の発送があって、午後に集荷を約束していたのでどうしても家を空けられなかった。

「退院して来たからね」

夜になって律子は電話をかけてきた。思わぬ速さだった。

「明日か明後日だと言っていたから、義姉さん一人で大丈夫だったの」

「タクシーの運転手さんに頼んだのよ」

「よかったわね」

手伝ってあげられなかったが、都合の悪い日もあるのでしかたがない。そういうときは介護タクシーを利用すればいいと、彰人がアドバイスしていたようである。

足元も覚束ない病人を入退院させることは、律子一人では大変なこともよくわかった。介護タクシーを利用するなど思いも及ばなかったけれど、いい制度があるものだ。

お金に困らないだろうが、一日一万二六〇〇円の部屋代はやはり心配だった。一週間で退院できて一応やれやれと思った。

退院してから五日くらい経ってだから、二月二十八日だった。つい先日までは、やれるだけは私が面倒を見ると言い切っていた律子が弱音をはいてきた。

「やはり施設を当たってみようと思うわ、これでは私が参ってしまうもの」

則夫は昼に眠って、夜ガサガサと動き回り食べ物を探しているらしい。転んで頭を打ったり、ドッグフードはおろか食べ物でないものまで食べてしまうというのだ。

「そんなもの食べて美味しかったの」

あきれて言っても「オイシカッタよ」と相変わらずニソッと笑っていて、律子も困り果てている。

「眠れないのが一番体に堪(こた)えるのよ」

「それがいいわ、施設に預けたからといって、誰も義姉さんを責めたりしないわ。もう十分面倒見たのだから、もう潮時だと思うよ、彰人君が対応してくれるから」

「僕たちがどんなに義伯母さんの助けになろうと思っても、義伯母さんがその気になってくれなければどうしようもないよ」

彰人も思案投げ首の様子だった。

やっと律子は施設で面倒を見てもらおうという気になったようだ。則夫は気分次第でデイサービスに行く。私が実家の方へ行く約束をしていても、デイサービスに出かける気になれば、私の訪問に待ったがかかる。そっちへ行ってもらった方がいいから、それならそれでいいことだった。

三月十一日、未曾有の大震災が関東、東北地方を襲った。地震だけならそれほどの被害ではなかったが、予想外の津波は瞬時に二万人もの人の命や無数の建物、車、船、ありとあらゆるものを呑み込んだ。おどろおどろしい惨状は目を覆うものがあり言葉も失った。そして収束のつかない東京電力の原発事故に打ちのめされる。

弥重の家族といっても、長男も長女も世帯を持っているので、弥重夫婦と私、四家族の十人でディズニーランドへ行くことを昨年の夏ごろから予定していた。しかし秋ごろから、則夫が嚥下障害に伴う肺炎で入退院を繰り返していた。取り止めるべきかどうかと悩むこともあった。兄の病気は長丁場になるらしい。こんな機会はもうないのだからと断りもせず繋いできた。予定は子供たちの春休みだった。

地震や津波の犠牲者を思うと、そんな気持ちになれないと私は逸早く取り消したけれど、姪の小学生の子供たちはインターネットを検索し楽しみにしていた。結局は余震やら放射能が怖いといって取り消したときは、タイミングが悪かった。ディズニーランドも開園の予定だったので、取り消したお金を七万円近くもとられたと弥重は嘆いた。

「被災地の人たちのことを思えば、まあ、いいと思うのよ」

弥重は嘆きながらも自分を慰めていた。

事前に、律子にも、「留守になるけど、にいさま大丈夫よね」

私が打ち明けると、

「大丈夫、大丈夫、行っていらっしゃい」

と言っていたが、大震災が起きたあとでは、

「余震も多発しているし、何かあったら四家族よ」

と心配していた。ディズニーランドは行かないとの決定に、律子は胸をなでおろしたのではなかったろうか。

政治家が権力闘争に明け暮れていたが、三月十一日を境にしてぴたりと止んでいた。しかしそれもほんの一時で、またもや声高に菅首相おろしの合唱が再燃した。

一宮の方に介護施設を見つけたので、入所に当たって病院で則夫の診察があるから、付き合ってほしいと律子が言う。

診察の前に、則夫がデイサービスに通所している「憩い」に職員が調査に来ていた。

当日、私はＪＲの清洲駅で降りる。律子は則夫を車に乗せて迎えに来ていた。そのまま病院へ直行するのだ。

助手席に座っている則夫に「おはよう」と私は言った。則夫は「オイシイよ」と応える。何か美味しいものを食べに連れて行ってくれるものと思っているのだろうか。

桜の名所である五条川を通る。律子は前もって下調べをしているようだ。三月も末だけれど、今年はいつまでも寒かった。桜の開花も遅れている。もう少しあとなら、満開の桜並木が見えただろう。

Ｎ病院は交通機関を利用するとなると不便なところだった。もしこの施設に決まれば則夫を見舞うときにはかなりの所要時間がかかる。病院と介護施設が併設されていた。

律子が則夫と私を降ろし、少し離れた駐車場に車を駐めに行く。則夫を私の体にしっかりと引き寄せて歩いた。

律子が車を駐車して戻って来た。三人で病院の外来へと行く。田舎にある病院とは思えないような外観である。日本も高齢者が多くなって、介護施設を併設した病院が郊外の土地の安さを利用して造られていた。

律子が受付を済ませる。血液検査、尿検査、肺のＣＴなどさまざまな検査がある。他の病院へ行く度に則夫は検査ばかりする。

「検査ばかりで可哀想だけどね」

律子は気の毒がるが、私はこんなに医療費を使って国に負担をかけては申し訳ないことだと思う。

医師の前にはレントゲン写真がかかっているが、肺については一言も触れなかった。審査の結果は一週間後という。一緒に帰って来た。

不便なところであっても、車を利用する律子には関係ない。何でもいいからとにかく面倒を見てくれるところがあったら、それればかりを願っていた。背に腹は変えられない。

則夫は余程疲れたのだろう、喫茶店に寄るかと律子が尋ねても乗ってはこなかった。律子も私も気疲れしていた。一足とびに初夏が来たような日だった。

則夫にミキサー状の食事を摂らせた。犬のダルがはしゃぎ回っている。天気が良いのを幸いに律子と私は表に出てやっと食事にありついた。念のために持っていった寿司が役に立った。

「ねえ、あのレントゲンの写真、肺が黒く写っていたでしょう」

「そんなこと気が付かなかったわ」

「肺も相当悪いのではないかしら、どう思う」

律子はまた憶測している。

「悪ければ、悪いと医者も言うでしょう、肺のレントゲンを見ても何も言わないのだから、肺は大丈夫ということでしょう」

　私は律子をなだめた。

　二日ばかり経過していた。

「私ね、肺が黒いのが心配だったから病院へ電話入れたの。肺は悪くなかったけど、肝臓の数値が大分悪いので、介護施設も病院もどちらも入院できないと言うのよ。どうしようかしら」

　早々と断られた。老健では体が悪いからと断られ、病院では認知症があるからと断られる。一体どうしたらよいのだろうか。このままでは律子の体力が持たない。律子が倒れたら私の肩にかかってくる。

　甥の彰人が「憩い」のケアマネージャーと連絡を取り合ってまた次の施設を当たる。その日は私も都合が悪かったせいもあったが、律子は交替したケアマネと一緒に行った。

「奥さん、この前のところがうまくいかなくても、気を落とさないでね。次のところを当たればいいのだから」

　とても力強く励ましてくれたと言って、律子は今度のケアマネを気に入っていた。

「老健の方は駄目だったけど、病院の方へ入院させてくれることになったわ」

「今度は付き添わなくてもいいの」

「大丈夫みたい」

「そう、やっと面倒見てくれる病院が見つかったのね。今日はゆっくり眠ってください」

夜、弥重から電話が入った。私が明日見舞いに行くと言うと、連れて行ってほしいと言う。路線を調べ交通機関を利用して一緒に行くことにした。

弥重は夫の浩史をアッシーにしている。彼も退職してからは、スポーツ番組の番人のような生活をしているので、弥重の足代わりになることが唯一の仕事であった。

ところが、その浩史も寄る年波で随分方向音痴になった。交通機関を利用してサッサと出かける私にとって、浩史の車に乗せてもらうことが、このごろちょっとストレスになる。

道を間違えては「あっ、しまった」を繰り返し、目的地は遠くなってしまうことも度たびだった。ナビゲーターを一つひとつクリアーしていっても、まるで役に立たないことが多くなった。

律子も行くことになり、国府宮駅で私たちを待っているという。今度のA病院は名鉄を利用した方が圧倒的に早い気がする。A病院は則夫のような認知症と病気を抱えている患者に手馴れている。

則夫はA病院に入院したもののすぐに病棟を変えられた。古い病棟の方だった。

同じ敷地の中に、やすらぎ荘という老健がある。則夫は病気があるから、そこへは入所させてもらえないが、病院の中でも介護施設のようになっている。

そこの病棟は病気と認知症を併せ持っている患者ばかりである。則夫は病室を出ていつもリビングルームのようなところにいた。見るからに重度の認知症患者とか、病気で脳を損傷している患者とかが、一緒になってお遊戯をしていた。

認知症になってもその人の個性は出るもので、則夫はみんなと交わってお遊戯などできない。大抵の人は車椅子だけれど、中には自分の足で歩いている人もいる。精神病の患者もいる。リビングルームには鍵がかかっていた。受付で面会者の名前や関係、面会時間などを書き込むと、鍵が開けられて中に入ることができる。則夫は隅の方で車椅子に乗せられたままボーッとしていた。看護師が車椅子のまま則夫を面会室に連れて来る。律子の顔を見るとわがままが一気に噴出する。

大勢の患者が目の前にいるので、さみしさを和らげてくれるのか、則夫はここへ来てからは家に帰りたいとは言わなくなった。自分にとってもっとも大事な家も忘れるほど認知症が侵蝕してきたのである。三人が帰って来ても、もうあとを追うこともしなくなった。

「帰るからね」律子が言うと「いいよ」と言うだけである。今までは幼児が母親を追わえるように律子を慕っていた。微妙な感情が律子の脳裏をよぎったようだ。

ＪＲの稲沢駅まで律子に車で送ってもらい弥重と私は電車に乗った。稲沢駅もすっかり様変わりしている。弥重は名古屋駅で先に降り、私は金山駅で降りた。

一週間後、私は一人で則夫を見舞った。前回と同じように手続きを済ませ、患者が集うリビングルームに入って行った。則夫はいつになく険しい表情で私に迫ってくる。

「これをはずせ」と訴える。車椅子にベルトで体を固定されていた。ベルトは股のところから車椅子の後ろの方で固定され、いくら本人がはずそうとしてもどうすることもできない。

則夫はオシッコがしたいと言うが、看護師は今トイレに行ったばかりだからもういいのだと言って取り合わない。

私に、ベルトをはずしてトイレに連れて行け、と言うのだが、看護師がそばにいて私が手を出せる雰囲気ではない。

「なんでできないんだ、どうしてできないんだ、なにをかんがえているんだ」

こんなに激しく怒るなどかつてないことだった。私はいたたまれなくて早々に帰って来た。

いちいち鍵を開けてもらって面会しなければいけないし、今日のように駄々を捏(こ)ねられたらと思うと、しばらく遠のいていようかと思った。

だが、それからまたしても肺炎を起こし、病棟も前のところに戻された。ゴールデンウイークが終った直後だった。折角介護食を食べられると言ってみんなで喜んでいたのも束の間の糠(ぬか)喜びであった。がつがつと食べるので、誤嚥性の肺炎をすぐに起こしてしまう。

ナースステーションの前の病室に則夫の名前が出ていた。ベッドは二つずつ三方向に並べられている。あと二つくらいはベッドが搬送できる病室だった。

則夫は鼻に酸素吸入の管が差し込んであった。点滴も足の静脈からカテーテルが差し込んである。手にはまたグローブのようなものが嵌められていた。誤嚥性の肺炎は度たび起こしているが、今回も命に関わるほどではなかった。

しかし、自分で起き上がったりする体力はなかった。則夫が眠ったところで、来ていた律子と休憩室へ行く。名鉄に乗るとき、急いで買った松河屋の柏餅を一緒に食べた。

「そういえば、今年初めての柏餅」

と律子が言う。

「ここの柏餅は美味しいのよ、このごろ甘いものが食べたくてね、年を取ると味覚が変わるのかしら、和菓子なんてぜんぜん受け付けなかったのに」

認知症の患者が二人いる。お年寄りの方はかなり攻撃的である。若い看護師は、さっきから何回となく患者に叩かれているが、決して怒ったりしない。叩いている患者はさぞかし昔美人だったに違いない。若いときその美貌を武器にわがままの限りを尽くしてきたものと思われる。

認知症は血筋なのかもしれない。それとも生活習慣からくるものなのか。六人きょうだいのうち、もう四人までがあきらかに認知症を患っている。そして、一人はすでに亡くなっていた。

「私、家系のような気がして怖いわ」

「あんたはいいでしょう、それだけ頭使っていれば」

「義姉さんこそ、次から次へと喋れるから認知症の心配なんてさらさらないでしょ。私なんて一日中、誰とも喋らない日が何日もあるのよ、やることはいっぱいあっても、パソコンに向かってばかりで孤独な作業なのだから」

お互いに、私こそ、私こそ駄目だと、認知症の影に脅えているみたいなものだ。

認知症が生活習慣によるものであれば、努力によってそれも避けられるけれど、血管の損傷であれば、これは可能性が大であるだけに私は不安である。もう一度部屋を覗いた。

則夫の顔を覗き込んで律子が言った。

「また来るからね、帰るわね」

「いいよ」

則夫は何の抵抗もない。

律子も張り詰めていた緊張の糸が緩んだのか、雨の日に玄関先で転倒したそうだ。腰が痛くて、痛くてと腰をさすっている。

「にいさまを預けたあとでよかったわね。腰を痛めていては介添えもままならないもの。今からコーヒーを飲めば眠られないし、さっき柏餅を食べたばかりだし」

「そう言えばそうね」

律子が笑顔を返す。

「今日はこのまま帰りましょう」

鉄道沿線に実家が見える。四十年前私がいたときは、ブロック塀に囲まれた家は新築間もなかった。周囲に四軒の借家もあって昔はそれなりに風格もあったが、見た目にも老朽化している。家も人も年を取った。


あれから律子はひどく風邪をひいた。この冬は風邪もひかずに冬を乗り越えたと言っていたのに、気が抜けた途端に疲れが一遍に襲ってきたものと思われる。

則夫は律子の顔を眺めては、さみしそうに、来てくれるのはおまえだけだ、と言うらしい。時間があればなるべく行ってやってほしいと律子も私に訴える。私が精出して見舞っても、則夫はすぐに忘れてしまう。そんなことをいちいち取り上げて気にしなくてもいいのに、夫婦の関係は微妙だ。もしこれが私だったら誰が面倒を見てくれるというのだろうか。

十日も早く梅雨入りになった。

則夫は、誰の顔を見ても「ご飯食べにいくの」と言ったり、何も食べないのに「オイシカッタよ」。それればかりを繰り返している。幻覚症状が起きていて、さば寿司でも食べたと錯覚しているのだろうか。言うことは食べることばかりである。

「お昼のゼリーを食べましたよ」

看護師が言う。一日に一度だけゼリーを食べさせてもらっている。頭の中はすっかり壊れているので、以前のように「にいさま」という言葉が素直に出てこない。

「ノーちゃん、今どこにいるの」

私はきいてみる。ためしてはいけないけれど、どれほど認識しているかとすぐにきいてしまう。入れ歯をはずした口の中で絶えず舌を転がしている。これも脳の損傷の一つの症状なのかもしれない。

「ここにおるがや」

則夫の返事に妙に感心する。

六月十二日のことだった。その日は私が所属している団体のイベントがあった。午後からどうしても出かけなくてはいけない。午前中少し部屋を空けていた。戻ると留守電が点滅している。これはヤバイ、何か起きたのだ。

恐る恐る耳を澄ましてみる。やはり律子からだった。はっきりと聞き取ることはできなかったが、則夫がベッドから落ちて怪我をして病院から呼び出しがかかった、どうやらそんな意味だ。

「今日は駄目なの、行けないの」

断るのは心苦しいが、私は予定どおり行事に参加した。

律子が駆け付けた結果では、命に別状はなく、また骨折などもなかった。

その日、近所に住む広之さんという幼友達が見舞いに来た。広之さんに会うことによって、家に帰りたいという里心がついたのか、とにかくベッドから下りようとしたらしい。それとも、と律子は突然笑い出した。この期に及んでも義姉は明るさを失っていない。

隣に認知症の女性患者がベッドに横たわっている。時どき彼女は「おとうさん、おとうさん」と呼ぶ。ときには、「おとうさん、だるいから、足さすって」などと叫ぶ。

隣のベッドからの呼び声に、則夫はふと律子が自分を呼んでいるものと錯覚して、ベッドを下りて足をさすってやらなければと思ったのかもしれない、と律子は想像したようだ。

翌日、いつもの病室に見舞うと則夫は眠っていた。パンダのように両目の周りに痣ができていた。右目の周りは青く、左目の周りは茶色に変色し、顔はむくんで見た目にも痛々しい。想像したよりもひどいものだった。よくこれで無事でいられたものだ。

なぜベッドから落ちたのか、どのようにして落ちたのだろう。本人に問いただすことができない。質問に答える能力はとうになくなっていた。

ほっぺを叩いても、揺さぶっても、熟睡しきっている。痛みを抑えるために、睡眠薬でも使っているのだろう。今まではたとえ眠っていても、少し刺激を加えれば、目を開けた。

リハビリをしてくれる女性が一日一回だけのゼリーを食べさせようとするが、誰が来ても同じだった。則夫の目は封印したように開かない。

「二度目なんですけど、やっぱり駄目ですね」

彼女は諦めて帰る。

折角来たのにと思いながら、律子に携帯で来たことだけを報せて帰ることにした。

見舞うごとに、目の周囲の痣は薄くなっていった。口腔のケアも行き届いていた。二年前亡くなった姉のときは、口の中がバリバリに乾いていたが、この病院は看護師が、口の中を根気に清拭し、また歯磨きもしてくれる。寝ダコもできていない。

今年は例年にも増して異常気象が続いている。春が来るのも遅く、東日本大震災の被災者の人たちは、いつまでも寒さの中に震えていた。一刻も早く暖かい春が来るのを待ち望んでいた。ようやく春到来と思ったら一足飛びに初夏が来た。六月の末にはもう真夏日である。

節電の影響でクーラーをつけるのも遠慮がちであった。家電量販店では、扇風機が品切れになるほどの売れ行きらしい。私たちは真面目に節電の協力をしていた。

名古屋を出るときは何でもなかったのに、名鉄電車に乗って一宮に向かっていると見る見る雲が盛り上がってくる。

乗り換えのために電車を降りると草いきれがする。雨が降り出したせいであろう。ローカル線を降りると、一歩も足を踏み出すこともできないほどの雨である。駅舎の入り口にいても雨の勢いは凄まじく、靴やパンツを容赦なく濡らす。

二台待機しているタクシーは出たばかりだった。いつもタクシーの運転手の目をそらして、病院まで十分ばかりの距離を歩くのに、今日はそのタクシーが帰って来るのが待ち遠しい。

しばらくして戻って来たタクシーに乗った。雨がフロントガラスに叩きつける。初乗り料金の六八〇円で十分足りたけれど、八〇〇円出して、お礼の気持ちとした。

病院のトイレに行って、心づもりを整える。則夫のベッドサイドに立ち、顔を近づけて、

「ノーちゃんこんにちは」

私は笑顔を作った。

「雨、凄かったのよ、ここまで来るの大変だったんだから」

則夫はそれにには応えず「オイシイよ」と言うばかりだ。このごろは何を言っても「オイシイよ」だった。

折角、名古屋からローカル線に乗り換えて来たのだ。誰が来たかぐらいは、この場だけでも認識してくれれば、張り合いがあるというものだ。

「ノーちゃん私の名前わかるかしら、教えてくれる」

則夫は私の名前を間違いなく答えた。涙が出そうになる。

もう、お金のことも、オシッコのことも言わなくなった。

何をきいても「オイシイよ」と応える
「オイシイよ」は残された究極の言葉だった。にいさまの人生の旅路の果てに、たった一つ残った「オイシイよ」という言葉には、人生そのものが凝縮されていたのだろうか。

その後は、中心静脈栄養でほとんど寝たっきりの状態だった。

私が見舞ってもわからなくなり、見舞うのも一週間に一回くらいになった。律子が毎日様子を見に行っていた。


平成二十三年十二月十四日朝、律子から一日二日くらいがヤマだと電話が入った。

その日は報恩講で、友だち三人で向かいにある東別院へお斎（とき）に行くことになっていた。一年に一度の行事だった。

三人でお斎だけを済ませると、私は病院へ急いだ。一時ごろ着くと律子は、

「五時ごろには帰って来る」

と言って慌しく家へ向かった。

大部屋の則夫の枕元にはモニターが設置されていた。声をかけてももう言葉は返ってこな

かった。魂が浮遊しているような状態だった。じきに病室の掃除が始まって、私は兄の元を離れなければならなかった。

その日は三番目の姉の祥月命日だった。姉は二年前に亡くなった。命日は重なることがあると聞いていたので、もしかしたら、姉が迎えに来るかもしれないと警戒した。掃除だからといって兄の元を離れるのは心残りだった。居場所がなくて病室の周りをうろうろしていた。気が焦った。

一時間ばかり離れて病室へ帰った。則夫は静かな呼吸をしているかに見えていたが、三時ごろから酸素濃度や、脈拍、心拍数が不穏な動きを見せるようになり、看護師の出入りが激しくなった。「義姉さん早く帰って来て」心で祈った。

帰って来るのは五時だと言っていた。それでは間に合わない。携帯をかけようとした矢先、律子が目の前に現われた。不思議な感覚がした。

「ああ、よかった。危ないのよ」

律子と私はベッドに寄り添っていた。モニターの波形が低迷しもう回復することはなかった。看護師が主治医を呼びに行った。

主治医は則夫の瞳孔をペンライトで見て、

「ご臨終です。四時二十分でした。ご家族に看取られて旅立たれお幸せでしたね」

穏やかな言葉だった。

「お世話になりました」

律子が言い、私たちは深々と頭を下げていた。主治医は病室をあとにした。

私は、にいさまを臨終まで看取ったことの幸せな充実感で満たされていた。

死亡診断書には「肝細胞癌」と書かれてあった。

［連作］子連れじいちゃん

第一話　鍵っ子翔太

モンキーセンターへ翔太を連れて来るのも、この一年で三回目だった。達彦の自宅からは車で三十分ほどの距離だ。

「おじいちゃんなあ、三時半にここで待っているから、翔太一人で遊んでおいで」

「いいよ、おじいちゃん、一人で遊んでくる」

「三時半までだぞ」

遊ぶ時間は三時間ある。翔太は、達彦から二千円をもらってポケットに入れると、後ろを振り向きもせずに駆け出して行った。好きな乗り物に乗ることも覚えた。ゲームも得意だ。

達彦は近くのベンチに腰を下ろした。今年古希を迎えた達彦は、十六年前に悪性リンパ腫を患い、再発もした。その間に妻と娘を亡くした。二人とも翔太の五歳のときだった。

男の独り所帯になった。

翔太はしばらく父親の実家に帰っていたが、一年前から父子で、達彦の近くのアパートで生活している。おじいちゃんの近くへ行きたい、という翔太の気持ちから引っ越して来たらしい。娘の忘れ形見と思えば、他に孫はいても、翔太が無条件で愛しい。

父親の休み以外は、達彦がアパートを往復して送迎し、翔太の面倒を見ていた。子供というものは、一年も経つと目覚しく成長するものだ。当初は、母親がいない孫を、自分が躾をしなければならない、という気負いがあったが、今ではそんな力みもとれて自然にまかせている。

翔太にも友だちがいっぱいできた。ウイークデーは、近所迷惑が心配になるほど友だちが集まって来て、DSゲーム機で遊んでいる。

達彦は、フランクルの『夜と霧』を持って来ていた。一年に百冊読むことを今年の目標にしている。予定を立てると、匍匐前進みたいに実行するのは、堅実な性格にあった。

この二日ばかり『夜と霧』に魂を奪われていた。これは明治大学の諸富義彦文学部教授が、NHKのテレビテキスト用に解説したものである。

ユダヤ人であったフランクルは、強制収容所に送られ、生き地獄とも言われる過酷な体験をする。そうした極限状態に置かれたとき、人はどう生きたかの記録である。

——人生は決してあなたに絶望しない。

達彦はテキストを二回読み終えた。これは仏教と同じことを言っているのではないか。阿弥陀様はあなたを見捨てはしない。あなたが阿弥陀様に願われている。表現は違うけれど意味合いは同じだ。今度は翻訳ものを図書館で借りてこよう。時計を見ると、もう三時間以上経っている。あたりを見回したが、翔太は戻って来ない。

「しょうがないやつだ、三時間と言ったのに」

一人ごちると、迷子センターへ行って、翔太を呼び出してくれるように頼んだ。

「ヨネダショウタクン、おじいちゃんが待っています。約束のところへ早く戻って来てください」

翔太は達彦の近くへ姿を見せると、いきなり腰を落とし、手を交互に前へ突き出し、猿の真似をしながら近づいて来た。達彦は一瞬苦笑したが、負けずにゴリラの格好を真似て翔太を迎えた。いつも翔太のために、サルやゴリラの真似をして遊ばせていたが、近ごろは十八番をとられてしまったようだ。よくコツをつかんでいる。達彦も現役のころ、宴会でこうした物真似芸で大喝采を浴びたものだった。

「おじいちゃん、ダッコ」

翔太は耳元で、小さな声で言った。達彦は翔太を胸に抱えると、立ち上がった。

「重くなったなあ翔太、もうおじいちゃん、おまえをダッコしてやれんぞ」

早々に翔太を下ろした。

かすかに母親の記憶があるのだろうか。翔太は学校のテストではよく百点をもらってくるが、三年生になっても、稀に幼児返りのような行動を示すことがあった。

回転寿司の店は、何を食べても一皿百円で、子供と来るときはここに限る。サビ抜きの皿を得意げに積み上げて「おじいちゃん、もう満腹」翔太は勝ち誇るように言った。

倉寿司を出て車に乗る。赤い車のティーダに買い換えたのも、思い切り派手な色の車にしたら、喪の色から逃げられるような気がしたからだ。シートベルトを嵌めるのも翔太はもうお手のものだ。助手席でいきなり寝かかった。携帯電話と一緒にアパートの鍵も胸にぶら下げている。合鍵を作ってはいけないので、鍵は父子だけが持っていた。

アパートに着くと、翔太は眠気まなこでドアの鍵を開け、部屋に入ると、途端にホームコタツで眠り込んだ。

「おじいちゃん帰るから……すぐに玄関の鍵をかけるんだぞ」

「わかったぁ、バイバイ」

翔太は生返事をしている。

途中から、達彦は心配でアパートに戻った。案の定、翔太はまた鍵をかけずに眠りこけている。

携帯電話と鍵を翔太の首からはずした。ドアの内側の新聞差込口の下に靴を置いて外へ出、ドアの鍵をかけた。コンビニからもらってきた、雨傘を入れる長細いビニール袋に携帯電話と鍵を入れた。それから新聞入れの差込口へ、ビニール袋をそろそろと下ろすと、靴の中へ静かに落ちた。やれやれと思った。これで翔太が眠りこけていても安心だ。やがて父親が会社から帰って来る。達彦は再び車を自宅へ走らせた。

山の端に日が没しようとしていた。フロントガラスに、娘の幻を見たような気がした。

第二話　ちびっ子釈迦三尊像

「しかし、子供というものは、とんでもないことを考えるものだなあ」

達彦は、デジカメで撮った一枚の写真をさっきから眺めながら、感心するやらおかしいやらである。写真は、この春四年生になった翔太を真ん中に、年下の男の子と女の子が、翔太の両横に間隔をあけて座っている。

三人は足を胡座(あぐら)に組み、腹の前で掌を上に向け左手の上に右手を重ね指の先を合わせて印を結んでいる。お釈迦様の瞑想の禅定印である。

向って右側の男の子と左側の女の子は、ちょっとぎこちないが、翔太は様になっている。一見、釈迦三尊像というところだろうか。どこで覚えたのだろう。

翔太の面倒を見るようになって一年が過ぎた。学校の友だちとも遊ぶようになって、達彦の負担も多少軽減されたけれど、学校の休みのときは友だちも遊びに来ない。

冬、春、夏の休み、三連休、ゴールデンウイーク、祖父の自分にとってやがて成長して離れていく翔太との濃密な時間でもあるが、何をして時間を過ごそうか、悩みの種でもある。

この一年で何回翔太と旅行をしたことだろう。鹿児島、別府、四国、鳥取、奈良、別府は母親の法事で、実家が日田にあるので近くの別府温泉で泊まった。四国は全部回った。

鹿児島の指宿に泊まったときは、ホテルの女中さんも、色が白くて髪の長い翔太を、女の子とばかり思い込んでいたらしい。砂風呂へ入るときに、子供用の浴衣に替えてもらった。ちらっとオチンチンが見えたらしい。

「あら、お嬢ちゃんじゃなくて、坊やちゃん」

翔太のべそをかいた顔を見て仲居さんは「ごめんね」と言ったものだ。

そうだ、この釈迦禅定のポーズは、翔太と奈良に行ったときに、いくつもの寺を拝観したからだろうか。

ゴールデンウイークに、ＯＢ会のハイキングがあった。参加者は夫婦連れであったり、家族連れであったりした。子供同士はすぐに仲良しになった。

あの日は五月晴れだった。ハイキングコースの木曽川の堤防を歩いて行くと、内堤防に昔水神様が祀ってあったが、何かの都合で水神様に引っ越しをしてもらったようである。草井水神社祉と立て札があった。

往きは樹齢何百年ともいわれるケヤキの巨木に、ちびっ子三人で登ったりしていた。帰りに同じところを通ったとき、翔太は二人を煽動して、石組みのところに尻を押してよじ登らせ、自分は台座に座って、三人がブッダのポーズをとった。そこを達彦がシャッターを切った。

ケヤキの巨木が菩提樹のように木陰を作っている。ベゴニアのプランターがいくつも並べられていた。周りを燕が切り裂くように飛び交っている。

「実に様になっている」達彦は、仏法によって人生観や世界観が変わったという思いがあって、五歳のときに母親に死に別れた翔太を、僧侶にさせたい自分勝手な願望がある。心の中を荘厳（しょうごん）したようなちびっこ釈迦三尊像だ。

あの日は往復十キロは歩いた。子供たちは身軽ではしゃぎ回っていたが、達彦は久しぶりに歩いたので結構疲れた。ワシも年だな、と思った。江南のフラワー公園に預けてあった車に翔太を乗せて父子のアパートに着いた。

アパートのドアを開けようとしたとき、

「おじいちゃん、鍵がない」

携帯電話と鍵は一緒になっていて、鍵っ子の翔太はいつもそれを首からかけている。

「どうしたんだ」

「おじいちゃん持ってない？」

「知らんぞ」

達彦は車に引き返し、翔太が座っていた助手席の回りを隈なく探した。翔太がどこかで落としたか、置き忘れたのだ。携帯電話をかけてみた。呼び出してはいるが誰も出ない。耳をすましても、車の中で鳴っている気配はない。

達彦は翔太を再び車に乗せると、近くの交番へ走った。

「もう一度、携帯をかけてみますかな」

交番の警察官は、そう言って携帯電話の番号をかけた。今度は繋がった。

「どこですか？　携帯の落とし主が交番へ来ましてね」

「こちらは、江南のフラワーセンターです。たった今、携帯を届けてくれた人がありまして、事務所で預かっていますから」

翔太はフラワーセンターの遊器具で飛び跳ねたときに、鍵つき携帯電話を首からはずし、そのまま置き忘れたのである。

警察官に礼を言うと、達彦は翔太を車に乗せて、江南フラワーセンターの事務所へと走った。往復八十分、携帯と鍵をもらって、アパートに辿り着いたとき、達彦はへとへとに疲れていた。翔太をアパートで降ろして、自宅に車を走らせた。微熱があるような気がした。

「やっぱり、子供は親が若いときに育てるもんだ、体力がもたんぞ」

車を運転しながら、達彦は気力が萎えそうだった。

「お父さん、ごめんなさい」

娘に拝まれているような気配を感じとっていた。

あの日の一日がしきりと思い出された。達彦はちびっこ釈迦三尊像の写真を仏壇に仕舞った。

第三話　翔太の爆笑

十七年前悪性リンパ腫を発症した達彦は、二年前から再再発をしている。そのときはまだ翔太が父親の実家に身を寄せていて、翔太に会うことも遠慮していた。腫瘍は右側の腎臓の近くにあって今では五センチほどに成長していた。

抗がん剤をかければ、副作用がきつく、また一年という貴重な日々を犠牲にしなければならなかった。このままでいても、普通の状態であと二年は生きられるだろう。

最初に腫瘍が見つかったのは五十二歳のときだ。まだ現役で、娘も中学生だったから、あの時のショックは大きかった。

もう抗がん剤をかける苦しい治療はやるまい。二回の経験で、達彦には、がんがどのように自分を攻めてくるかがわかっていた。再再発と言われても、悪性リンパ腫を最初に発症したときのような衝撃はない。

思いがけなく六十八歳まで生きさせてもらったから、という思いが強い。これからは残された日々を充実して生きていこう。と決心していた。

主治医が、副作用も少ない新薬ができたから、と勧めるのを断り続けてきたのである。主治医にしてみれば、新薬の効果を試してみたい願望もあって、達彦の消極的な決断に切歯扼腕(せっしやくわん)したことだろう。

ところが、昨年からは事情が一変した。三カ月に一度の診察の日に、相変わらず主治医が新薬の抗がん剤の治療を勧めるので、達彦は自分の置かれている立場を話した。

孫の翔太は三年生であること、五年生になれば、もう少ししっかりしてくると思うので、あ

と二年、このままで孫の面倒を見てやりたいと訴えた。主治医は胸を打たれたのか、

「河合さんのがんは成長が遅いので、二年や三年十分に持ちますよ、抗がん剤治療はそれからでも構いません」

前言をにわかに撤回した。

あれから一年が過ぎ、翔太は四年生になった。

「おじいちゃんのお父さんとお母さんはいくつまで生きていたの」

翔太は何度かそんな言葉を口にした。

「おじいちゃんのお父さんは九十二、お母さんは九十六だよ」

「やったぁー、おじいちゃんもまだいっぱい生きられるよ」

そういえば、達彦の姉妹は一人も欠けてはいない。長生きの家系だな、と改めて思ったものだ。自分を当てにして父親と翔太が家の近くに引っ越して来たとき、

「わしもがん患者だから、いつ何が起きるかわからんで」

父親との会話を翔太は傍で聞いていた。

「ぼく、また一人ぼっちになるの」

「おじいちゃんは大丈夫だ」

「だったらあと十年生きてね、ぼく十九歳になるから約束だよ」

翔太は確認をとるように言ったものだ。

二回も死を覚悟した。もういつ死んでも構わない。先に逝った妻や娘にひかれる弱さもあった。思いがけず翔太が胸に飛び込んで来てからは、あと十年生きていたい、そういう願いが日増しに強くなった。

新しく開発された悪性リンパ腫の抗がん剤は、これまでのように四カ月も入院する訳ではなかった。一回目は二週間の入院で抗がん剤をかけ、それから様子を見ながら外来で治療していくという。このままなら二年は大丈夫だが、それ以上は無理だろう。

がんが更に大きく成長し、転移するのを免れることはできない。

思い切って抗がん剤をかければ、かつて二度効き目があったように、今回も寛解を得られるかもしれない。賭けのようなものだが、やってみるか。

「おじいちゃん、あと十年生きてね」

翔太の言葉が頭の中でリフレーンする。生きなければならん。勝負をかけてみるか。達彦は入院する前に、頭を丸刈りにして、辛い治療に踏み切る決断をしたのである。

借りている畑も半分返した。夏野菜を収穫したら、全部地主に返そう。慌てなくてもと地主は言うが、この機会を利用して、一旦リセットしよう。元気になったら、また新しく借りてやり直せばいい。とにかく、夏休みだけは翔太の面倒を見てやりたい。一人にしておくのは可哀想だった。主治医にも、そういう希望を伝えていた。

「七月にCTをかけ、検査しましょう」

主治医も達彦の翻った希望を受け入れた。

夏休みが終わって、九月の初めから抗がん剤をかける段取りは着々と進んでいた。前回入院したときの介護用品もすべて一纏めにして妻が整理してくれている。入院することを翔太にいつ伝えるかだ。夏休みに翔太と北海道旅行をすることになっている。少し張り込んで旭山動物園は勿論のこと、ルスツで気球に乗るツアーを予約した。

旅行から帰って来たら翔太に言おう。ヤンチャは言うまいが、多分、

「おじいちゃん、ぼくまた一人ぼっちになるの」

泣きべそをかくかもしれない。

「あと十年生きてね、と翔太が言ったろう。だから、おじいちゃんは病気を治すために入院するんだよ」

翔太を説得する言葉を、何度も頭の中で反芻した。CTは半年に一度、ペットは一年に一回になっている。前回は血液検査だけだった。

達彦は満を持していた。抗がん剤は多分ギリギリまで強い薬を使うはずだ。抗がん剤の攻撃に勝つために体力をつけておかねばならない。体力の訓練には若いときから自信があった。

退職してからスクールガード会に所属して、学童の通学のガードをしている。翔太の通学する地区ではなかったが、朝七時半から八時半までの間通学路に立つ。それが終わると、一時間ばかり有酸素運動をするせいか、スリムな体形を保っていた。男やもめに蛆がわく、などという言葉は、彼にとってまるっきり縁がない。常に身辺が整理されている。料理は妻が入院しているときに口述筆記したレシピがあった。

七月五日、前夜から絶食して検査に望んだ。ＣＴを撮り終えて達彦は診察室に呼ばれた。パソコンの画像を見入る主治医と一緒になって画像を覗き込んだ。

大きくなっていると言われるかもしれない。それとも肺に転移しているとでも言うのだろうか。覚悟を決めていたとはいえ、それでも小刻みに震える体を、足で踏ん張った。

「小さくなるなんてことはないから、大きくなっていますか」

そう言いながら、パソコンと主治医の顔を交互に見つめる。

「それがですね、小さくなっているんですよ」

三十半ばだろうか。自分の息子より遥かに若い主治医は、頭を傾げながら画像のがんの大きさを何度もはかった。

「抗がん剤はかけた方が」

「これだけ小さくなると、かけようがありません」

「本当ですか、先生」

達彦は、今までのデータを全部持っているが、自分の目にもはっきりわかるほど、がんは三分の一ほど縮小していた。

「他に、どこか」

「いや、どこも悪いところはありませんね」

「あるんですか、そういうこと」

「ないことはないですが、まあ、河合さんは自己免疫力が強いということでしょうね」

抗がん剤を使うことは、今の時点において無期延期ということだ。心配をかけている仲間には電話で知らせ、毎日行く喫茶店のマスターやママにも早速報告に行った。

「河合さんのがんは大人しいがんなのね、大人しいがんを攻撃することもないわね」

ママにそう言われたものだ。

「今日のように恭順の意を示してくれたら、ワシだって手荒なことはしたくないんだ。イチかバチかの勝負だからね。おまえさんだって、ワシの体の中で生きていたかろうに、仲良くやろうじゃないか。共存共栄ということだ。戦闘態勢に入れば、お互いにダメージは免れないからな」

自分の中に生存するがんに「いい子にしてたな」と声をかけてやりたいような気持ちになっ

て、達彦は呟いていた。

今日は金曜日だった。翔太は四時ごろ小学校から帰って来る。入院のことを言わなくてよかったと思った。

スーパーで久しぶりにステーキ用の牛肉を買った。それを冷蔵庫に入れると、車に乗って翔太をアパートに迎えに行った。翔太は真っ赤なティーダの助手席に乗ると、一人で声を立てて笑っている。達彦は信号機の前に来ると、信号に指を差して「よーし、右よし、左よし」と発声して確認する。性格というより、かつての職業的なものからきている。

交差点を通り抜けると、助手席の翔太を眺め、

「どうした、何を笑っている？」

「おじいちゃん、今日ね、先生エロい話するんだよ」

「エロいって？」

わざと聞き返した。

「先生ね、シキュウとかランスとか黒板に書くんだよ」

「それはランソウと読むんだ、翔太のおばあちゃんは、卵巣がんで亡くなったんだよ、翔太もお母さんの子宮から生まれてきたんだ」

あれは達彦が二回目の寛解のあとだった。妻が卵巣がんで入院したとき、美容師をしていた

娘が妻の髪を切った。これ以上できない、と娘が泣いて言ったとき、達彦は、涙をこらえて、妻の残された髪をバリカンで刈り取った。

翔太のランスという言葉から、達彦は一瞬あの時の切ない光景が甦って目が潤んだ。

「ほんと、おじいちゃん」

「ああ、そうだ」

「男の子は毛がはえてくるとか、胸にもはえるとかいうんだよ、おじいちゃん、もうみんな爆笑、爆笑、爆笑だったよ」

「翔太もあと二、三年経ってみろ、毛が生えてくるんだ、ここにも、ここにも、ここにも」

車を路肩に停めて達彦は翔太の体のあちこちをさわった。

「もう、くすぐったいよ」

翔太ははしゃいでやり返してくる。

このごろは、四年生でそんなことを教えるのか、とウラ若い女先生を思いやって、達彦も男の部分が騒いだ。

「今日は、おじいちゃんもうれしいことがあったから、ステーキだ」

「ぼく、野菜とってくる」

翔太は前の畑で胡瓜(キュウリ)やトマトを収穫して来た。

達彦はステーキ用の鉄板があったと思い、キッチンの収納庫を探した。妻が達彦にだけ、ステーキ用の鉄板で食べさせてくれたことを思い出した。舟の形をした鉄板があった。

翔太には鉄板にステーキを乗せてやろう。自分は大き目の皿にした。フライパンでステーキを焼き、ジューシーなステーキを熱くした鉄板の上に乗せた。翔太が食べやすいようにナイフを入れた。炒めたジャガイモを添え、パセリの緑とトマトの赤で彩った。胡瓜は塩揉みにしてガラスの器に盛った。

「どうだ、おじいちゃんのステーキはうまいだろう」

翔太の返事を期待しながらきいた。

「おじいちゃんの皿の方が豪華に見えるもん」

何を言うか。達彦は一瞬気持ちが萎える。

自分は妻の骨折ってくれた料理に「旨い」「美味しい」と応えてやっていただろうか。あとの祭りだ。

第四話　翔太の隠し味

達彦が借りている畑にキウイフルーツの木がある。三十年くらい前に地主が植えたものだが、枝葉が無防備に伸びるので、二メートル四方の鉄骨の棚が作ってあった。

五年前に借りたときは、畑といってもほとんど荒地になっていた。彼はキウイの枝葉を刈り込んで、今年二本のゴーヤの苗を植えた。野菜はすべて有機栽培だった。

生長するに従って、ゴーヤの蔓は行き場を求めて、キウイの棚に無遠慮に巻き付き、枝葉にも覆い被さる勢いである。

最盛期には毎日五、六本収穫できた。行き付けの喫茶店「カフェ悠」に持って行き、ほしい人に配ったりもした。

翔太の父親の知也は大手のスーパーに勤めている。夜は遅いが、週に二日の休みは勿論、リフレッシュ休暇というものが時どきある。知也が早番で帰って来るときは、父子で夕食を摂る。達彦が翔太の夕食の面倒を見るのは週に二日ばかりになった。

今日は父親が遅番で、帰宅が夜の十一時ごろになる。達彦は孫の翔太と夕食をする予定になっていた。まず、携帯で連絡を取った。翔太は四時ごろに迎えに来てほしいと言う。達彦は車でアパートへ迎えに行った。翔太は助手席に座ると、

「おじいちゃん、ぼく味噌汁できるようになったよ」

得意そうに言う。

「そうか、おじいちゃんにも作ってくれよ」

「ぼくね、ゴーヤチャンプルを作ってみたいんだ」

「じゃ、今日は翔太にシェフをまかせるか」

結構料理の下拵え(ごしら)をして父親を待つことがあるらしい。部屋の掃除も翔太の役目だが、父子の所帯にしては何とか片付いている。母親がいないことは不憫だが、それも翔太の人生だ。

「ゴーヤと卵は家にあるから、豚肉と豆腐がいるな」

翔太を再び車に乗せて、最寄りのスーパーへ買い物に行った。翔太は買い物カゴを手に取ると、達彦をせかせながら肉のコーナーへ行き、豚のバラ肉をカゴに入れた。豆腐を買うときだけは迷っているので木綿豆腐がいいとアドバイスした。

達彦は大きめのゴーヤ二本と卵二個、ゴマ油とオイスターソース、塩、胡椒を一応用意した。

「おじいちゃん、ぼくがやるから手を出さないで」

翔太は真剣な眼差しで、まな板にゴーヤを乗せて、長いまま縦半分に切ろうとするが、危

なっかしい。

「それではダメだ、短く半分に切ってからにしなさい」

　達彦は見かねて口を出す。

「黙ってて、ぼくがやるから」

「おっ」とたじろぎ、妻に叱られたときのように口をつむぐ。ぎこちない手つきで包丁を使う翔太を、一歩退いてハラハラしながら見ている。

　達彦が水切りしておいた豆腐をサイの目に切り、バラ肉も大きく切って、下拵えをしている。フライパンを熱してからゴマ油を入れ、バラ肉とゴーヤを炒め豆腐を入れ、しばらくして溶き卵を入れると、塩と胡椒で味付けしている。ソースは使わない。

　父親の料理を見ていたのだろうか。何とかこなしているが、達彦は疲れることこの上ない。自分で代わって作りたいくらいだが、じっと我慢である。

　妻は自分をキッチンに立たせることは嫌いだった。亡くなってからも、娘が食事の用意に半年くらい通って来てくれた。

　達彦は料理を作ることも好きである。家の中も掃除が行き届いて「奥さんがいるときよりも部屋が綺麗」と言われたこともあった。来年は妻の七回忌があるので、畳も全部表替えしたばかりだ。

翔太は危なげな動作を繰り返し、達彦を張り付かせていたが、ガスを止めて振り向いた。

「おじいちゃん、ちょっとここから出て行ってよ」

「おっ、何でだ」

一瞬嫌われたかと思った。

「隠し味があるんだ」

意味ありげに言う。

「隠し味？」

首を傾げながら、達彦は台所を出て和室を抜け廊下に出た。戸を少し開けて、台所に立つ翔太の後姿を窺った。何か探している様子だ。何を探しているのだろう、おかしなやつだ。

「おじいちゃん、できたよ」

しばらく経って、翔太は大声で達彦を呼んだ。

ゴーヤチャンプルが乗った大きな皿が三つ並んでいる。

「これがおじいちゃん」

翔太が差し出す皿を達彦は受け取った。翔太の皿には豚肉がゴーヤを覆い尽くしている。父親の皿と達彦の皿も肉の数に歴然とした差があった。父親には持ち帰るつもりらしい。

父子が仲が良いことは、彼にとっても救いだ、そうでなくてはいけない。だが、心というものは微妙で厄介なものである。相対する自分がいる。

「ワシには肉三切れか」

三つの皿を見比べながら、こんなにしてやっても、やはりお父ちゃんがいいか、情けないもう一人の自分の声が聞こえてくる。打ち消してもチロチロと透き間を縫って炎を上げる。

達彦は『歎異抄』の、地獄は一定すみかぞかし、の一節が思い浮かぶ。救いがたいやつは自分の方だ。

翔太と二人で食卓についた。ゴーヤチャンプルを一口食べると、なるほど味が引き立って旨い。自分の作るゴーヤチャンプルよりも遥かに美味しいことに気が付いた。

「翔太、これは旨いよ、正直おじいちゃんびっくりだ。何を使ったの」

「ぼくの隠し味だから、ナイショ」

「そうか、おじいちゃんなあ、今まで食べたゴーヤチャンプルのうちで一番旨かった

「ほんと、やったー」

翔太はガッツポーズである。

食べ終えると、翔太は自分の食べた食器を流しに運んで洗っている。母親がいたらこんなこともしなかったろう。片付けが終わると、翔太は風呂に入り、ゲーム機に釘付けになっていた。

その合間に達彦は二階に上がって日記をつけた。

日記は、十七年前に悪性リンパ腫を発症し、入院したときの病床日記をきっかけにして書き始めた。翔太の隠し味には参った、と日記に書き添えた。

夜の九時半ごろアパートに送り届けるため家を出た。助手席に座った翔太は、父親の分のゴーヤチャンプルを、プラスチックの容器に入れ替え膝に抱えている。

「おじいちゃん、ぼくの隠し味、教えてあげようか」

「何を使ったの」

「お酢だよ」

「酢だったか、一体どこで覚えたんだ」

「お父さんが作っているの見てたけど、お酢入れたら、美味しいような気がして、一度自分でやってみたかったんだ」

なるほど、レモンやカボスやスダチを添えたりすることもそういう理屈なのだろうか。

「負うた子に教えられ浅瀬を渡る」とはこのことか。翔太の面倒を見るという言い方は、金輪際やめようと達彦は思った。

ゴーヤチャンプルは父親の知也にも大うけだった。

「翔太君は名シェフになるね、誰に似たのかしら」

「カフェ悠」でも評判になった。喫茶店へは歩いて二十五分かかるが、散歩するにはほどほどのコースだ。コーヒーが好きな達彦は一日に二、三杯飲むこともあった。

「そういえばワシも、こうやって小さいときに炒飯作ったことあったなあ」

達彦は、フライ返しのような手つきをして、面白おかしく話し始める。

実家は大分県の日田である。日田は徳川幕府直轄の天領地だった。片道二時間の山道を越えて学校へ通ったものだが、ふるさとにはなつかしい思い出がいっぱい詰まっている。

すばしっこいキィーという雌猫がいた。三毛猫は縁起がいいと、来客の炭焼き職人があまり褒めるものだから、猫が好きではなかった父親が、その人にくれてしまったのだ。達彦は悲しかった。

一カ月後、キィーは、山を越え、谷を渡って、家に戻って来た。母親は頬ずりしてキィーを抱きしめた。狩が上手な猫だった。ネズミでも鳥でも仕留めて、達彦に獲物を見せに来る。

ある日、「ニャオー」と呼ぶ声に応えて行ってみると、ソーセージを銜(くわ)えていた。

戦後、引揚者対策の一環として政府が進めてきた開拓農業協同組合を、達彦の父は家の隣に開設した。塩クジラや防腐剤のにおいのするソーセージ、穀物、野菜などを、板の上に雑然と並べて販売していた。キィーは、ソーセージをそこから失敬してきたのである。

「こりゃ、いいわ」と思った。

今の翔太と同じ四年生のころだ。キィーに煮干を三匹ほど放ってやると、あっけなく、ソーセージを床に落として煮干しに飛びついた。キィーのとってきたソーセージを横取りして、細かく切って炒め、ご飯をからめて炒飯を作った。欠食児童のように貪り食べた。山仕事に行っている兄にも届けて有り難がられたものだ。

キィーを仕込んだ訳ではなかったが、その後も度たびソーセージを銜え込んで来た。煮干と交換して炒飯を作った。

猫に恩返しでもあるまいが、今でも達彦は、野良猫を見ると、餌を与えたくなる。

「あのときは世話になったなあ、キィーの上前はねて」

野良猫にそっと語りかける。

そんな話を、客が少なくなった時間に、喫茶店で達彦は実演を交えて話す。

「翔太君は、おじいちゃんに似たのですよ」

美形のママに言われると、ついつい目尻が下がって、達彦は好好爺になっていることを自覚する。


ゴーヤは夏の間中、猛暑と競うかのようになりになった。

細く切って天日に干し、乾燥ゴーヤを作って保存した。テレビを見ていたら、冷凍にしていたので、冷凍ゴーヤも十本ばかり作った。

十月になっても、季節はずれの真夏日が続いたが、ゴーヤはようやく衰えを見せ始め、蔓も枯れてきた。

台風がいくつも発生していた。達彦はゴーヤの蔓をキウイフルーツの棚から枝葉から引き離して片付けた。

キウイフルーツの木もやっと重い荷物から解放され、枝葉を刈り込むと、清々しさを見せた。五十個ばかり実をつけたのは初めてのことだった。無農薬の肥やしが、キウイの木にも効き目があったに違いない。

キウイフルーツを詰めた箱に、一個のリンゴを添えると、硬くて酸っぱいキウイが、柔らかく甘くなるのだ。これは妻からの伝授である。初なりは妻と娘の仏前に供えよう。

第五話　翔太のにぎり寿司

うんざりするような猛暑が幕を下ろしたかと思うと、上に半分くらい幕を手繰り寄せて、真夏日がしばらく続いた。

台風シーズンの九月には好天に恵まれ、鳴りを潜めていた台風は、十月になるといくつも太平洋上で発生した。今晩は父親が遅番で夜の十一時ごろになるので、翔太はおじいちゃんの達彦と夕食を一緒にする。

雨風が強くなると、気象予報士は台風情報を声高に告げていた。竜巻情報も出ている。竜巻はほとんどがアメリカ大陸に発生するもので、かつての日本では考えられなかった。地球の温暖化は世界中に異常現象をもたらしている。

この分では翔太を夜遅く送り届けることも危険になる。今晩は家に泊めようと、達彦は早めに翔太をアパートに迎えに行った。自分の子供だったら気も楽だが、外孫ともなると預かる責任は大きい。これでいいのか、不安にかられるときが何度もある。

台風に備え、久しぶりに雨戸を全部閉めた。翔太がいると雨戸を閉めても、子供の生命力が漲（みなぎ）って活気がある。

「翔太、今晩はおじいちゃんの家で食べることになるが、何が食べたいか」

健康ランドで風呂を済ませ、ついでに夕食を摂ることもサイクルの内に組み入れている。その方が簡単とさえ思うが、それは天気のいい日のことだ。今回は、台風が来るぞ、来るぞと警戒心が働く。自分だけなら簡単に済ませる夕食も、翔太が一緒となると、食べるときの張り合いはあっても献立に気を遣う。

「ぼくお刺身が食べたい」

「刺身でいいのか」

刺身なら簡単である。やれやれと気が抜けた。

「おじいちゃん一人で行って来るから待っとれな、マグロでいいだろう」

「盛り合わせを買って来てよ」

「わかった。盛り合わせだな」

一瞬妻との会話調になっている。

台風はまだ遠くにあるが、前線を刺激していて早くから影響が出ている。雨が強い。翔太をいつものようにスーパーに連れては行けない。

中国の一人っ子政策で、子供は小皇帝に育ってわがままになっているとメディアは伝えている。そうであってはならないと思いながら、やはり孫には弱い。

翔太は母親のことをどこまで覚えているのだろう。口にしたことはない。子供なりに気を遣っているのか、本当に覚えていないのか、達彦にはきかない。タブーだと畏れる気持ちも自分の中にある。

かつて、翔太は父親の実家に三年ほど身を寄せていたが、居心地のいいものではなかったようだ。みんなが吸う煙草の煙が臭くて一番嫌だったと言ったことがある。

小牧の飛行場のショッピングモールを歩いていたとき、翔太は「おじいちゃん逃げろ」と突然言って駆け出したことがあった。何ごとかとつられて走ったが、翔太は偶然父方の祖父母を見つけたのだ。

ヤンチャを言った翔太に「向こうのおばあちゃんのところへ返すぞ」と叱ったときの効果は覿面(てきめん)だった。

達彦は、スーパーの駐車場へ車を駐めると、傘を差して足早に店に向かった。車が駐車場へ入って来ると、反射的に左手を横に真っ直ぐ伸ばして通行防止の態勢をとる。翔太を連れて来ていなかったかと思わず左手を引っ込めた。退職してから小学校のスクールガードをしているので、ついつい習性になっているせいもあった。

鮮魚のコーナーで、マグロやハマチ、鯛、イカにホタテなど七種盛り合わせのパックをカゴに入れた。いつもなら千二百円くらいの刺身は、八百円に値引きになっている。台風が近づいているので、売り急ぎをしたものと思われる。

悪性リンパ腫という病を抱えている達彦は、体にいいことは何でもしている。一人で食事をするときは五穀米や古代米を食べているが、翔太はまずいと言って食べない。一緒に食べるときだけ白米を炊く。

家に着くと、出る前にスイッチを入れてきたので炊飯器から湯気が出て、台所に夕餉の匂いが立ち込めていた。帰ったときに家族がいることは、心の中の温もりが違う。

築三十余年の二階建ての家を、七年前大改造した。長男の家族と同居を前提に、システムキッチンも入れた。妻は一年住んだだけで病院生活になった。食器乾燥機もそのとき買ったが、達彦は一度も使ってはいない。新しいまま古くなった。

翔太は相変わらずゲームに余念ないが、食事の準備ができると、さすがにゲーム機から手を放した。

翔太の茶碗にはいつものとおり軽く一杯をよそった。

「おじいちゃん、今日は山盛りにして、おにぎりするから」

「おにぎりで刺身か」

まあ、それもいいだろう、達彦はサランラップと塩、それに海苔と梅を用意した。

翔太は両手を流水の下で何度も何度も丁寧に洗っている。

「それくらいでどうだ、サランラップを使え」

「いらないもん」

両手に塩をいっぱい擦り込んで、にぎり飯にしてはわずかなご飯の量を左手に乗せている。

それからが見ものだった。寿司職人が寿司を握るような大仰なパフォーマンスを見せて、にぎりを次つぎと皿の上に置いていった。鮮やかな手つきだ。

海苔を巻いて食べるのかと思ったら、さっきの七種盛り合わせの刺身を、握ったご飯の上に乗せていった。酢抜きのにぎり寿司ができあがった。

「よし、どうだ！」

翔太は達彦の口癖を真似ている。

「本当は酢のご飯にしたかったけど、ぼくね、いっぺん寿司屋さんの真似してみたかったんだ」

翔太はそう言うと、にぎりをパクッ、パクッと口に運んだ。

回転寿司に行くと、翔太は一番にたまご焼きを食べる。そうとわかっていれば、酢もだし巻きたまごも用意してやったのに。達彦はあっけにとられている。子育ては苦労も多いが、日々発見があって退屈することがない。そう思えるようになったのも、孫との生活に慣れてきたせいもあった。

翔太はまたもゲームに夢中である。『三国志』の「赤壁の戦い」のソフトを使っているようだ。孫権（そんけん）だ、曹操（そうそう）だと名前を出し、達彦にすらすらと語って聞かせる。ゲームと侮っても手軽に歴史を学べる効果もあるにはあった。

だが、操作ひとつで人を倒していくゲーム機に虜（とりこ）になっていることに、どう対処したものか、達彦は憂えたものだ。モンキーセンターへ行ってもゲーム、大型スーパーへ行ってもゲーム、健康ランドへ行ってもゲーム。大人のパチンコ狂いのように、翔太はゲームにのめり込んでいて、パチンコ依存症ならぬ、ゲーム依存症。一年前は苛立つ思いだった。

「いい加減にしないか」と叱ったりした。何かの折に、翔太は「おじいちゃん怒るもん」とべそをかいた。

自分は怒った訳ではない。翔太がゲームばかりしているから、それではいけないと注意をしたのだ。

小学校三年生だった孫に、怒ると言われれば立つ瀬がない。怒ると叱るとでは違う。怒るは、感情にまかせて腹立ちまぎれに怒鳴るのであり、叱るは、相手のためを思ってのことで、愛情が根底にある。

以来なるべくゲームのことを気にしないようにしている。もう一度叱らなくてはならないなと思ったり、時代が違うのだから、自分の感覚を押し付けてはいけないと思ったり、宿題は逸早く済ませるのだから、と達彦の気持ちは揺れ動いている。

そのうちに達彦は気が滅入ったりすると「カメハメハ」と唱えて自身にパワーを入れている。翔太の影響に苦笑いせざるを得ない。大人の世界では「カメハメハ」と気合いを入れても通じない。「酔っ払ったの？」と怪訝に思われるだけだ。

二階の和室に二つの布団を敷いた。一つは翔太用に、妻が寝ていた布団である。翔太は九時を過ぎると二階へ上がって来た。

「翔太はたまご焼きが好きだったなあ」

「うん……」

「おじいちゃんの子供のころはな、たまご焼きも食べられなかったんだ」

「どうして」

「みんな貧乏だったから」

「コンビニに行けばいっぱい売っているよ」

「そりゃあそうだなあ。おじいちゃんの子供のころはコンビニなんてなかった」

ゲームで興奮して疲れた翔太は、半分眠りかけている。

わしらの時代の方が幸せかもしれないな、達彦は小さいころに思いが耽っていく。翔太はかすかに寝息を立て始めた。

そういえばこんな童話があった。

小学校で、一人だけ弁当にたまご焼きを持って来る女の子がいた。隣に座っている男の子は、一度でいいからたまご焼きが食べたくてしようがなかった。自分の弁当は麦ご飯に漬物と梅干。大方そんな子供ばかりだった。

ある日、男の子はたまりかねて母親に言った。

「お母ちゃん、一度でいいからたまごが食べてみたい」

「たまごはね、病気の人か、お大尽が食べるものなんだよ」

たまごはボール箱に籾殻（もみがら）を入れ、病気の人のお見舞いに持っていく貴重なものだった。たまさか家で鶏を飼っているところがあったとしても、口に入るものではなかった。カシワ屋に持って行って、現金に引き換えてもらうものだ。

男の子は、毎日毎日たまごが食べたいと思い続けた。母親もせめて一度だけでも子供に食べさせてやりたいと思った。

ある日、男の子が起きると、食卓にたまごが一個だけどんぶりの横に置いてあった。

「わー、たまごだ、たまごだ」

三人の兄弟は目の色を変えてはしゃぎ回った。母親が苦労して手に入れたものだ。それは子供たちにもよくわかった。

母親はたまごを一個割って溶きほぐし、醤油を注ぐと、炊き立てのどんぶり一杯のご飯の上に、たまごをかけてかき回した。

子供たちは、釘付けになって、母親の手元を見ている。母親は三つの茶碗に、たまごかけご飯を平等に盛って三人の前に並べた。

「さあ、たまごかけご飯だよ、八十回噛んでから呑み込むんですよ、八十回ですよ」

何度も念を押した。

三人の男の子は、たまごかけご飯を口に入れた。口の中でつるつると滑ったが、八十回噛んで呑み込んだ。そして次の一口も噛んで噛んで噛みくだいて呑み込んだ。

茶碗に軽く一杯のたまごかけご飯で、お腹がいっぱい満たされた。

達彦は思い出しているうちに、どこまでが童話で、どこまでが自分の体験だったか、もうわからなくなっていた。

丁度翔太の年ごろだったから、今から六十年も昔のことだ。ひもじい時代だったが、芽吹きを感じる時代でもあった。

翔太の寝息を確かめながら、達彦は日記のページを繰った。

「翔太のにぎり寿司」とタイトルをつけた。

雨戸を敲(たた)く風の音が強い。

第六話　翔太と霊犬早太郎伝説

北陸地方に強い寒気が降り、雨、突風、落雷があるので警戒してほしいという天気予報を、よそごとのように達彦は聞いていた。その夜、愛知県の北部にも雷雲が流れ込んで来た。

雷は稲光りとともに遠くから徐々に近づいて来るものだが、その夜の雷鳴は、突然、天地が炸裂するような爆発音を轟かせた。大掛かりな雷鳴は一回切りだったが、その後は獣の咆哮にも似て、雨とともに遠ざかった。

六年かけて仏教書を読み、多くの聞法を聞いて、苦しみをなだめるように心の底に沈潜させてきた。

仏教に縁ができたのは、悪性リンパ腫を発症したとき読んだ「だるま娘」と言われた中村久子の自伝だった。偶然妻がその本を持っていた。

「こころの手足」というタイトルの本に導かれるように聞法会に顔を出した。妻に先立たれてからだ。中村久子はすでに故人だが、以来、彼にとって人生を導いてもらった尊敬する師であった。自分の体験した苦労など、中村久子先生の境遇に比べれば足元にも及ばない。と人にも語っていた。

雷鳴だけは達彦のトラウマになっていた。娘の潤子を救うことができなかったという悔恨の思いが、毒ガスのように頭の中に充満した。

平成二十年十二月五日だった。二、三カ月前から潤子はうつ病の症状を見せ始めた。悩みは夫婦間のトラブルが原因に違いないと思い込んでいた。

その年の三月に妻を卵巣がんで亡くしたばかりだった。潤子は自分の食事の世話に来てくれていた。娘がいれば、妻を亡くしたショックから、やがて自分も立ち直ることができると信じていた。

うつ病の原因が、夫婦間のものであれば、最終的には母子を引き取って、自分と三人で暮らしてもいい。五歳になっていた翔太が、幼稚園に行っている間に、潤子を連れ出して一緒に昼食をしよう。そこでじっくり潤子の悩みを聞いてやろうと思っていた。

お昼前になって、車で出かけようとしたとき、冬には珍しく激しい雷雨に見舞われた。昨日は陽気のいい一日だったのに、天候が激変したことに驚いた。話を聞いてやるのは明日でもいいだろう。切迫感がなかった達彦は、雷雨に足止めを食って、潤子に会うことを一日遅らすことにした。

こうと決めたら曲げることはしない性格だったが、仏法を聞くようになってからは、無理はしない、考え込まない、という方向に持っていくように努めていた。

雷雨はほどなく納まった。妻の仏事で明け暮れた一年だった。三時半ごろ、翔太の父親から電話が入った。

「お義父さん、潤子はそちらに行ってますか」

娘の夫である知也から、電話がかかること自体異常だった。知也は、アルコールが入ると冗舌になるが、普段はジリジリするくらい寡黙である。言うべきことさえ言わない。潤子と恋愛結婚できたのも、娘の方が積極的だったからだ。

「いいや、今日は来とらんが」

「おかしいですね。今、幼稚園から電話があって、翔太を誰も迎えに来ないと」

達彦の顔から血の気が引いた。夫婦のアパートまで車で五分。結婚するとき、やがて子供が生まれれば、妻の手助けが必要なこともあって、近くにアパートを借りさせた。当初は妻もよく面倒を見ていたが、やがて入院し、十カ月後に亡くなった。

アパートには鍵がかかっていた。インターホンを押しても返事がない。どうして鍵を持ってこなかったのか、合鍵を潤子から預かっていたのに、慌てて出て来たために、そこまで気が回らなかった。達彦は自宅へ引き返した。合鍵を持つと、アパートへとって返した。どうやってアパートへ辿り着いたのか、記憶がないほど気持ちが動揺していた。

しまった、しまった、という言葉を何度も口に出すことで、何とかハンドルを操作していたのだろう。鍵穴に鍵を差す手が震えていた。

「潤子、潤子」大声を出して部屋へ駆け込んだときに見た娘の姿、身が氷柱のように硬直した。無我夢中で、枝垂れかかる潤子を抱きかかえたとき、体はまだ温かく、真綿のように軽かった。娘はすでに息絶えていた。

「まだ生きている」と言って救急車を呼んだ。警察への説明も一人で対応した。警察と消防に、第一発見者として、状況を話した以外は、誰にも語らなかった。あの衝撃的な娘の姿を見たのは達彦だけだった。

知也が翔太を連れて病院に来たのは夕方だった。首の後ろを覆う垂れのついた赤い帽子を被った翔太を見たとき、可愛く切ない感情が入り混じり、胸に焼き付いた。潤子の遺体は検視中だった。

話すことができれば、気持ちも多少は救われたかもしれないが、話せることではなかった。

「どうして、なぜ」と人はきいてくれるが、これだけは一生口外できない。秘匿事項として、達彦が墓に持って行くべきものと思っている。

「お父さんへ」と書いてあった娘の遺書も、誰にも見せたことはなかった。

雷が鳴り、足止めを食ったとき、明日にしようとためらっていたとき、娘は自分への遺書をしたためていたのだ。虫の知らせというものが、なぜなかったのか、テレパシーも働かない、そんなもろい父と娘の絆だったのか。

考えまいとしていても、雷が鳴れば、スイッチを押したように、あのときの映像が脳裏に映し出される。雷鳴が閉じ込め封印した部屋のドアを容易に開けてしまうのだ。

悩んでも後悔しても、潤子が戻って来る訳ではないのに、あの日、急激な雷雨に見舞われなかったら、潤子を救うことができたのではなかったか、と自分を呵責（かしゃく）する。

妻の身内の非難は達彦に向けられた。妻のときは、達彦が悪性リンパ腫を患ったことで二度も入院し、寿命を縮めたようなものだと暗に言われ、娘のときは、おかあさんが生きていたらこんなことにはならなかった、と耳に入り、返す言葉もなかった。立場を変えれば、気持ちは痛いほどよくわかる。彼は口を閉ざした。

潤子が亡くなって、十日くらい経っていただろうか。夜、仏前でお経をあげていた。お経を誦んではいても、頭に無数の槍を突き立てられるように責めてくる。無間地獄とは、こういうことを言うのだろうか。気が遠のいて目の前が暗くなっていった。

三十分くらい気を失っていただろうか。気が付いたものの、体が重く立ち上がる気力もなかった。這って寝室に移動し、身を横たえた。このまま消えてしまいたかった。

昼間なのに無数の星が出ている。手を伸ばせば、掌に零（こぼ）れ落ちてきそうに燦然と輝く星。達彦は体が吸い込まれていきそうだった。

潤子は気が付いているだろうか。こんなにも見事な星の輝きを、この世のものとも思われない、紺碧の空に鏤（ちりば）められた星々。潤子にも見せてやりたかった。携帯電話を手に取ると、番号をプッシュした。

「潤子見てごらん。昼間なのに星がいっぱい出ていて、綺麗だよ」

「お父さん、わかってるから、いいよ」

潤子は、魂が浮遊しているような物言いをした。

星は、やがて一つまた一つと明滅しながら消えていった。最後の一つの星が光芒を放って消えたとき、達彦は目が覚めた。

夢を見ていたのだ。時計の針は夜中の三時半を差していた。起き上がってストーブを点けた。赤い炎に手をかざした。不思議なことに、肩から何かが覆い被さるように重かった体が軽くなっていた。思考力も戻った。自分は何をしていたのだろう。やることがいっぱいあるではないか。

大分や福岡にいる自分の兄姉には「何もきかないでくれ、娘が死んだ」それだけを連絡していたが、きちんと説明しなければならない。再就職先も決まっていた。こんな状態では断らなければいけない。達彦はそれからホームコタツに入って、何通もの手紙を書いた。

年の瀬が迫っていた。幼稚園の二学期終了の日だった。父親の知也と翔太が、アパートを引き払って一宮の実家に帰る日だった。翔太が父親と実家へ帰ったら、翔太に会うことも先方への遠慮がある。一番手をかけた孫だった。翔太の顔を見たかった。

引っ越しは午後三時ごろと聞いていたが、顔を合わせることもお互いに罪だ。達彦は手伝いに行かなかった。

昼食後うとうとしていたが、三時ごろ目覚めて庭先へ出た。道路の西から東の方角へ、白い煙が凄いスピードで流れている。火事だ、と思った。火元と見られる近所の車庫へ飛び込んだが、車庫に異常はなかった。東を見ると煙は空中に吸い込まれるように消えていった。

ああ、潤子がお別れに来ていたのか。翔太の出発を見届けに来たのだ。達彦はそんな感覚に捉われた。

諸行無常というけれど、そんな翔太が再び達彦の手元に帰って来るまで、三年の歳月が流れていた。

達彦にとって、雷は怖いとか、嫌いだとか、そういうレベルのものではなかった。あの魔刻に起きた場所に、瞬時に自分を引き擦(ず)り込んでしまうのだ。

今日は知也が休みなので、翔太を自宅に連れて来てはいなかった。夜遅く翔太をアパートへ送り届ける必要もない。晩酌も許される。達彦は早めに風呂から上がると焼酎を飲んだ。自分をいたぶる思いから次第に解放された。

アルコールは達彦を少し陽気にさせる。コップに一杯二杯、娘の傷ましい姿は、幼い日のあどけない顔に変わっていった。

長男が生まれて、もう一人子供がほしかったが、妻はなかなか妊娠しなかった。八年後ようやくできたのが潤子だった。

それだけに、達彦は娘が可愛くてならなかった。親のひいき目かもしれないが、頭もよくて、中学時代の卓球では、犬山市のチャンピオンにもなった。

小さい潤子を助手席に乗せているうちに、駒ヶ根まで行ったことがある。あの日、急に駒ヶ根、光前寺の早太郎を見に行った。小さな潤子が、早太郎に興味があるとも思えないが、潤子を一日独占したかったのかもしれない。

翔太を連れて、駒ヶ根に久しぶりに行ってみようと思った。南アルプスや中央アルプスを見ることで、雷から受けた心の傷を癒したかった。

翔太の父親は大型スーパーの勤務で、日曜日は出勤であり、しかも遅くなる。駒ヶ根まで片道一時間半、ドライブでもするか。潤子のときと同じように、翔太にも早太郎を見せてやろう。

一日中ゲームに夢中になっている翔太から、ゲーム機を離すことも一つのねらいだった。

達彦は一人でよく登山をした。恵那山も中央アルプスも南アルプスもよく登ったものだ。登るときは困難があっても、頂上を極めたときの達成感と爽快感と解放感はこたえようがなかった。職場にはびこる陰湿な人間関係も、頂上から見下ろせば、蟻の集団みたいなものだった。山登りは仕事への原動力になった。行き詰まることがあっても、リフレッシュさせてくれた。山には何ものにも代えられない魅力があった。

妻は帰って来るまで心配だと、単独登山を危ぶんでいたが、病気になるまで止めることはできなかった。登山は自分が生きてきた証のようなものだった。

達彦はアパートへ翔太を迎えに行った。

「翔太、駒ヶ根までドライブしよう、早太郎を見せてやろう」

「おじいちゃん、早太郎って、ゲームセンターだよね」

「違うよ」

早太郎と聞いて、翔太はゲームセンターの名前とでも思ったのだろう。

「早太郎はなあ、強い山犬なんだ」

達彦は駒ヶ岳の麓にある光前寺に祀られている早太郎の伝説を思い出しながら、所々に創作を加えて、次のような物語を、翔太に語った。

——今から七百年くらい前、山犬が光前寺の縁の下で四匹の子犬を生んだ。可愛く思った光前寺の和尚さんは毎日毎日山犬の母子に餌を運んでやった。

子犬が成長し、寺の境内を駆け回るようになると、母犬は、和尚さんへの恩に報いて、一番強そうな子犬を一匹残して山へ帰って行った。和尚さんは、疾風のごとく足の速い子犬に「早太郎」と名前を付けた。

早太郎は、獣に襲われたりする村人を救ったり、山で遭難する人を助けたりして村人を守ったので、早太郎の名前は、村ばかりでなく近隣にも知れ渡っていった。別名を疾風太郎とも言われた。

旅のお坊さんが駿河の国へ行ったときのことだった。見付（みつけ）という村で夫婦が娘を囲んで涙に暮れていた。旅のお坊さんが、どうして泣いているのか尋ねると、夫婦は涙ながらに答えた。

毎年、白羽の矢が立った家の娘を秋の祭礼のとき、神様に人身御供として差し出さなければならない。そうしなければ、田畑が荒らされ村人は難儀をするのです。今年は、私どもの家に矢が立ったので、この娘を神様にお供えしなければならないのです。

夫婦から、ことの次第を聞いた旅のお坊さんは、神様は人びとの幸せを守護するもので、人を不幸にすることなどなさるはずがない。

「そういえば、神様は必ずこう言って祭壇にお供えした娘に近づくと聞いております。

「早太郎はおるまいな、早太郎には知られまいぞ」

「バケモノの仕業に違いない」

バケモノは早太郎を恐れている。早太郎を見つけることだ。

旅のお坊さんは、尋ね歩いて駒ヶ根に辿り着いた。早太郎は人間だと思い込んでいたのに、犬だったことに驚いたが、早太郎を見て、精悍そうなこの犬ならと肯いた。

和尚さんは、バケモノを退治して、村人を救うように早太郎の頭を撫でながら言い聞かせた。

旅のお坊さんは早太郎を借りて、駿河の国見付村へと一目散に引き返す。

五穀豊穣を祝う祭りの夜、早太郎は美しい着物を着て、白木の箱に入れて祭壇に供えられた。人びとが引き上げた真夜中、

「早太郎はおるまいな、早太郎には知られまいぞ」

と言いながら、妖しき獣がやって来る。

白木の箱を、まさに開けようとしたとき、早太郎は、声も立てずに怪物に飛びかかる。

「ギャー」と怪物が叫ぶ。早太郎と怪物の死闘が繰り広げられた。

夜が明けて、村人たちが様子を窺いに恐る恐る神社に行ってみると、怪物さながらの老狒狒(ひひ)が退治されていた。

光前寺の和尚さんは、一心にお経を称え早太郎の無事を祈っていた。早太郎は深手を負って、息も絶え絶えになって光前寺の門前に辿り着いた。早太郎は「ワン」と小さく吠えると、門前にバッタリと倒れた。声を聞きつけた和尚さんは、早太郎を腕に抱きかかえ、手柄を褒めてやった。早太郎は和尚さんの腕の中で安らかに息を引き取った。旅のお坊さんは大般若経を早太郎のために書き写し光前寺に奉納したのだった。


「さあ、出かけるぞ」

翔太を助手席に座らせ、シートベルトを装着したのを確認すると、達彦はおもむろにアクセルを踏んだ。赤いティーダは高速に乗ると一気に加速して、中央道の流れに乗った。

紅葉は十一月の上旬がピークと思われたが、高速道路の両側に広がる山々の紅葉はまだ十分見ごろだった。四年生の翔太には紅葉を愛でることは無理である。翔太はゲーム機に、新しいソフトを入れてそれに夢中だ。

十六キロある恵那山トンネルも、前方に立ちはだかる恵那山も眼中にない。以前はゲームの虜になっている翔太に苛々したものだが、近ごろは時代が違うのだからと、一歩も二歩も引いて理解できるようになった。

時には、興味をもって翔太のゲームを覗き込むことがある。最近は「棒人間」と名付けてゲームをやっていたが、いつの間にか「鼻くそ人間」になっている。やれやれと思う。翔太との生活がなければ通じない世界である。歌詞も自分で作詞して、ゲーム機に吹き込むなど、知的な作業もしていることを思えば、もういいとか悪いとか、達彦の範疇で判断はつきかねる。

わしらの時代は終わったも同然だ。翔太は新しい時代を生きていく人間だ。もう何も言うまい。

「あれが南アルプスだ、もうじき中央アルプスも見えるぞ、おじいちゃんは一人でよく登ったもんだ。頂上を極めたときはこたえられんぞ」

達彦はひたすら前方を見ながら呟いた。翔太に言っているのではない。自分の青春を、働き盛りの壮年のころがあったことを確認しているのだ。

駒ケ根に着くと丁度十二時だった。光前寺の駐車場は、日曜日の紅葉どきとあってほとんど満杯だった。辛うじて車を駐めることができた。

「翔太、降りるぞ」

達彦に促され、翔太はやっとゲーム機から手を放した。

光前寺の参道の手前に、光前寺そば処がある。信州八ヶ岳でとれたそばを臼で挽いた独特のそばだ。店は重厚な純和風造りで、駒ケ根の風景にピッタリである。梁や鴨居の太さは、文化財に指定されてもいいほどだ。順番待ちだった。この時期は書き入れどきだ。達彦は天ぷらそばを二つ注文した。

かつて入院していたとき、退院したら天ぷらそばが食べたい、と無性に思った。病院内を掃除している人たちを見ると、いいなあ、自分もこうやって働きたいなあ、と羨ましかった。健康で飛び回っていたときは、考えたこともなかったが、早く働きたかった。病院内でも率先して体力作りに励んだ。落ち込んでいる患者の見本になった。がんになって、健康の有り難さ、生きることの大切さ、人生の味わいと充実感、そして、不可思議な大きな世界があることを教えてもらった。必ずしもがんにかかったことが不幸ではなかった。

達彦にとって駒ヶ根と早太郎と光前寺そばは三点セットでもあった。元気でいれば、この雄大な景色と逸品のそばも味わうことができる。

「おじいちゃん、ぼくエビ食べない」

「こんな旨いもの食べないのか、情けないぞ翔太」

そうは言ったが、子供の舌だ、追々味覚も発達していくだろう。達彦はそう考えることにした。代わりにカボチャとサツマイモの天ぷらを一つずつ翔太の皿に入れた。

「サツマイモ、いらない」

「この前美味しいと言って食べたじゃないか」

「オナラのもとだと言われたもん」

「ちっぽけなこと考えるな翔太、みんなの前でしてやれ、気持ちいいぞ」

「やだよ、おじいちゃん」

光前寺までの参道は光苔が有名である。光苔は四月から十月までで、冬になると苔むした石垣の奥まで太陽の光が届かないので光苔は見えない。石畳を敷き詰めた参道を歩いて行くと、樹齢数百年という杉の巨木が林立していて霊気を放つ。

光前寺は天台宗の名刹である。不動明王がご本尊で秘仏になっている。早太郎は光前寺のシンボルであり、張子のように見えるが木像である。像の前の立て札には「霊犬早太郎伝説」が書いてある。

「ほれ、翔太ここに書いてあるよ、早太郎はおるまいな、早太郎には知られまいぞ」

「狼みたいな犬だよ、おじいちゃん」

「山犬は狼だろうな」

「ぼくが、早太郎のソフト作ってやるよ」

翔太は得意そうに言った。

光前寺を参拝したあと、再び参道を下りて行くと、脇に入る道があって、光前寺の参拝者にお茶が振る舞われる。

達彦はここで出される干菓子も好きだった。翔太はゲーム機をお守りのように持っているが、食べるときだけは別だ。母親がいないので好き嫌いが多いが、いまだに翔太の好みはつかめていない。翔太は干菓子をパクリと食べて「これ、美味しい」と言った。潤子の祥月命日に来てもらう坊守（ぼうもり）の土産に買うことにした。

帰りに駒ヶ根のサービスエリアに寄った。翔太の昼食の補足にフランクフルトソーセージ、夕食に二人分の弁当を買った。

来るときには見えなかった中央アルプスが、雪を頂いてはっきり見える。雷鳴を発端として、潤子の無残な姿を思いだして辛かったけれど、駒ヶ根の雄大な景色に浄化されて、再び静かに元の場所へと納まった。

弁当で夕食を済ますと、翔太は一人で風呂に入っている。風呂の中から大きな声が聞こえてくる。何度も何度も歌っている。何を歌っているのだろう。達彦は脱衣場へ入ってそっと耳をそばだてた。思わず「おお！」と小さく叫んだ

早太郎はおるまいな
早太郎には知られまいぞ
おいらは駒ヶ根光前寺

早太郎という山犬さ
けれどもみんなは光前寺
不動明王の化身だと
みんなおいらに掌（て）を合わす
村人泣かすバケモノを
退治に見付村にやって来た
正義の牙でバケモノの
喉笛食いちぎれば
五穀豊穣秋祭り

翔太の作詞作曲だ。潤子おまえは死んでしまったが、翔太を遺してくれた。立派なもんだ。あのときの赤い帽子を被った五歳の翔太がしきりに思い出された。

第七話　法衣（ほうえ）

炊事仕事をするせいか、達彦はこのところ毎年右の薬指の中ほどだけ霜焼けができる。これが結構痛くて痒い。今どき霜焼けなんて時代遅れもいいところだが、手足が女性のように冷たい。亡くなった妻は、夏場は「冷たくて気持ちがいい」と言って体を摺り寄せてきたが、冬場は反対で「冷たいからそっちへ行って」と邪慳（じゃけん）にされたものだ。

今まで大して気にもしなかったが、朝、スクールガードのボランティアに出るときは、手が切れそうなほど冷たいので、手袋を二枚重ねするようになっていた。この冬は特別寒い。大寒のころには、どうなることかと思いやられる。

今日は娘の潤子の祥月命日である。亡くなってから丸五年が経っていた。表でバイクが止まる音がする。お手つぎ寺の明念寺の坊守だった。達彦は玄関を開けに行った。坊守は八〇歳近くになられる。危ないから車で迎えに行きますと気を遣ったが、檀家回りがありますから、と丁寧に断りを受けていた。防寒着を脱ぎ間衣（かんえ）にモンペ姿が凛々しく映る。

潤子が亡くなって一カ月後だった。明念寺でも悲しい事件が起きた。跡とり息子が突然自死してしまった。四十歳半ばだったろうか。お寺を継ぐためにサラリーマンを辞め、妻子を連れて寺に入ったが、連れ合いが寺を継ぐことに難色を示していたようだ。長男は両親との板挟みになったのではないかと噂された。

四十九日の法要が終わると、未亡人は三人の子供を連れて寺を出た。そのころはまだ住職が元気だった。八十歳を幾つか過ぎていた住職も、昨年脳梗塞で倒れ、その年の内に亡くなった。

跡継ぎも住職も亡くなった寺は、明け渡して本山に返すのが暗黙の規則と聞いた。お手つぎ寺であるだけに、どうなることか、達彦は寺の行く末を案じていた。

住職の妻である坊守は、寺の仕事が身に備わって好きらしく、前面に出て檀家回りをするようになった。檀家に葬式があるときは、他の寺から僧侶を派遣してもらって、この一年滞りなく寺は維持されてきた。坊守の手腕の賜だった。

明念寺を襲った不幸は、達彦が経験した不幸にあまりにも似ていた。子供に自死された悲しみ、配偶者を亡くしたさみしさを、共感し合えるところがあって、坊守を身近に感じ、励まし励まされていた。

仏壇の前に座ると、坊守は達彦と向き合った。風呂敷包みを開けて畳まれた法衣を取り出し、身に纏いながら、

「早いものですね、潤子ちゃんがお亡くなりになって、もう丸五年になるということですね」

潤子のことを言いつつ、時期が同じだけに、坊守も喪った息子のことを同時に思い出しているのだろう。達彦は息子さんも、という言葉を飲み込んだ。

「翔太を遺していってくれたことが、せめてもの救いですわ」

「坊ちゃんは、娘さんの忘れ形見、宝物以上ですものね」

坊守は、そう言って、達彦の薬指に包帯が巻いてあるのを目敏く見つけた。

「怪我でもされましたか」

前かがみになって手を覗き込む。温かい眼差しだった。

「霜焼けですよ、冷え性なんでしょうかね、何かいい方法はありませんか、これが結構痛痒いんです。包帯をしていると、少し楽ですが、毎年こうなんです」

「おやまあ、お優しい手ですこと。血行が悪いんでしょうかね。家事はほどほどになさいませ、河合さん」

坊守は、掃除が行き届いている部屋を見渡しながら笑った。

「では、お勤めさせていただきます」

達彦は黙って頭を下げた。仏前には翔太の百点を取ったときの答案用紙がそれとはわからないように畳んで置かれている。

讃仏偈と阿弥陀経と正信偈だが、正信偈だけは達彦も後ろで一緒に読誦した。

お経が終わって、坊守は法衣を脱ぎ、畳んで風呂敷に包んだ。達彦はお礼を言ったあと、用意していたお布施、干菓子とお茶を出した。坊守はお布施を丁寧に収め、お茶を飲んで盆の上に置くと、

「ところで、河合さんに悦んでいただきたいことがあります」

気品のある口元から、再び笑みが零れた。

「何か……」

「奥様がお亡くなりになりましたとき、寄進していただいたお金のことですけど」

今更言い出され、達彦は面映い思いがした。

「いただいたものの、奥様がお残しになった尊いお金ですから、何に使わせていただこうか、ずっと考えておりました。この度、娘が住職の資格試験に受かりましたので、寺を継いでくれることになりました。娘の夫はサラリーマンですが、子供がないものですから、寺に入ってくれると言います。河合さんに寄進いただいたお金で、娘に法衣を拵えさせていただきました」

「それは、それは有り難いことでして、家内も悦ぶと思います」

「支部長さんを通じて本山に申請がしてあります。多分、四月には正式に娘は住職に承認されると思います。一月十五日の報恩講のときに、娘の法衣をどうか見てやってください」

達彦は胸が熱くなった。娘が住職を継ぐ。やがて息子の方に孫が三人あれば、そのうちの誰

かがまた次の住職を継ぐことになるかもしれない。寺は無事維持されていくだろう。お手つぎ寺の一員として、こんなうれしいことはない。この世で起きたことはこの世で納まるものだなあ、心の中で言いつつ、バイクに跨る坊守を、達彦は手を合わせて見送った。

妻は始末屋だった。入院しているときも、七十万円のへそくりがあるので病院代に使ってくれと言った。亡くなって葬式を済ませ、整理をしていたとき、また二十万円のへそくりが現金のまま出てきた。妻は毎月、決まって二十万の生活費を銀行から下ろしてきた。口座振替は別として、一カ月の生活費をそこから出して、締め切ったときに、余ったお金を別の封筒に入れる。翌月はまた二十万預金を下ろして、新しく経費を賄うというやり方である。毎月残ったお金の累積が二十万円余あった訳だ。

生きているときなら、遊興費でも生活費にも当てるけれど、妻が亡くなってからでは、さすがに使い辛い。何か有意義に使わなければと思った。ユネスコとか、東日本大震災とか同窓会に寄付をしたが、五万円は明念寺に寄進することにした。すでに、何かに使われたものと思っていた。

達彦は跡取りではなかったが、十五年前、日田の実家の父が亡くなったとき、自分も父親の供養がしたいと思い、分骨してもらった。父の死が機縁になって仏壇を家に置いた。妻が亡くなったのはそれから十年後だった。

達彦は浄土真宗に帰依しているが、妻は仏壇に手を合わすことはなく、宗教は一切信じなかった。信じないどころか〝南無阿弥陀仏〟さえ称えたことがない。

妻は、あなたが仏教に帰依することを拒んだりしないが、自分は仏教ばかりでなく、あらゆる宗教を信ずることができないから、わかってほしいと言って、忌避する理由を語った。

妻の信子が小学校の三年生くらいのときだった。両親がマーケットに菓子店を出し、そこで起居していたので、信子は祖父母と一緒に暮らしていた。実家は禅宗だった。近所の人たちが執拗にS教会に入信するように勧めてきた。祖父母は遂に根負けしてS教会に入信した。

教会の人たちは、仏壇を表に出すと、みんなで、この野郎、コンチクショウ、などと大声で叫んで、仏壇をメチャメチャに壊してしまった。

信子は隠れて見ていたが恐ろしかった。マーケットにいた両親に知らせた。両親はびっくりして家に飛んで来た。教会の人たちを説得し、ようやく元の鞘に納まった。禅宗の仏壇をまた買い直したが、信子には心に大きな傷が残った。

恐ろしい形相で近所のおじさんやおばさんが仏壇を踏みつけにする、あのときの人びとの狼藉を思い出すとき、仏教だの宗教だのと言われても、身の毛がよだつ、と妻は言った。S教会も、今でこそ静かになったけれど、勢いが盛んな時代、そこまでやるという噂を、達彦も耳にした事実があった。

妻から訳を聞いて、三つ子の魂百まで、というが、妻の宗教嫌いはそれだけの根強いものがあるのか、と十分納得できた。もし達彦がそんな場面に遭遇したら、自分も宗教を信じることはむずかしいだろう。止むを得ないと思った。

妻は、平成十九年五月に胸が痛いと突然苦しみ出した。医院に連れて行きレントゲンを撮ると、肺に水が溜まっていた。そこでは肋膜炎と言われた。

別の病院へ行き、胸水を抜き検査したところ肺がんが見つかった。肺が原発ではなく、辿っていくと卵巣がんが発見された。すでに手遅れの状態で、がん患者が、がん患者を介護するという日々だった。

妻は、手術しても抗がん剤治療しても、一度も退院できなかった。

主治医からは正月に家に帰るよう勧められた。体が衰弱していた妻は、家に帰りたくないと拒んだ。この機会を逃せば、二度と家に戻れないことはわかっていた。無理を承知で妻を車に乗せた。途中妻の母校を見せ、家に連れ帰った。

入院して十カ月、あと数日の命と言われた。抗がん剤で髪はすべて抜け、腹部に水が溜まって、寝返りも適わないほど膨張していた。

四十年一緒に暮らした妻の、衰弱しきった姿を見ることは辛い。見送る覚悟はできた。しかし、今となっては、達彦に一つだけ心残りがあった。妻には信ずる宗教がなく、念仏さえ一度も称えたことがないからだ。

妻は成仏できるだろうか、せめて一度でいいから、〝南無阿弥陀仏〟を称えさせてやりたかった。ひとり黄泉路を果てしなく行くことはさみしい。阿弥陀様と一緒なら安心できる。

その機会は突然やって来た。死の三日前の深夜だった。十分間隔で息も絶え絶えに「アーン」と苦しそうな呻(うめ)き声を立てていたが、急に仰向けになって、穏やかな表情を見せた。部屋は薄暗いが、妻の顔だけがそのとき輝いて見えた。

「いまだ」と背中を押してもらった感覚がした。達彦は妻の左耳に顔を近づけ、

「おかあさん、どこまでも僕と一緒だよ。でも一緒に行けないところがあるからね、そのときは〝ナムアミダブツ〟と言うんだよ。そうすれば、きっと仏様が導いてくれるよ」

言い終わったとき、妻は三回大きくゆっくりと首を上下に動かした。もう声を出すことはできなかったが、唇が六字の名号を称えていた。妻の念仏を確かに聞いたと思った。

その後に妻は亡くなった。〝南無阿弥陀仏〟を受け入れてくれたことで、達彦は大いなる安心に包まれた。

鬘(かつら)をつけ、死化粧をした妻は、棺に納まって天女のように見えた。棺の蓋をするとき、達彦は次の世を約束した。額に別れのキスをして妻を見送った。

達彦は、一月十五日に明念寺の報恩講にお参りした。本堂でお経があがり、門徒にお斎が施される。極楽浄土を荘厳したといわれるお内仏に向かって、右側に支部長の僧侶、左側に濃紺の法衣を纏った女性の後ろ姿が見えた。坊守は庫裏に入ってお斎の支度をしているのだろう。姿を見せなかった。

法衣はかなりの金額になるに違いない。妻の始末したお金が、お手つぎ寺の次なる住職の法衣の一部に使われたことが、たとえようもなくうれしかった。法悦とはこういうことをいうのだろうか。達彦は突き上がる悦びに浸っていた。

自分でも気が付いていなかったけれど、いつの間にか薬指の包帯がなかった。霜焼けが治っていた。

「おかあさんの始末したお金が、生きて役立った」

妻は、永遠に自分の中で一緒に生きていた。

第八話　翔太の因幡（いなば）の白兎（しろうさぎ）

あと一週間でお正月を迎える。翔太の冬休みを利用して、達彦は翔太を連れ、ツアーで出雲路へ出かけた。一泊二日の日程には、足立美術館と玉造温泉も組み込まれていた。

平成の大遷宮とあって、人出は多いものの、式年遷宮の伊勢神宮とは雰囲気が少し違う。まるっきり新しいお社を建てて、神様に新居へお移りいただくのと違い、出雲大社は、六十年か七十年くらいに一度、修復工事が行われる。仮住まいのお社から、大国主大神様に修復なった本殿へお戻りいただくのである。説明がなかったら変哲に気が付かない。

いつもの旅行なら、翔太はバスの中でゲームに夢中になっているが、今回はちょっと違った。富士山と見紛うばかりの雪を被った大山が、行く先ざきで見え隠れについて来る。ロマンのある景色を背景に、ベテランのバスガイドが、須佐之男尊（すさのおのみこと）の八俣（やまた）の大蛇（おろち）を退治する話、大国（おおくに）主尊（ぬしのみこと）の因幡の白兎の話、国ゆずりなどの出雲神話を、翔太を中心に目線を合わせ、語って聞かせたからだ。

翔太は興味津々で、身を乗り出さんばかりに出雲神話を聞いていた。達彦にとっても、出雲神話は、父が寝物語に聞かせてくれた。大和は国のまほろば、というが、出雲は神話のふるさと、心のまほろばである。

ツアーの参加者は、年配の女性が多く、童心に返って「因幡の白兎」の唱歌を合唱した。アンコールが続いたので、翔太はリズムも歌詞もほとんど暗誦した。

冬休みにもかかわらず、バスの中は子供は翔太一人。足立美術館や玉造温泉は、子供向きではないのだろう。

翔太は年配の女性たちから、アイドルのようにもててご機嫌だった。

玉造館では、翔太は父親への土産に、誕生月に合わせて勾玉(まがたま)の付いたストラップを買っていた。

「これ、魔よけだって、お父さんのお酒の悪魔ばらいだね」

と言って達彦に見せた。

出雲の歴史博物館では、展示されている銅鐸(どうたく)や銅鉾(どうほこ)、三六〇本にも及ぶ銅剣には、四年生の翔太も目を瞠っていた。それだけでも出雲に連れて来た甲斐があったと達彦は満足したものだ。

帰りは高速道路が渋滞していてかなり遅れた。岡山駅でゆっくり弁当を買うゆとりもなく、それでも翔太に食べさせなければならないという責任感から、目に付いた弁当を二つ買って新幹線に飛び乗った。

添乗員は汗びっしょりだった。何しろ十八時二十一分の新幹線に乗車するのに、十八時五分に岡山駅にバスが到着したのだから、気が気でないのは添乗員ばかりではない。

秋の運動会の徒競走でスタートが遅れ、好きな女の子の前で男を下げて、地獄の運動会だった、と嘆いた翔太も、猛ダッシュである。

「そうだ、そういうふうにスタートを切るんだ」

達彦は、座席に座った翔太の肩を叩いた。

翔太は笑顔を見せた。こんなこと何でもないよ、という意思表示である。しばらくすると窓際の席で歌い出した。

大きな袋を肩にかけ　大黒さまが来かかると
ここにいなばの白兎　皮をむかれてマルハダカ

「ちょっと待て」

達彦は翔太の歌をさえぎった。

「皮をむかれてアカハダカだ」

達彦の顔を見て照れ臭そうな顔をしたが、ひるまず、

大黒さまはあわれがり　きれいな水に身をあらい
蒲の穂綿にくるまれと　よくよく教えてやりました

大黒さまの言うとおり　きれいな水に身をあらい
蒲の穂綿にくるまれば　兎はもとの白兎

子供の記憶力というものに、参ったとしか言いようがない。翔太に弁当を渡して一緒に食べた。牛肉弁当である。あれが嫌いこれが嫌いというが、肉なら間違いなく好きだ。

甘えた表情で箸を運ぶ翔太に「今に見ておれ、何でも食べさせてやるぞ、この餓鬼は」心の中で囁く別の人格がいる。

新幹線が名古屋駅近くになって臀部に振動を感じた。ポケットから携帯電話を取り出すとメールが入っている。高校生のときの同級生からだった。

――俺、胃がんで入院している。おまえと話がしたい――という文面である。

――新幹線の中だ。明日電話する。負けるなよ――。

達彦は手短にメールを返した。

同級生は倉田靖男といった。高校、大学とバレーボールの選手で、日体大を卒業したはずだ。

達彦は、海抜六五〇メートルの山を越えて、小学校三校を統合した中学校へ通った。その母校へ倉田は教師となって赴任した縁もあった。

「話には聞いていたけど、まさかと思ったよ。おまえ、よく二時間もかけて中学校へ通ったもんだ」

二時間は大袈裟かもしれないが、倉田はそう言って感心した。それはそれで、面白いことがいっぱいあって、辛いと思ったことなど一度もなかった。

部活をして帰るのだから、腹が減ってしょうがない。ナイフを携帯していて、畑の大根やサツマイモ、人参などを掘っては、ナイフで切って食べた。

今のような世知辛い時代ではなく、貧しい時代だったが鷹揚(おうよう)なものだった。日田の山はスギもヒノキも手入れが行き届いて、花粉症なんてなかった時代だ。何しろ日田は天領地だ。

倉田は、校長にまでなって定年を迎えた。達彦が悪性リンパ腫で入院していたとき、高校の同級生が四人で、泊りがけで大分県の日田から愛知県の江南市の病院まで見舞いに来てくれた。その中に倉田もいた。

新幹線を名古屋で降りた。ツアーを解散して、小牧駅に駐めてあった車に乗って、翔太をアパートに送り届けた。

あと一時間もすれば父親が会社から戻って来る。達彦は遅いからアパートの部屋までは入らない。翔太が部屋の電気を点けて、窓から達彦に手を振る。アパートに異常がなかった、というサインである。達彦も手を振って自宅に向かったが、薄くなった後ろ髪を引かれる思いだ。

あくる日、倉田の携帯電話にかけると出なかったが、折り返し達彦の携帯にかかってきた。倉田は胃の具合が悪くなって食べられなくなり、検査をすると、がんは全身に転移していた。手術ができないので、入院して抗がん剤治療をしていると言った。余命はいくばくもないという。倉田の声は憔悴して、聞き取るのがやっとだった。

達彦ががん患者であることから、同病相哀れむの心境と、手遅れのがんでも克服できるかもしれないと、藁にも縋りたい思いもあって連絡してきたのだろう。

二月の半ばに日田で義兄の一周忌がある。遠いこともあって、今度は欠席しようかと思っていたが、倉田の見舞いも兼ねて、一周忌の法要に行くことを決意した。倉田、それまで生きていてくれよと願った。

土曜日の八時半の飛行機で出発するために、早目に航空券を手配した。四十九日の法要には翔太を連れて帰っていたが、二年の間に、翔太もかなり成長した。多くの友だちもできた。

「反対に、翔太君に遊んでもらっているんでしょう」

今では、そう言われたりするが、そうかもしれない。かなり手が抜けるようになってきたのは確かだった。

土曜日は父親の知也が休みなので心配ない。近くにいれば何かあってもすぐ駆け付けることもできるが、九州の大分では、すぐにという訳にはいかない。

今回の帰省で、翔太が一人になるのは、日曜日の朝から夕方までだ。アクシデントがない限り、五時半には達彦は小牧空港に着いている。

事前に、倉田の細君に電話して予定を話すと、

「面会謝絶になっているから、表向きは身内ということで会ってやってほしい」

との要望だった。

病状はかなり深刻な状態になっている。病院の前で、倉田の細君と午後一時半に、お互いにマスクをして待ち合わせることにした。

出発の二日前だった。航空会社から電話が入った。

「当日の八時半の航空券を七時半にしてもらえないか」

という用件だった。小牧空港まで車で三十分。一時間早かろうが、遅かろうが大した違いはない。達彦はスクールガードのボランティアもあって、平日は五時半に起きる。早起きには慣れている。「なんちゅうことはない」心の中で言った。

「いいですよ」と返事をすると、航空会社からお礼に一万円出るから小牧空港のカウンターで

受け取ってくれという。そんなラッキーなことってあるのか。航空券は早めに手配して往復三万円弱だったが、一万円戻ってくるとなると、こいつは春から縁起がいい、の心境だ。

以前に、ハワイへ行ったとき、ホノルル空港で、切羽詰まった声で呼びかけるアナウンスがあった。日本語、英語、フランス語等で呼びかける。搭乗券を譲ってもらえたら、ＭＧホテルの宿泊券と、明日の航空券を付けるというものだった。ＭＧホテルといえば、最高級のホテルである。勧めさえなかったら、搭乗券を譲って、もう一日観光したかった。

ダブルブッキングといって、航空券を余分に売ってしまった、ということらしい。

「翔太の好きなものをお土産に買ってきてやるから、今度は待っとけな、何がいいか」

「おじいちゃん、ぼくね、長崎堂のカステラがいい」

翔太はすかさず言った。

「カステラがいいか、お安い御用だ」

翌朝、達彦は七時三十分の飛行機に乗るために小牧空港へ行った。搭乗カウンターで名前を言って、約束通り一万円をもらった。お土産代が浮いたことになる。

福岡空港で降りた。それから日田までバスで一時間はかかる。馴染みのビジネスホテルで荷物を預け、食事をしたりコーヒーを何杯も飲んだりしているうちに時間が過ぎた。

一時半に間に合うようにタクシーに乗った。病院まで十分。病院の前のロータリーでタクシーを降りた。打ち合わせどおりマスクをかけた。

マスクを提案したのは達彦だった。悪性リンパ腫で入院しているとき、清浄器付きの病室にいたからだ。

C病院は四階建てで日田の中核病院だが、医院を大きくした程度の病院だった。父親をこの病院で見送った。懐かしくはあったが、都会で大きな病院を見慣れている達彦にとっては、助かるだろうかという不安もあった。

玄関に、カーディガン姿にショートカットにマスクをかけた小柄な女性がいた。細君とは初めての対面である。倉田とは不釣合いなほど若くて美しい女性だ。倉田の教え子だった、と聞いたことがある。

達彦が、長年病と闘ってどんなにか痩せているかと想像していたようだが、目の前に見たのは、筋肉質のスリムで健康的な男性であることは想像外だった、と細君は言った。

いろいろな夫婦の形があるが、倉田も、こんな若い奥さんを残しては辛いだろうなと身につまされた。愛別離苦の悲しみは、嫌というほど味わっている。

今回は、達彦だけが見舞いを許された。日田の同級生には内緒である。倉田にはそれだけの体力が残されていない。倉田もやつれた姿を晒したくはないのだろう。見舞わないことも病人への思いやりである。

当初は身内を装って、ということだったが、達彦ががん患者であることから、看護師は、そういう人なら、患者の力になるかもしれないと、ありのままで面会することを許したという。アルコールで手を消毒し、細君のあとから病室へ入っていくと、倉田は、ベッドの背にもたれ、体を預けていた。

端正なマスクだったが、骨の上に皮膚が置かれただけで、もう引き返すことができないほど、あちらの岸に近づいている人に見えた。ショックで立ちすくんだ自分を偽装しなければならなかった。

かつて、バレーボールの選手で、ヒーロー的な体格の良い彼はどこにもない。何を話していいのかわからなかった。ひるんだ心に、冷たい水を浴びせて気を取り直した。

「抗がん剤治療をしていたときは、俺も四十四キロまで痩せたけど、トンネルと一緒だ。トンネルは途中までは暗いけどなあ、半分くらい行くと、向こうから光が見えてくるんだ。辛いと思うが、倉田、俺も地獄を見て来たぞ」

二回もがんで入院している達彦には、説得力があった。

「俺も頑張ってみるよ」

倉田は右手を出して、達彦の手を握った。痩せてはいるが、さすがバレーボールの選手だっただけに、達彦の手を覆うほどの大きな手をしている。

「希望を持ってくれ倉田、また来るよ」

「そうする、ありがとうな」

弱々しい声だった。涙が出そうで、達彦の方がもう病室に留まれなかった。

細君の話によると、夫婦の間に二人の息子があるけれど二人ともまだ結婚していないらしい。最近の若い者は女性化しているのか。自分の若いときは、かあちゃんがほしくてしようがなかった。倉田に孫を見せてやってほしかったな、達彦は目頭を押さえた。

ビジネスホテルに着いた。いつもなら達彦が帰省すると、地元の同級生と一緒に飲むのだが、今回は倉田の見舞いで、内緒にしておかなければならなかった。風呂に入って早めにベッドに横になった。倉田の手の感触がまだ残っていた。

翌日は義兄の法要で一番上の姉の家に行った。達彦には兄と二人の姉、そして妹がいた。その内の二人は日田市にいた。姉には可愛がってもらっただけに今でも気が合った。

みんな老いてしまった。この先も日田に帰る機会は何度もあるだろう。しかし、倉田とはもう会えない気がした。

福岡空港で長崎堂のカステラを二本買った。ふくやの明太子も、こんなときとばかりに二つ買った。一つはクール便で友だちに送った。人間はたわいないものだ。余禄の一万円で気が大きくなっていた。

小牧空港へ到着すると、翔太に携帯電話を入れた。

「おじいちゃんだ。今小牧空港へ着いた。これから行くからな、二十分あとだ」

「うん」翔太は返事だけすると、すぐに携帯を切った。

アパートへ着いた。あれほど注意したのに、ドアに鍵はかかっていない。部屋に上がってみると、電気は点いているが翔太はいない。また隠れやがったな、と達彦は思う。

これまでも、今から行く、とあらかじめ携帯をかけると、翔太は部屋にいない。突然天袋から出て来たり、押入れから友だちと現れたりして、達彦を驚かせた。

おじいちゃんをびっくりさせてやろうと、サプライズの趣向を考えることに一生懸命である。達彦にはわかっているが、わざとだまされたふりをする。

「翔太はまたおらんなあ、どこへいったんだろう。折角カステラを買ってきてやったのに、翔太がおらんなら、しょうがない。諦めて帰るか」

達彦は歌うように言って、帰るふりをした。

「おじいちゃん!」

翔太がホームコタツの掛け布団から、亀のように顔だけ出した。

「こんなところに隠れていたのか、この野郎」

達彦もふざけて応じた途端、翔太は突然、ホームコタツの掛け布団をはねて、躍るように身を翻した。

「なんだ、なんだ、スッポンポンで」

翔太は両手を頭の上にあげて、脱兎のごとく部屋を一周すると、達彦の胸に飛び込んで来た。

翔太の歓迎のセレモニーだった
「おじいちゃん、ビックリした？」

「何の真似だ、オチンチンまで出して、風邪ひくぞ」

自分のコートで翔太の体を包んだ。

「イナバのシロウサギ」

翔太が耳元で囁いた。


倉田の細君から、主人が亡くなりました。と電話があったのは、それから一週間後のことだった。

今冬一番の寒気団が日本列島に居座っていた。

第九話　血液内科

（1）

昨年の七月にCTをかけたとき、左側の腎臓の近くにある腫瘍が小さくなっていた。あれから体調もいいので、八カ月ぶりのCTの検査では、もしかして腫瘍が消えていると言われるかもしれない、と期待をして診察に臨んだ達彦だった。

CTをかけてから待合室で待機していると、順番がきて名前を呼ばれた。

「血液内科」と書かれた診察室のドアを開ける。この緊張感を何度味わってきたことだろう。パソコンの画像を眺めていた主治医は、パソコンから視線を移した。達彦が椅子に腰を下ろしたことを見届けると、少しためらいながら、

「腎臓の近くにある腫瘍の大きさは変わりませんが、左の頸部のリンパ腺に腫瘍が認められますね」

事情を配慮しての物言いだった。主治医の柔らか味のある誠実さに、今までどんなに救われ

てきたことだろう。そうは問屋が卸さない、とはわかっていたが、頸部のリンパ腺に腫瘍があることは、もうためらうことができないところにきたと悟った。

「これですね」

主治医の白い手が達彦の左頸部の患部に触れた。達彦が触(さわ)っても、確かに手に触れる塊があった。一つどころか、葡萄状に連なっているような感触である。

自己診断をこのところ避けていた。病気から目を背け、逃げていた自分がいる。

「孫もこの春五年生になります。少しはしっかりしてきましたから、今度は、先生の言われるとおりに……」

ジタバタしても始まらない。試練はこれで終わりということがない。生きている限り何度でも訪れる。

「河合さん、いい抗がん剤が出ていますから、期待してもらっていいですよ、これまでのような強い副作用もありません」

主治医は、達彦の立場を理解して、希望の持てる言葉で衝撃を和らげた。発症して十七年の間に、すでに四人主治医が交替していた。この先生に診てもらうようになって四年になる。まもなく栄進して、病院を変わることになるだろう。できれば、慣れた先生のうちにやってほしい。

達彦が化学療法の抗がん剤治療をするのは、今度で三回目になる。

悪性リンパ腫も、昔は死の病であったが、今では、固型がんよりも比較的抗がん剤の効き目があると言われている。発症してから二回の寛解を経て、十七年も生き延びることができたのも、再発する度に新薬ができていたという幸運もあった。昔ならもうとっくに死んでいる。

抗がん剤を一度使うと、生き残ったがん細胞に耐性ができ、再発したとき、同じ抗がん剤を使用しても効果はあまり期待できない。二回目に入院したとき「リツキサン」という抗がん剤の新薬ができていた。

副作用はかなりきつく高熱が出たが、それを使うことで、二回目も寛解を得ることができた。今度は更にリツキサンよりも効き目があるという新薬が、日本で製造承認されて三年になる。左の腎臓の近くに腫瘍を認めたときから、主治医はいい薬ができたから、と達彦に希望を持たせていた。治療ができるということは、運がいいのだ。彼はいつも自分にそう言い聞かせてきた。

「今度だってなんちゅうことはない」

何度も口に出して言った。

「なんちゅうことはない」「どうちゅうことはない」という言葉は、職場にいたときから、言葉に表すことで、決して強い人間ではない自分を奮い立たせてきた。達彦の口癖であり、おまじないでもあった。

その日に血液内科から耳鼻科に回されて、頸部の腫瘍にハリを刺して検査をした。今まで気が付かないくらいに抵抗感がなかった左頸部のリンパ腺が、にわかに膨れ上がってきた。悪性リンパ腫を最初に発症したときと同じ症状だった。腫瘍というものは酸素が入るとにわかに存在感を顕にする。ウラン鉱石と同じではないかと思う。

首まで覆うユニクロのハイネックのシャツを、気に入って着ていたが、頸部を圧迫し不快な気分になってきた。もうそれを着る気持ちにさえなれない。達彦はまた病人というステップを一つ上った気がした。

春休みに翔太を連れて沖縄旅行を計画していた。それから四月十二日に妻の七回忌の法要がある。本当は三月七日が祥月命日だが、妻の母親が高齢ということもあり、寒い季節を避け、一カ月ずらした。

義母は昨年脳梗塞を発症した。今は老人保健施設に入所しているが、法要には義妹弟たちと出席の返事が届いている。七回忌を済ませば、一区切りがつく。いいタイミングでもあった。

七回忌が終わったら、即入院し、治療に専念しようと達彦は即座に決断した。

「翔太、おじいちゃんは入院して病気を治すことになった。沖縄旅行から帰ったら、もうおじいちゃんを当てにしてはいけないよ」

「……」

「必ず元気になって帰って来る」

「いいよ、おじいちゃん」

二年前は「ぼくまた一人ぼっちになるの」とべそをかいていた翔太だったが、しっかりしてきた。この際、可哀想だが翔太のことはいっとき忘れなければならない。それが翔太のためにもなると、不憫(ふびん)さを振り払った。

翔太の四年生の終業式を待って、三月二十五日からツアーで沖縄へ行った。行程は子供向けに組んであり、メインはホエールウオッチングである。

クジラに出会う確立は九八パーセントで、もしクジラを見ることができなかったら、大人三千六百円、子供三千円のホエールウオッチング代は戻ってくると書いてある。

「おじいちゃん、もしクジラが見られなかったら、三千円はぼくのものだよね」

「おじいちゃんは、その手には、まだだまされんぞ」

「病院へ入る前におこづかいほしいけどなあ」

翔太は小さな声で聞こえるように言った。

那覇の都ホテルに連泊である。翔太の心配をよそに、好天に恵まれて、二日目に那覇の三重港から慶良間諸島を目指し高速船が出た。クジラ博士が愛嬌たっぷりで説明する。

南極の海で暮らしていたザトウクジラは、一月から三月ごろにかけて、出産や子育てのために慶良間諸島あたりまでやって来る。ほとんど四階建てのビルの高さくらいはあるという、哺乳類最大のクジラの巨体を見に行くことが、今回の沖縄旅行の最大のイベントになっていた。

春休みで船は子供連れでいっぱいだった。五、六十人は乗っていただろうか。みんなオレンジ色のライフジャケットを身に着けている。あちこちで船酔いする乗客もいたが、達彦と翔太は船に強かった。翔太は子供同士ではしゃぎ回っている。

出港して一時間半。クジラ博士が案内する方向に大きく波がうねる。黒岩のような巨体の潮を吹くクジラが二頭認められた。カップルのようだ。船は歓声で膨れ上がった。

尾鰭（おひれ）を海面に叩きつけて水飛沫（しぶき）が上がると、歓声は頂点に達した。果てしもない大海原で、二つの黒い岩が移動している。船は観光スポットを十分くらいで次の船に譲る。

行程にはひめゆりの塔、子供向けに「美ら海（ちゅらうみ）水族館」も用意され、イルカショーもあり、大人も子供も楽しんだ。

翔太は沖縄が余程よかったのか、今までの旅行の中で一番気に入ったようだ。

「おじいちゃん、夏休みも沖縄がいいな」

屈託なく言う。先日、言い聞かせたばかりだったが、達彦が抗がん剤治療に入ることを、翔太はどこまで理解しているのだろう。うまくいっても、夏休みにはまだ体力は回復していないだろう。地獄の抗がん剤治療だ。へたをすればこの身が危ない。過去には白血球がゼロになったこともある。勝負をかけなければいけない。また長いトンネルを抜けないと、翔太の元に帰ってやることはできないのだ。

沖縄から帰って、すぐに生検の日がやってきた。一泊二日の予定である。その日は、病院の規則どおり、車をやめ、電車を利用して病院へ行った。

達彦にはリンパ腺にメスを入れて生検する経験が何回もあった。彼の首には年輪のように手術痕がある。幾筋もの傷跡を、名誉の勲章だ、と周囲にいばって見せるが、一筋一筋に悲痛の叫びの記憶がある。

ベテランの医師の指示でインターンがやる。先日ハリを刺した医師で、色白で見るからに華奢で草食系だ。

手術台に乗り、顔には白い布がかけられ、頸部だけを露出させる。麻酔がかかったことを確かめると、頸部をメスで切開し、腫瘍の組織を内視鏡で吸引している。

過去何回かの生検とはやり方が違った。消毒に毎日通院することも、抜糸のために病院に行くこともない。縫合した糸は自然に溶けてしまうらしい。医学は日進月歩の勢いだ。

耳鼻科病棟の六階の部屋からは、御嶽山や北アルプスも見え、高級ホテルのような眺めである。カーテンで仕切られた隣のベッドからは、新婚らしいカップルの囁き声が聞こえてくる。

JTの老朽化した二つの病院を統合し、二〇〇八年の五月に新築された江南厚生病院は、尾張北地区の中核病院になっていた。

広い駐車場には、まるで飛行場の駐車場並みに車がぎっしりと詰まっている。建物は新しく白とオレンジのコントラストで、界隈を睥睨（へいげい）し君臨しているかのようだ。

最新の医療技術を完備し、病院という暗さがないことも、患者の心に希望を持たせてくれる。大部屋も一人ひとりのスペースが以前よりずっと広い。抗がん剤をかけるために個室に入ろうと思っていたが、この分では大部屋でも構わない。

生検のあくる日、診察を終えると、家に帰るために達彦は病院からタクシーで最寄りの駅まで行き電車に乗った。

左頸部の傷が痛むが、痛み止めは一切使わなかった。その方が早く回復するのである。

翌日は体温が三八度になった。体というものは不思議なものだ。自分のあずかり知らないところで、白血球が必死になって防御作用を繰り広げている。自分はしばらく我慢していれば済むことだ。

生検の結果や入院のことをきくために、今度は血液内科に行った。病名は「低悪性度B細胞非ホジキン性悪性リンパ腫」である。再発時と一緒で今回悪性度を増した訳ではないし、性質も変わっていない。治療方針はこれから決まる。

本など読んで得た知識だったが、悪性リンパ腫には、ホジキン性と非ホジキン性がある。ホジキン性は、日本人では一〇パーセントと少ない。非ホジキン性が九〇パーセントと言われている。その中のB細胞非ホジキン性悪性リンパ腫は六〇パーセントを占める。抗がん剤はホジキン性に対しては感受性が強いが、非ホジキン性に対しては感受性が少ない。つまり進行の早い悪性リンパ腫には抗がん剤がよく効くという意味であろう。

低悪性度と言われても、喜んではいられない。進行は年単位と遅いが抗がん剤も効き目が弱く、再発率も高い難治性で、今回の再再発に至ったのだ。

達彦は、妻の法要が終わったら、あくる日にも入院するつもりでいたが、病室は満員で、しかも待っている患者もいて、達彦の思うようにはいかず、空きを待たなければならない。進行度が遅いから、少々待ってもいいのだが、すでにその気になっているので、苦しい治療ではあるが、なるべく早く治療を実施したいのが本音である。

入院して治療するからには、翔太のことを考えていては、中途半端になってしまう。主治医には、この際孫のことを頭から消して、外来治療でなくていいので、最善の方法を考えてほしいと、言うべきことを達彦は言った。

過去の二回は妻が元気だったころだ。毎日のように病院へ来てくれていた。長男の家族がいるとはいえ、一緒に住んでいる訳ではないし、夫婦とも仕事を持っている。いざというときは別としてなるべく頼りたくない。

血液内科は感染症を警戒して、家族以外の入室はできない。子供は勿論のこと、他の病気とは一線を画していて、病院でも最上階に位置を占めている。

病気もいろいろあるが「血液の病気はブランドだ」患者同士でいばって言うことがある。今は金さえ出せば、下着も借りられるし洗濯も病院でできるので、独り者には有り難い。

一カ月ずらしただけの甲斐があって、妻の七回忌の法要は、穏やかで暖かな日射しに恵まれた。坊守、長男家族四人、翔太父子、義母と義弟と義妹二人、達彦と総人数十二人で法要は営まれた。妻の遺影を仏壇の脇に下ろしてみると、在りし日の妻のことが去来する。三回目の抗がん剤治療を前に、弱気になっていたせいもあって、達彦も込み上げてくるものがあった。

法要は今まで達彦が施主を勤めていたが、今回からは長男の篤史に譲った。親にとってはいつまでも子供だが、篤史も四十二歳になっている。坊守が日常勤行聖典を配った。浄土真宗では、正信偈（しょうしんげ）はみんなで読誦（どくじゅ）することになっている。

久しぶりに一年下の従妹と会った翔太は、お兄ちゃんぶっていることがおかしい。

「おじいちゃん、ナムアミダブツと言えばいいんだよね」

翔太は従妹の未樹を意識して達彦に言う。

篤史も知らないなりに、経本を見ながら声を合わせていた。今は達彦一人で住んでいるが、この家の跡取りとしての自覚ができている。

法要が終わると、篤史がお盆の上にお布施をのせて袱紗（ふくさ）をかけ、

「阿弥陀様にお届けください」

と言って坊守の前に出す。

「ありがとうございます」

袱紗を開いて、深々と頭をさげ、坊守はお布施を受け取り、篤史の見送りを受けて帰って行った。

昼食を摂るために近くの料理屋へ席を移した。

「未樹ちゃん、ちゃんと食べないといけないでしょう、そんなに残して」

長男の連れ合いが、女の子をたしなめると、

「お腹がいっぱいで、もうはいらないもの」

未樹が甘えた声で母親に擦（す）り寄る。こちらも視線は翔太にある。翔太は、今までエビの天ぷらが出ると、

「おじいちゃん、ぼくエビ食べないもん」

と言っていたのに、エビの天ぷらを得意そうに食べている。あれが嫌いこれが嫌いと甘えていたが、こちらも未樹を意識している上の行動だ。子供には子供の世界がある。

義母も心配するほどよく食べた。妻が亡くなったときは、逆縁で義母も悲嘆にくれたものだったが、脳梗塞からくる認知症が、感情をうつろに鈍感にした。

法要の挨拶も篤史の役目で、なかなかのものだと、あらためて息子の年齢を思った。

義母や義妹弟が帰ってから、達彦は、篤史と翔太の父親の知也を呼んだ。入院承諾書には身元引受人のところに、篤史の名前を書いてもらう。

いつまでの入院になるかわからないが、万が一帰れないことも考えて遺言書も書いてある。銀行印も篤史に預けた。俺のことは心配するな、病院へは来なくていい。その代わり、家の見回りは十日に一度でいいから、篤史と知也に来てくれるように頼んだ。

抗がん剤をかけると髪が全部抜けてしまう。達彦は理髪店へ行って、丸刈りにしてもらった。

「おじいちゃんの頭、谷繁選手みたいだよ」

当分刑務所入りだと自分に言い聞かせた。

翔太が面白がって言った。かつて妻の抗がん剤治療を前に、バリカンで髪を刈ったとき、四歳だった翔太は、妻を見て、

「おばあちゃん、かわいい」と言った。妻ばかりでなく、みんなが救われたものだった。

丸刈りになった達彦は、白髪が目立たなくなった。翔太と大浴場に行った帰り、知らない老女が、

「お父さんと一緒でいいね」

と笑顔を向けた。

「おじいちゃん、お父さんだってよ」

翔太が一人前に冷やかす。満更でもない達彦は、丸刈りの頭を照れ臭そうに撫(な)でた。こちらは準備万端整った。

病室の用意ができた、と病院から電話があったのは、妻の法事が終わって十日後のことである。当分、翔太のゲームのスポンサーになれない達彦は、翔太に三千円を届けた。

「留守をたのむ」達彦は妻の写真に語りかけて家を出た。

（2）

入院のため江南厚生病院の最上階にある、小さな個室へ看護師に案内されると、達彦の不安は幾分解消した。

左頸部のリンパ腺の腫れは、瘤を抱えているようになっていた。過去の経験によれば、忽ちの内に体中のリンパ組織が腫瘍に変化してしまうからだ。

血液内科の診察室に入ると、主治医の瀬尾医師は、達彦に新しい抗がん剤「トレアキシン」の効能書きを渡し、治療方針を言った。

一瞬にして読んだ達彦は目を瞠った。難治性の悪性リンパ腫のためにのみ開発された抗がん剤だ。

トレアキシンという抗がん剤は、日本では新しいが、東ドイツで開発されていた。ベルリンの壁が崩壊し、東ドイツと西ドイツが統一されてから、トレアキシンという画期的な治療薬があることがヨーロッパで明らかになり、三年前に日本でも製薬会社が製造販売するようになった。細胞を採取して生検し、病名が特定されてからは、血液内科の医師のチームで治療方針が決まったものと思われる。

過去二回、抗がん剤治療のために入院した経験があるので、達彦には、抗がん剤治療はこういうものだ、という固定観念が根付いていた。

主治医は、一回目の抗がん剤治療で二週間の入院、それからは約一カ月ごとに「外来療法センター」で抗がん剤治療を受け、四クールで一応終了する、と以前に言ったことはある。しかし、それはあくまでも、孫の翔太のことを考慮しての外来治療だと思っていた。

ところが、そんな配慮を別にして、達彦の悪性リンパ腫に対して、これでいけると治療方針を決定したものだった。

一日目は再発時に使った抗がん剤、リツキサンを三時間投与、二日目は新薬のトレアキシンを一時間投与、三日目は同じくトレアキシンを一時間投与。それで一クール終了。二回目の治療に入るためには最低二十一日間空けて、体力の回復を待たなければならない。

入院二日目から抗がん剤の治療が始まった。リツキサンは、過去に高熱が出たことがある抗がん剤だった。抗がん剤の副作用は点滴で投与した日より、一週間後にピークが来る。白血球やリンパ球の数値は過去の治療では怖いほど下がった。

二日目、三日目は期待の大きいトレアキシンを投与される。厳重なセキュリティの効いたドアの鍵穴に、今しも鍵が差し込まれる。錠前は開くのだろうか。達彦は大きな期待を持って治療に臨んだ。

四月二十二日に入院して、三日間抗がん剤の点滴をしたことになる。過去に治療した経験とは、大きく異なっていた。

胸の中心静脈からではなく、腕からの点滴投与である。

抗がん剤治療が終わったら、退屈でしようがないのだった。患者同士のコミュニケーションもなく、狭い部屋でじっとしているのは辛い。以前はまるっきり病人だったので、ベッドで横になるしかなかった。ところが、今回は満を持していても、抗がん剤の副作用がそこまできつくはない。強い吐き気や頭痛や胃痛、頑固な便秘等に対処するため、薬が予め処方されている。四月二十九日は祝日で、思いがけず外泊許可がおりた。雨が降っていたのでタクシーで帰った。家に入ろうとしたとき雨の滴が顔に当たった。その瞬間「ハッ」と感じるものがあった。病院では味わえない生きているという実感だ。五感が働いた。雨のひと滴が、外来治療でいけるという自信にも繫がった。

翌日の夕方病院へ帰ったが、五月一日には「退院していいですよ」と言われた。白血球も二九〇〇に上昇していた。白血球は二〇〇〇を切れば危ないが、この数値なら大丈夫である。世の中はゴールデンウイーク一色だった。病院も患者はできるだけ減らしたいのだろう。達彦は薬をもらい、会計を済ませて病院をあとにした。マスクだけは常にはずすことなく、今度は交通機関を利用して、一人で自宅へ帰って来た。

達彦の抗がん剤治療の固定観念は完全に破られた。こんなに早く退院できるとは、思案の外だった。強がっていても、心の中では水盃を交わしたような出で立ちだった。いい意味での肩透かしを食った。その代わり、自己管理を怠ると、とんでもないことになる。感染症が一番厄介だ。

食べ物は、刺身、納豆、地面から直接収穫する果実、野菜や生食の物は禁止である。

頸部のリンパ腺の腫れは、触診ではすでに普通の状態に戻っていた。抗がん剤の治療が効を奏していると考えられる。四カ月くらいは、病院に缶詰になるだろうと思っていたが、予想外の展開だった。髪が抜け落ちるショックを避けるため、丸刈りにした頭にはもう一センチくらい髪が伸びていた。

帰宅途中、ゴールデンウイークを象徴するように、ナンジャモンジャの花が咲き誇っていた。自信たっぷりの鶯の鳴き声が呼びかけているようだ。

「ホッ、ホッ、ホッ、ホッ、ホケキョ」

達彦は鶯に朗らかに応えた。抗がん剤のせいで、声は嗄（しわが）れているが、自然の中に解放された喜びを噛みしめていた。

十七年前、悪性リンパ腫の発症は唐突にやってきた。夜中に痛くも痒くもない首のシコリに触れたのだ。あくる日すぐに近くのＴ病院の内科を受診した。

「これはいかん、なんで今までほっといたか、死んでしまう」

内科の医師が不安を投げかけた。夜中に気付いてその朝病院へ来たのだ。ほっといた訳ではないが、ヤバイと思った。細胞検査のためすぐ耳鼻科に回された。

耳鼻科の近藤医師は、頸部のリンパ腺の腫瘍を注射針で採取した。そして、一週間後頸部の生検をした。組織の一部を採取すると、みるみるうちに頸部が腫れ上がった。酸素が入ると腫瘍は急に増殖するのである。

一週間後、結果をききに行くと、

「誠に申し訳ないが、あれでは生検ができないので、もう一度、組織を採取させてほしい」

近藤医師は恐縮して言った。検体が少なくやり直すことになった。今度は二、三個採ったようだが、鶏のレバーみたいで気持ちが悪かった。

その一週間後結果をききに行ったが、結果は出ておらず、二週間後も同様だった。三週間後に行ったときも、曖昧なことを言う。近藤医師は、多分経験がないから持て余していたのだろうか。自身の貴重な研究材料として、患者を手放したくなかったのかもしれない。煮え切らない態度を取り続ける耳鼻科の医師に対して、職場を休んで病院に来ている達彦は、不信感を募らせた。頸部は痛々しいほどに膨張している。

職場の後輩が、E病院で看護婦長をしている姉に相談してくれた。E病院は豊明の大学病院である。

「そんなことをしていたら、その人は死んでしまうよ、うちの病院は血液内科こそないが、がんセンターと連絡を取って診させてもらう。ベッドを用意して待っているから、すぐ病院へ来るように」

と後輩は連絡を取り次いでくれた。

　自分を受け入れてくれる病院があることで、達彦は多少強気にもなっていた。医学書もかなり読んで知識をつけた。T病院の近藤医師は、相変わらず、グズグズした態度を取り続けていた。

「この病気は耳鼻科の範疇ではないと違いますか。血液内科に行くべきではないですか」

　達彦が言うと、近藤医師は痛いところを突かれ、ビクリとしたようだった。医師と対峙して病院を変わることを告げると、どこの病院へ変わるのか、ときいてきた。

「E病院に知人の看護婦長がいますから」

「それでしたら河合さん、昭和病院にしなさい。血液内科がありますから。紹介状とレントゲンなどの資料を全部揃えて、連絡を取っておきます。入院の準備をして昭和病院へ行きなさい」

　なぜ、それを早く言ってくれないのか。近藤医師が、何を考えているのかわからなかった。こちらは命がかかっている。

　昭和病院は自宅からも便利で、血液内科があればその病院の方がいいに決まっている。約束の日、達彦は入院の準備をして、妻の運転でT病院へ行った。ところが、耳鼻科では看護婦が封筒に入れた紙切れのメモを達彦に渡しただけだった。

紹介状と、今まで撮ったレントゲンなどの資料を揃えて渡す、と言ったではないか。全部ほしい。病院を変わって、最初からやり直すとなると、その分日にちがかかって治療が遅れる。それまで近藤医師を立てて、丁重に礼儀正しく接してきたが、もう我慢の限界にきていた。頭へ血が上った。妻が止めるのもきかず、診察室のドアを荒々しく開けた。達彦は医師の机の上に駆け上がり座り込んだ。

「何をしている！　入院できるようになっとるんだろうな」

達彦が居直ったので、医師や看護婦までも震え上がった。近藤医師は、看護婦に多くの患者の資料の中から、達彦の資料を揃えるように命じた。

「早くしなさい、早くしなさい」

近藤医師は看護婦を急き立てた。診察は完全にストップした。看護婦は多くの資料の中から、河合達彦の資料を抜き取った。

「お父さんの怒鳴る声が聞こえて、みんな震っていたよ」

あとで妻は言った。達彦も追い詰められて、普通の精神状態ではなかったのだ。

紹介状やレントゲン等の資料を手に、その足で昭和病院へ行った。昭和病院では看護婦長が車椅子を用意して玄関で待っていた。

「河合達彦さんですね。大変なご病気になられて、辛い思いをされましたね、どうぞ車椅子にお乗りください」

丁寧な出迎えを受けて戸惑った。

「私は、このとおり歩いて行けますから、大丈夫です」

「ここの病院では、そういう規則になっていますから、車椅子にお乗りいただかないと、私が困るのですよ」

看護婦長の、労るような笑顔に、

「じゃ、お言葉に甘えて、そうさせていただきます」

やっと、自分が来るべき病院へ辿り着いたと思った。血液内科の担当の医師のところで、取りあえず診察を受けた。

「今からすぐベッドを用意しますから」

誰もが怖がる北病棟の四階の大部屋へ案内された。長い間の緊張感から解放され、崩れ落ちるようにベッドに横になった。妻もやっと安堵して帰って行った。

あくる日、昭和病院の主治医である林医師は、

「すでに二回生検されて辛いと思いますが、病名をはっきりさせるため、もう一度こちらで生検させてほしい」と言った。

T病院の所見では、慢性リンパ白血病とあるが、昭和病院の血液内科の専門チームのミー

ティングで、T病院の所見に疑念を抱いた訳である。

達彦は一週間後、昭和病院の耳鼻科へ回され、生検のため左の頸部の組織を採ることになった。

局所麻酔で手術するので、耳鼻科の医師二人の会話が全部聞こえてくる。

「先生、採取は一つにしましょうか、二つにしましょうか」

「念のために二つ採っておくか」

「わー、これ連なってますよ、ブドウの房みたいじゃないですか、ひどいな。しかし、全部採ってしまったら、抗がん剤が効いたかどうかがわかりませんから、少し残しておきましょうか」

「林先生にきいた方がいいな」

医師の会話がそのまま聞こえてくる。まな板の鯉でやられるままである。林医師に連絡を取り、抗がん剤の効果を確認するため、一部を残すことにしたようだ。

亡くなっていく人は、みんな聞こえているのではないだろうか、機能が麻痺してしまうから、サインを出せないだけだ。神経が入り組んでいるところだ。まかり間違えば命に関わる。

ここでも、検査の結果はなかなかこなかった。病名が特定されなければ、治療方針が決まらない。気が焦った。自分はこのまま死んでしまうのだろうか。そう思うと涙ばかりが出た。

それでも、死んでしまえば、職場や個人の生命保険を合わせれば、一億くらいの金が妻のもとに入る。それも腹立たしいが、娘がまだ中学生だったから、職を離れてこれからの生活を思うと、不安が先に立ちどうなることかと思った。生きて生活の不安に晒(さら)されるより、妻子のために死んだ方がいいのだろうか。

顧みれば、自分は何とバカだったことだろう。今までいつも仕事を優先してきた。自分ばかりでなく、家族を旅行に連れて行ったこともなかった。もしも命が助かったら、心を入れ替えよう。達彦は三つの目標を立てた。

・家族を北海道旅行に連れて行くこと。
・ふるさとの日田へ帰り病気の両親に会いたい。
・ＡＰバッチをもう一度胸に付けること。

ＡＰバッチ、愛知県警本部へ入るには、この徽章がなければ入ることが許されなかった。達彦は、通称デカと言われる愛知県警刑事部第四課、暴力団取締りの現役刑事で、主として拳銃の摘発に従事していた。一日でもいい、一度でもいい、ＡＰバッチをつけて愛知県警察本部の門を再びくぐりたかった。

抗がん剤の投与を待っている間、先輩、後輩が引きもきらず見舞いに来てくれた。もう助かる見込みがないと思われていたかもしれない。

治る当てもない病気と長い間闘っていかなければならない。このままでは組織に迷惑をかける。一人欠ければ仕事に支障をきたす。同僚にかかる負担は計り知れない。

今までの経験で、自分自身が一番よくわかっていた。死んでしまえば解決はつくが、もう一度現場復帰がしたかった。

達彦は五十二歳だった。できれば定年まで仕事がしたい。悩みは果てしもなく続いた。

そんなときだった。捜査四課のナンバー3である上司が見舞ってくれた。達彦は、長期にわたって組織に迷惑をかけることを詫びた。身を引くことも考えていると、上司に言わずにはおれなかった。

「君は今まで真面目によくやってくれた。こういうときは、日ごろの勤務態度が大切なんだ。誰もが君を高く評価している。そういう人に対して、この組織は実によく面倒を見てくれるんだ。この際、君は何も考えず、組織に甘えて治療に専念しなさい」

上司は、そう言って達彦の手を握り励ましてくれた。

その言葉で何もかもが吹き切れた。後顧の憂いなく治療に専念する覚悟ができた。

「ありがとうございます。そうさせていただきます」

涙もろくなっていた。あの上司の言葉こそ、病気と闘う勇気と希望を与えてくれた。思い出す度に頭が下がる。

林医師も焦っていた。生検の結果は二週間待っても届かなかった。すでに全身のリンパ組織ががん化し、レントゲンで見ても、リンパ組織は真っ黒だった。迫り来る病状はもう一刻も待てなかった。

達彦の血液の病気には、考えられる病名が二つに絞り込まれていた。どちらであっても効くという折衷説で、明日から、抗がん剤を投与することを、林医師は達彦に告げに来た。本当はこういう治療の仕方はよくないとも言った。

その抗がん剤の投与を受けていたら、達彦の今はなかったかもしれない。天はまだ自分を見捨ててはいなかった。見切り発車寸前に、検査結果が届いた。林医師が病室に訪れたのは夜の十一時だった。遂に病名が特定されたのだ。

「非ホジキン性悪性リンパ腫」

胸にI・V・Hという装置を埋め込み、中枢の太い血管から大量に抗がん剤を入れる。あのとき、どういう抗がん剤を使ったかはききもしなかったが、一回目が勝負である。

治療を開始して、一発で効き目があったことを確信した。点滴を受けたその夜、夢見心地に患部がズキズキと痛むのだが、その痛みが実に気持ちよかった。

翌朝、林医師は早速病室にやって来た。達彦の夜中の体験を聞いて、
「そんなことを言った人は、かつて一人もいないが、考えられることは、今までくっついて引っ張り合っていた腫瘍が縮小し離れたのではないか」
と言った。

一週間で一クール、二週間休んでから次の治療に入るから、四クールを終えるのに四カ月かかった。白血球が下がりすぎて、計測不能になったときもあった。

悪性リンパ種は一応寛解になった。しかし、「また三年以内に再発しますよ」と告げられた。それでも一応、命は繋がったのである。

寛解と言われても、あのとき退院するのは怖かった。林医師は、今までのような現場の仕事は無理で、デスクワークにしてもらうように忠告したが、それは嫌だった。

現場へ出てこそ、デカとしてのやり甲斐があった。達彦は現場復帰を夢に見たが、復職はできても、元の仕事に戻れるかどうかが心配だった。

復職してからは、短縮勤務から始まり、次第に体も慣れていった。再発を防ぐため、二週間に一度の抗がん剤投与、それから三週間に一度の抗がん剤投与、四週間に一度の投与と、段々間遠になっていった。

しばらくは、警察学校の教養に行ったり、資料整理等をしながら体を慣らし、完全に現場復

帰したのは、一年後のことだった。やっと第一線に出られる。

夢に見た三つの誓いを果した。

ＡＰバッチを再び付けたときは感激だった。

妻と娘を豪華な北海道旅行へ連れて行った。

日田へは何度も帰って両親に会った。

思えば自分は上から目線の仕事だった。ヤクザに舐(な)められてはいかんと、その上をいった。けれど、達彦は病気をしてから、自分の中で何かが変わった。今まで見えなかったものが見えてくる。無駄な経験ではなかったと思いたい。


明日はこどもの日だ。抗がん剤が体から抜けて、かなり気分が良くなっている。

昨年はＯＢ会で、江南のフラワーセンターまで翔太を連れてハイキングをしたが、一年の間に翔太の背丈も大分伸びた。やがて達彦から離れて行くだろうが、母親のいない翔太を、不良にだけはしてはならん。それでは刑事として生きてきた自分の面目が立たない。

翔太には妻の法事以来会っていなかった。翔太は粽(ちまき)と柏餅が好きだった。達彦は久しぶりに携帯電話をかけた。

「よっ、翔太か、おじいちゃんだ」

「うへっ！　がん、もうなおったの」

「そんなに簡単に治るわけないだろう」

外来治療になって家に帰っていること、今日は気分もいいし、明日はこどもの日なので、翔太の好きな粽と柏餅を買って、今から届けてやることを手短に言った。

粽五本と柏餅を五つ買った。糖尿病の治療もあって、甘いものは食べないようにしているが、達彦も老舗「武の屋」の柏餅が好きだった。

一回目の抗がん剤治療で、十日間くらいは食欲もなく気分も低迷するが、ようやく食欲も出てきた。柏餅を一つだけ自分も食べたいと思った。十個の中から一つだけ翔太にもらおうと目論んでいた。我慢していた柏餅が食べられる。

体力をつけるため、ゆっくり四十分ほど歩いて翔太父子の住んでいるアパートへ行った。翔太は、表まで出て来て両手をかざして待っていた。

「びっくりしたよ、おじいちゃん」

「おじいちゃんもびっくりしたさ、夏休みまで翔太に会えないと思ってたからな。一人で何していたの」

「ぼくね、秘密基地を造っているんだ」

「ほう、秘密基地か」

「完成したら、おじいちゃんにだけ見せてやるよ」

「楽しみだな、ほれ、翔太の好きな粽と柏餅だ」

「これ全部ぼくの？」

「十個も食べないだろう」

「ぼく、全部食べるよ、食べるよ」

「そうか、全部ほしいか」

達彦は、翔太から一つだけ柏餅を取り上げるのを諦めた。

「おじいちゃんがいないから、ぼくずっとゲームセンターへ行ってないもん」

「この分なら夏休みの終わりに、翔太を旅行に連れて行ってやれるかもしれんぞ」

「沖縄がいい」

「行けても一泊くらいだ」

感染予防のため、達彦は大きなマスクをして、帽子を深く被っている。子供と接触することはなるべく避けなければいけない。達彦は部屋にも入らず、早々に引き上げようとした。

「おじいちゃん」

後ろから、翔太がしきりに呼ぶ。達彦は振り向いた。

翔太は両手の親指と人差し指でマルを作っている。引き返そうか、どうしようか。達彦はその場に留まった。

「おじいちゃん、チャリーン、チャリーン」

「しょうがないやつだ」

二千円を翔太に渡した。

「おじいちゃんの格好、コンビニ強盗だよ」

「強盗はおまえの方だ、おじいちゃんは翔太にとられるばっかりだ」

次に抗がん剤をかけるのは一週間ばかり先である。それまでは体調も安定していることだろう。

「ホッ、ホッ、ホッ、ホッ、ホケキョ」

近くの森で鶯が鳴く。新緑が素晴らしくまぶしい。

（3）

神社の楠の大木は古い葉を盛んに振り落としている。昨日来の雨は明け方には止んでいた。古い葉は地面でたっぷりと雨を含んでいる。見上げると、新緑は山のように盛り上がって勢いを増し、緑の炎が燃え盛っているかに見えるこうして、新旧の交代を繰り返して行くのだ、と達彦は思った。自分はまだ大きな役目を背負っている。娘の潤子から託された翔太という若木を育てていかなければならない。古希を迎えたからといって、お任せという心境にはほど遠い。

今日から抗がん剤の外来治療が始まる。帰ったらすぐ横になれるように、シーツを掛け布団を整えた。普段は二階のベッドで寝ているが、治療で体力が弱っているときに、階段の上り下りも堪える(こた)ので、このところ一階で寝起きしている。夕食の準備もしておいた。当分買い物に出られないが、冷蔵庫には体を養うだけのものが詰まっている。

自分一人で管理できるかどうか、それが当面の課題だが、何としても切り抜けなければならない。思いの他体調も回復している。

朝七時前に家を出た。外来治療は二日間の予定で、あと三クールある。交通機関を利用するよりも、自分の運転で行った方が体は楽だ。赤いティーダは勝負をかける色でもある。達彦はトレアキシンという抗がん剤に賭けていた。

病院へ着いて受付で固有番号を取った。八時から血液採取をする。それが終わると、診察の前に看護師が事前に患者に寄り添って問診をし、問診用紙に書いていく。他の病院ではないことだ。

九時から始まる診察の前に病院の食堂で朝食を摂った。主治医の診察を受けて、血液検査の結果が治療に耐えられる数値であればＯＫである。

一日目はリツキサンを三時間投与のあと、新薬のトレアキシンを一時間投与、抗がん剤のダブルヘッダーである。

大部屋はカーテンで仕切られている。十人ばかりが治療に臨んでいるようだ。二つの個室は女性が使用している。女性は鬘を使うので、抗がん剤を点滴するときは、鬘をとらないといけないからだ。

看護師は、指の腹で血管の手触りを確認していたが、まだ使ってない真っ直ぐな血管を見つけると、

「この血管なら大丈夫ですね」

ベテランらしい余裕を見せる。

「まだ、処女の血管だ」

達彦は自身の緊張感をほぐす。

「河合さんたら」

看護師の顔が一瞬綻ぶ。

そこへハリを刺し込みテープで固定し、数十分補液を使ってテストをし、血管へ補液が確実に流れているかを確認する。その上で吐き気予防、アレルギー反応予防の投与、解熱剤を服用

してから、抗がん剤の点滴投与が始まった。

隣は付き添い付きで治療に臨んでいる。ときどき呻き声が聞こえる。奥さんらしい人は、しきりに「あなた、えらいの、えらいの」と声をかけていたが、一時間もすると治療を終えて、揃って部屋を出て行った。

「甘えとるなあ、こちらごときは、四時間だぞ」

独り言を言ってみる。自分も妻がいたら、あんなふうに言うのだろうか。脳裏に浮んだ面影を振り払う。外来で一人で抗がん剤治療を受けたことは過去にもあったが、妻が亡くなってからは初めての経験である。

発症と再発をしたときは、中枢血管から大量に抗がん剤を注入したものだ。

一日目の治療は午後四時ごろ終了し、会計を済ませ帰宅したときは五時を過ぎていた。一日がかりで疲れ切っていた。

二日目は前日と反対側の腕にハリを刺し込み、同様の準備をしてトレアキシンを投与した。治療は午前中で終了したので前日よりは楽であったが、家に帰ると全く思考力がなくなっていた。とにかく二クール目の治療は済んだ。

今回は右手がズキズキと痛い、熱を測ると、左手の脇で測った体温計は三七・四度、右手の脇で測ったら三八・一度になっている。どうやら右手が血管炎を起こしているようだ。トレアキシン特有の副作用である。

翌日になって熱は下がったが、右手だけがやはりズキズキ痛い。副作用を抑えるために薬が多く、服作用のための薬がまた副作用を起こす。過去の治療では、吐き気、嘔吐、発熱、倦怠感、頭痛、湿疹、便秘、と様々な症状に苦しんだ。

そのことを思えば、今回は格段に緩和されている。翌々日になっても疼痛は続いた。痛みがあるときは、さすがの達彦も心が萎える。

「もう十年生きてやらないかんで」そう自分に言い聞かせるが、これで二クール目かと思うと、四クールの治療はまだまだ先が長いような気がする。

口も不味いが、無理にも食べて栄養をつける。気分の悪い日はひたすら耐える。

かつての抗がん剤治療の経験があるだけに「なんちゅうことはない」と思って、日にちが過ぎていくのをじっと待つ。

外へ出られないときは、家の中を歩いて体力をつける。各部屋を一巡りできるような造りになっているのがこういうときは役に立つ。職場での厳しい訓練が、今に至っても達彦の精神力を築いているが、「誰かのため」がなければ、人は生きられない。自分だけのための頑張りは虚しい。「翔太、待っておれ」と気合いを入れる。

抗がん剤を投与して一週間も過ぎると、朝五時に起きて、汚染されていない、空気のいい田舎道を三十分くらい散歩できるようになった。それから徐々に距離を延ばす。

苦しいときは、まだまだ先が長い気がするが、時期が来れば、声も出るし、それこそ、翔太の言うように、感染症を避けるため、コンビニ強盗みたいな格好をして、喫茶店へ行ってコーヒーも飲みたくなる。達彦は十七年前からつけだした病床日記を開いた。二回目の治療時の十年前に遡ってみた。苦しかったが、懐かしい思い出でもある。


来年退職を迎える一年前だった。達彦は五十九歳になっていた。昭和病院で三カ月ごとに定期健診を続けていたが、頸部のリンパ腺がまた腫れて、硬く瘤のようになってきた。明らかに再発である。

最初の主治医だった林医師は、寛解したとき、三年以内に再発しますよ、と言った。再発を抑える抗がん剤を四年半外来で続けた。

あのとき、達彦は五十二歳だった。七年持ちこたえたことになる。再発時の主治医は佐藤医師であった。まだ昭和病院のときだ。昭和病院ではペットがなかったから紹介状をもらって大雄会病院へ行った。

がん細胞は正常の細胞よりも多くブドウ糖を取り込むので、あらかじめブドウ糖に近い成分を体内に入れ、ペットで撮影すると、がん細胞があるところだけ光る。体中に点々と反応があった。結果は最悪だった。

達彦は、そのころ名古屋空港警察署に勤務していた。定年まで勤めたかったが、今度こそ辞めなければいけないかとも考えた。

定年退職した場合と、退職金や年金はどの程度違うだろう。念のため、愛知県警本部の厚生課に電話を入れた。河合達彦だと名乗った。たまたま電話に出た男性が、

「N署にいた河合さんじゃありませんか、わたしは当時N署の会計課にいた水野です」

「確かに、十七、八年前N署に二年ほどいましたが」

達彦が、その声を探りながら応えた。

「わたしはあなたをよく知っていますよ、河合さん、何を言っているのですか、今退職すれば自己都合になります。もう先が見えているというのに。定年で退職するのと、自己都合で退職するのと、まるっきり待遇が違います。圧倒的に不利です。あなたほど一生懸命仕事をした人はいません。わたしはよく知っています。辞めては駄目です。休暇を取って籍だけは置いておきなさい、仕事の代わりはいます。絶対にそうしてくださいよ」

水野は、自分のことのように、金額までも比較して力説した。そんなに違うものなのか。そうであれば何としても定年まで勤め上げなければ、と達彦はその場で決意した。

そう言えば、あの声にどことなく覚えがある。達彦の頭の中にそれらしき人の映像が結ばれた。有り難いものだなあ、心から礼を言って電話を切った。

N署にいたころ、達彦は四十二、三歳、男として脂が乗り切っていた。刑事二課暴力係長であったが、特別に十二名の刑事が配置されていた。その当時暴力団の対立抗争事件が相次いだが、自分がその時の現場責任者であった。

家に帰れない日が続いた。夜中に拳銃を持って署を飛び出し、現場の対応に当たった。席が暖まる暇もなかったが、傍目にはヒーローとして映っていたかもしれない。

水野の言葉は胸に響いた。一週間の休暇を取って、生検のため入院することになった。組織を採取して病理検査をするのである。

この前触診したときは、硬い瘤であったのに、いつの間にか柔らかくなっていた。佐藤医師は首を傾げた。右頸部の腫瘍の部位が、むずかしいところにあった。少しでもメスが神経に触れると、顔面麻痺が起きるという危うさがあって、全身麻酔でやることになった。

細胞からは、悪性リンパ腫は認められないという検査結果が出た。ペットでは、あれだけはっきりがん細胞が反応を示したから、再発は間違いない。採取した検体が悪かったのはあきらかだった。いつも条件の整った検体が採取できるとは限らない。そういうこともあり得る。

何としても定年まで漕ぎつけようと決心したばかりなので、良くも悪くも渡りに船だった。

水野の忠告や評価を裏切ってはいけない、という礼儀とプライドもあった。しばらく経過観察することを佐藤医師も酌んでくれた。

連日微熱が続いて体調は良くなかったが、近くの医院で解熱剤を月二回処方してもらい、毎日出勤して通常の仕事をこなしていた。名古屋空港署は、自宅から車で三十分のところにあった。最後の勤めだからと、人事に配慮してくれたのかもしれない。

佐藤医師からは、ときどき電話がかかり、治療を促されたが、退職金や年金のこともさることながら、達彦も最後のご奉公と思えば、命がけで職務を全うしたかった。息子や娘も片付いていた。現役のまま倒れたならば、それも本望というものだ。

平成十七年二月十七日、中部国際空港開港に伴い、二月十六日、名古屋空港の国際線ラストフライトのときがきた。空港署の下ろしていたままのブラインドを上げた。午後八時四十五分、サイパン行きの最終便は、空港関係者全員がペンライトを大きく振って見送った。その便は明日中部国際空港へ着く。感動の一日が過ぎた。署員全員を帰らせ、達彦は最後の宿直を引き受けた。

達彦のカバンには、昨日警備課の若い女性警察官が、はにかみながらそっと手渡してくれた山歩き用のポットと、美しい文字で書かれた五枚の便箋が入っていた。彼女には咄嗟に署名用に使用していた万年筆をプレゼントした。

名古屋空港署は、退職予定者五人が残務整理に残り、多くは明日から、中部国際空港署へ異動する。本来なら自分たちが見送りを受けるのだが、今回だけは違った。

異動者を名古屋空港署の玄関で達彦たちは見送った。その中に、女性警察官も整列していた。視線をそちらに向けると目が合った。彼女は左胸を突き出して、ここを見て、というような仕種をして笑顔を向けた。達彦が渡した万年筆が、胸のポケットに挿（はさ）まれていた。

達彦は「了解」という合図を送った。

私は河合課長のいる空港が大好きでした。空港で心に深く刻まれた出来事がありました。偽造用途のカードを大量に持った中国人が入国前に看破され、入国を拒否しており日本の刑法では手出しできないという事案で、河合課長が「日本を食い物にする悪質中国人犯罪者をなんとかして逮捕して懲らしめてやりたいから、何か適用できる入管法等があれば協力してもらえないだろうか」と警備の部屋に相談にこられました。その真剣な眼差しは、一点を見据えて深く、水を切るような凛とした言葉は重く、その背中が私にはとても大きく見えて、本当にカッコイイ刑事課長だと思いました。河合課長の本気の思いと真のプライドが伝わって、感動と畏敬の念に震える思いがしました。

私は、外事警察として、国の公安や国益を守ることに使命感と誇りを感じています。海の向こうにいる敵にほとんど腰を引く中、河合課長こそ、日本の治安を本気で守る気概と実力、実行力を兼ね備えた方だ、と揺るぎない信頼と尊敬の念を抱いた瞬間でした。

（抜粋）

達彦は彼女からもらった手紙を今でも大切に持っている。

病気の辛さに耐えられないときも、彼女にこんなふうに見られていたことを思うと、崩れそうな気持ちを、毅然としなければと、立て直してきたように思う。彼女はそれからも一生懸命努力して「国家公務員」上級試験に合格し、今では準キャリアであると聞いている。彼女の結婚式にも招待を受けた。刑事冥利に尽きると思ったものだ。

名古屋空港署の閉鎖に伴い、テレビも新聞社の取材にも応じた。その時の記事が手元に残っている。

刑事人生にもお疲れさま

三月三十一日、三四六人の警察官が、同県警を卒業した。Kさんもその一人だ。警察官人生の大半を刑事で過ごした。最も記憶に残っているのは、二十五年前の冬、名古屋で起きた女子大生誘拐殺人事件。報道協定を結んだ極秘捜査で、理由も言えず一カ月近く家に帰れなかった。着替えを持って来た妻に給料袋を渡し「ほれ、帰れ」と素っ気なく告げた。一緒についてきた小学二年の長男が、帰る時寂しそうに三回振り返った。長男が自分がいない間、円形脱毛症になったと後で知った。身を削って捜査に当たった日々。「お父さんが死んでも生命保険で十年は持ちます。でも、その後が大変です」長男が書いた小学校の時の作文。大人びた書き方に思わず笑った。そして、ちょっと切なくなった。（中略）

退職を機に家の大掛かりなリフォームをした。自分が死んでも妻が困らないためだ。一カ月かかった。二カ月に一度は日田へ帰っていた。認知症で施設に入所していた母親を見舞った。自分の体のことを考えると、見舞う度にこれが最後かな、親より先に死にたくはないな、と思った。

愛知万博が始まっていた。この世の名残りと三回見に行った。佐藤医師からは、相変わらず、「死んでしまいますよ、いい加減にしてください」

と入院を促す電話が度たびあった。

腫瘍は頸部、脇の下、腿の付け根と、手で触ってもゴロゴロしている。死んでもいいと思っていたが、自覚症状のしんどさに、さすがの達彦も耐えられなくなった。死ぬのも楽ではない。佐藤医師に電話をした。

「河合さん、やっと、諦めたかね」

佐藤医師の第一声だった。

即時生検して、昭和病院へ抗がん剤治療のため入院したのは七月七日だった。

悪性リンパ腫はステージⅣになっていた。

「最高の質量の抗がん剤を投与しますから、前回とは格段に違うと思ってください」

達彦に覚悟を促すばかりでなく、佐藤医師自身も必死の心構えで治療に当たってくれた。このときも、中心静脈から点滴をした。

朝から夕方まで四日間大量に抗がん剤を投与した。尿が出ない、便が出ない、吐き気や頭痛、血管の痛さにも耐えた。中でも一番辛いと思ったのは、二日も三日も四六時中シャックリが止まらないことだった。般若心経を称えると、気のせいか楽になった。

白血球は測定不能になるほど下がったが、血小板の輸血をすると、白血球の数値が増え、次の治療に臨んだ。それを三回繰り返したとき、一応寛解になり、退院することになった。

がんが完全に死滅した訳ではないが、四回目の治療をすることによって感染症にかかるリスクは高まり、他のがんの誘発をも招きかねない、と判断したのではないだろうか。

とにかく最悪の状態を脱し、四カ月の入院生活を終えた。今から十年前のことである。

達彦は病床日記を閉じた。

三クール目の外来での抗がん剤治療も終わった。予定でいけばあと一クール残っている。七月一日にはCTをかけた。翌日、CTの結果をききに血液内科へ行った。名前が表示されて診察室に入った。主治医の瀬尾医師の言葉を待つ間、達彦の心はまるで入学試験で合格発表を待つ受験生の気持ちによく似ていた。

パソコンの画像を丹念に見ていた瀬尾医師は、達彦を前にして、「ヨシ、ヨシ、ヨシ、ヨシ」とパソコンの画面を一つひとつ四回指を差した。

指を差し終えたとき、画面を見ている瀬尾医師の右手が力強く握られた。その表情を見ただけで、次に用意された言葉を、達彦は予測することができた。

「河合さん、寛解と言っていいと思います。しかし、まだ細かいのが残っていますのでね、予定通りもう一クール抗がん剤治療しましょう。頑張ってください。それから、左の腎臓の近くにあった腫瘍も完全になくなっています」

瀬尾医師の喜びが伝わってくるようだった。達彦の悪性リンパ腫が完全に治れば、江南厚生病院血液内科の実績にもなり、今後の治療方針にも大きく役立つことになるだろう。

今回もがん細胞は一応収まった、と解釈してもいい訳だ。

達彦は、トンネルの出口は近いと思った。

「ありがとうございます。そのつもりでおりますから、よろしくお願いします」

達彦にはある程度予測はついていた。頸部のリンパ腺の腫れが引いているので、抗がん剤がここにだけ効いて、他は効かないという訳はない。全身に血液が巡るのだから、抗がん剤が効けば、一斉に効く。

だが、腎臓の近くにできた五センチくらいの腫瘍は、今まで検査したことがなかった。全く別のがんではないか、という懸念と怖れがあった。それが消えていることは、僥倖に違いない。

達彦は病院を出て駐車場に向った。


昼食を済ませ少し横になっていた。午後の二時ごろだったろうか、電話が鳴った。日田の姉からだった。姉は八十三歳になっているが、読み書きが達者で、短歌や俳句は今でも投稿を続けている。認知症も忍び寄ってはいない。

達彦にとって、昔から自慢の姉でもあった。

「CTを撮るち言うちょったろが、どうじゃった」

「寛解になっちょった。腎臓の近くにあったがんはのうなったよ」

「カンカイちゃ、なんね」

「治ったと同じようなこったい」

「そりゃよかったがね、電話がこんき悪かったかのと、心配しちょったて」

「姉ちゃん、悪かったなあ、忘れちょった」

達彦は連絡が遅れたことを詫び、医師から説明を受けたとおりのことを姉に話した。

達彦は電話を切った。日田は天領地だったので、大分県でも日田弁は少しやさしい。姉に電話をすると、日田弁と名古屋弁がまぜこぜになる。

年の離れた姉だった。小さいころから母親のように、自分を可愛がってくれていたのに、どうしてすぐに、いい結果を知らせなかったのだろう。

三クール目の治療を終えて、もしかして、四回目はもう必要ないと言われることを、達彦はどこかで期待していたのだ。ここで打ち止めになれば、夏休みに翔太と一緒にいてやれる。もう一回予定どおりに抗がん剤治療をするとなれば、体力の回復がそれだけ遅れ、翔太はさみしい夏休みを過ごすことになる。

翔太のことを忘れて、治療に専念しようとした自分ではなかったか。人間は勝手のいいものだなあ。

「期待してもらっていいですよ」主治医の言葉を聞いてはいたが、治療の成果が顕（あら）われていなかったら、という心配もなくはなかった。五回、六回の抗がん剤治療も考えた。それでも駄目なら、骨髄移植になる。それは諦（あきら）めるしかなかった。

最悪のことも想定に入れていたが、いざ良くなってみると、人間というものは救い難いものだ。

あのとき、夏休みは翔太と一緒にいてやれないな、と思うと、寛解と聞いても、手放しで喜ぶ気持ちが起きなかった。

あと一クールといって油断はできぬ。骨髄が抗がん剤の投与で疲弊してくると、白血球の数値も回復しない。野球だって九回の裏でひっくり返されることだってある。

しかし、俺は運のいい人間だな。江南厚生病院の前身、昭和病院への経路を作ってくれた、T病院の耳鼻科の近藤医師。自分は追い詰められて、机の上に座り込みをしたが、今となっては、あの医師に出会えたからこそ、江南厚生病院血液内科へのルートができた。まさに因縁というものだ。

翔太はどうしているだろう。寝ている子を起こしては、となるべく携帯にもかけないようにしていたが、翔太の方から達彦の携帯に電話があった。

「おじいちゃん、あまいもんが食べたい」

「そうか、何か見繕(つくろ)って持って行ってやろう」

翔太の父親はおやつまで用意はしていかない。翔太を家に連れて来ないときは、いつも達彦がおやつをアパートに届けてやっていた。

達彦は近くのコンビニへ行った。菌を拾わないために、帽子を被ってマスクをしている。警戒されているという意識もなかったが、翔太に「コンビニ強盗」と言われてから、達彦も意識するようになった。今では店員も警戒心を解いて、大きな声で「いらっしゃいませ」と言う。

翔太は表に出て待っていた。おやつを袋ごと渡した。

「おじいちゃん、これぼくが作ったよ」

翔太は家庭科の時間に作ったと言って、小さな布の袋を見せた。

「ほう、上手に作ったなあ」

達彦は、袋を見ながら翔太の頭を撫でてやる。

「おじいちゃんなあ、白血球が少ないもんで、まだ翔太をゲームセンターへ連れて行ってやれんでな」

「白血球って、悪いやつと喧嘩するんでしょう」

「そうだな、白血球は悪い菌と戦う兵隊さんだ」

「おじいちゃん、今兵隊さんを集めてるんだよね、兵隊さんが集まったら、もう一ペン勝負かけるんでしょ」

子供のくせに「勝負かける」という言葉がおかしかった。

大人びた言葉に「こいつはやられたな」と思ったが、考えてみれば、それは達彦の心意気でもあった。

長男が、小学校二年のときの「お父さんが死んでも生命保険で十年は持ちます。でも、その後が大変です」という作文を思い出した。

子供というものは、大人の言うことをしっかりと聞いているものだ。

「翔太、おじいちゃんに、もう一回頭撫でさせてくれるか」

達彦がそう言うと、翔太は、

「いいよ」

と言って頭を突き出してきた。頭を撫でてやると、うれしそうな顔をしている。愛しさと不憫さが一緒になって、複雑な思いが込み上げてくる。

達彦は四クール目の抗がん剤をかけるために病院へと向かった。寛解と聞いているだけに、心にはゆとりができていた。蝉時雨が降り注いでいる。

第十話　懐かしのゴジラ

四クール目の抗がん剤を投与し終えた達彦は、意気揚々と病院を引き上げて来た。これで無罪放免だと思うと身も心も軽かった。抗がん剤の副作用が今回は襲ってこないような気にさえなった。しかし、それは希望的な観測にすぎず、今回も同じ経過を辿ったが精神的には楽だった。

小説等の文字を追う気もしないのでテレビを見ていたとき、ＢＳテレビの映画番組の紹介をしていた。巨大なゴジラが海から上陸するシーンである。達彦は籐椅子から身を起こして画面に魅入った。

ゴジラか、達彦にとっては、データラボッチのように懐かしい。今晩は体に少しきついかもしれないが、必ず見ようと思った。少年のころが急速に甦る。

小学校五年生のときだったから、今の翔太と同じ年齢だ。姉と一緒に母ものの映画を見に行く途中、別の映画館があった。「ゴジラ」を放映していた。これまでにない新しい試みの怪獣映画は、子供の間ばかりでなく、大人にも絶大な人気があった。派手な広告が入館を促している。達彦は「ゴジラ」が見たくてしようがなかった。

「姉ちゃん、俺はゴジラがみてえー」

「姉ちゃんは、そんなんつまらん」

姉は三益愛子と松島トモ子が出る映画を楽しみにしていた。達彦を引っ張って行こうとした。

「ゴジラがみてえー、ゴジラがみてえー」

達彦は映画館の前から動かなかった。根負けした姉と一緒に「ゴジラ」を見ることに成功した。あまりの迫力の凄さと恐ろしさに、達彦はおしっこをちびりそうになった。

見終わっても、しばらくは恐ろしくてしかたがなかった。日田の杉山を見ると、山を蹴散らし、人家を破壊して、巨大なゴジラが達彦めがけて襲って来るような気がした。ゴジラに踏み潰されそうになって、声にならぬ悲鳴をあげては飛び起きた。夢だった。そんなことが何度もあった。ゴジラは、達彦の心の中に、怖いけれど懐かしい思い出として、しっかり記憶の層に組み込まれていた。

大人になって「ゴジラ」の映画を思い出すとき、大きなテーマが描き出されていたことを知る。「ゴジラ」には社会性とヒューマニズムと男のロマンがあった。放映されたのは一九五四年のことだった。

一九五一年三月、アメリカが水爆実験をした。マレーシア諸島のビキニ環礁の東約一六〇キロのところで、遠洋漁業でマグロ漁をしていた第五福竜丸の乗組員が死の灰を浴びて被爆した。無線長の久保山愛吉さんの病状は重く、ラジオや新聞は、毎日のように久保山愛吉さんの容態を伝えていたが、六ヵ月後の九月二十三日に亡くなった。水爆の威力は想定よりも広い範囲に拡大し、二万人にも及ぶ人たちが被爆したとの情報もあった。反核運動、反米感情、それが「ゴジラ」制作の背景にあった。

ゴジラは、太古の時代に海底に生き残っていた古生物が、水爆実験の放射能を浴び、口から放射能を含んだ白熱光を出す大怪獣と変化した。水爆実験反対の大きなテーマを引っさげての登場だった。

ゴジラが海から上陸し、東京を破壊する。被害は計り知れない。政府は特別対策本部を設置して、ゴジラを退治する方法を検討する。まだ若い芹沢博士は、ゴジラを消滅させる水中酸素破壊剤を開発するが、これが兵器に使われたらということを恐れ極秘にしていた。説得されても使用することを躊躇していた。

このままでは日本が壊滅状態になる。犠牲者も夥(おびただ)しい。一刻もためらってはいられない。博士は遂に水中酸素破壊剤を使うことを決断し、大戸島の海中で決行する。

ゴジラは海中で消滅していく。水中酸素破壊剤は芹沢博士しかできない。兵器と化すことを恐れた博士は、自らの命綱を切断し、ゴジラとともに海に消えるという哀切な終幕だった。

その夜、達彦は五十年ぶりに、子供のころに見た「ゴジラ」をBSテレビで再度見たのだった。古希を迎える達彦に、あのころの感動はないが、貧しいけれど、夢と可能性が体いっぱいに膨らんでいた少年時代が懐かしかった。

あくる日、達彦は体が軽くなっていることに気が付いた。

いつもなら十日間は副作用の症状に苦しむが、今回は食欲が落ちることもなかった。それでもぶり返しがあるかもしれない、と用心していたが、体が軽い上に食欲は増すばかりだ。治療が終わったという安心感が、精神的にも大いに作用したものと思われる。

三クール目の抗がん剤治療を終わったとき、到底四クールが終わっても、翔太の夏休み中に、体力の回復は見込めないと思っていたが、順調すぎる回復に達彦は信じられない思いがした。気分がいいと現金なものである。声までが明るくなってお経をあげる元気も出る。

夏休みには、旅行に連れて行ってやれないと思っていたが、この分なら、翔太を旅行に連れて行ってやることができる。両親の揃っている家庭の子供のように、せめて夏休みくらいは作文を書く材料を作ってやりたい。

毎月送られてくる、クラブツーリズムのツアー案内を見た。目ぼしいところを当たって電話をかけたが、夏休み中はどこも定員に達していた。

世界遺産、厳島神社、安芸の宮島、萩、津和野、錦帯橋、倉敷のコースだけが、出発は決

まっていて空きがあった。すぐに大人一人、子供一人で申し込んだ
子供向けではないかもしれないが、小学五年生の翔太に、広島の平和記念公園、原爆ドームや資料館を見せてやるのも、そろそろ必要ではないかと折り合いをつけたのだ。

「翔太、おじいちゃんと夏休みに旅行しよう」

予約を取ってから、翔太に携帯をかけると、

「おじいちゃん、ほんとにほんと」

「ほんとにほんとだ」

「がん、もういいの」

「まあ、いいだろう、おじいちゃんこんなに元気になったから、十七日から三日間、ヒロシマだよ、お父さんに言っておきなさい」

父親の知也と翔太の関係はうまくいってはいるが、日帰りで遊びに連れて行っても、泊りがけとなると、仕事が忙しいので連れて行ってはやれない。潔癖症なのか、プールなども、不潔だと言って、連れて行くこともない。

昨年は、達彦が翔太を何度もプールへ連れて行って、特訓をしてやったものだ。プールなど入ったら、主治医の瀬尾先生はひっくり返るだろう。今年は止めることにする。

達彦は、おやつと旅行のしおりを持って翔太のところへ行った。翔太はにこにこ顔で、ア

パートの二階から下りて来た。

「これ、お父さんに見せておきなさい」

そう言って、達彦は旅行の案内を渡した。甘いみたらし団子は翔太のおやつだ。車に戻ろうとすると、

「あっ、おじいちゃん、ちょっと待ってね」

翔太は駆け足でアパートに引き返した。すぐに出て来た。

両手を後ろに回し、何かを持っている。

「おじいちゃんの全快祝いにあげるんだ」

もったいぶっている。

「何をくれるの」

「お父さんも、リョウカイしているもん」

最近「了解」とか「お言葉に甘えて」とか、こまっしゃくれた言葉を時どき使うのがおかしい。

「植木鉢で一つだけなったんだよ、ぼくが育てたんだ」

翔太は茄子(なす)を出した。

「そうか、翔太ありがとうな」

茄子を受け取って頭を撫でてやると、翔太は照れ臭そうだが、うれしい顔をする。髪がクシャクシャになるほど撫でてやる。こういう顔をされると、可愛さと不憫さの感情が、一気に押し寄せる。

見るからに皮の硬そうな茄子だが、翔太にとっては毎日毎日見守って、初めて育てた宝物のような茄子だった。酒一升をもらうより価値のあるものだ。達彦は早速仏壇に供えた。

「潤子、翔太が育てた茄子だよ、ワシの全快祝いらしいわ」

心の中でそう言いながら手を合わせた。

翌朝、種がめっぽう多い茄子を、細かく切って味噌汁に入れた。ほろ苦い味がした。

八月に入って毎日のように雨が降り続いている。日本列島が雨に沈んでしまうのでは、と思うほどあちこちでゲリラ豪雨や激しい雷が鳴っている。異常事態である。

先日も、近くの高校の校庭で、野球の試合の練習をしていた投手が、雷に打たれて非業の死を遂げた。傷ましい思いでニュースを聞いていた。親の心情を思うと胸が塞がった。

人生は何が起きるかわからない。雷さえ鳴らなければ、娘の潤子を救うことができた、という悲痛な思いは、雷が鳴る度に湧き上がってくる。達彦のトラウマになっている。

旅行の前夜、知也が翔太を連れて来た。朝が早いので達彦の家で翔太を泊まらせる。

自分の孫ではあるけれど、預かり者という責任が伴う。知也も父親として三日間はさみしいかもしれないが、翔太から久しぶりに解放される三日間でもある。うれしさ半分、さみしさ半分というところだろう。

娘の潤子を亡くして六年になるが、自分が悲しいだけではない。一番悲しい思いをしているのは妻の潤子を亡くした知也かもしれない。知也は若いのに彼女もつくらず、翔太だけを守って生きている。それを思うと胸に堪えるものがある。

翔太を起こして、朝五時半に家を出た。名古屋駅を七時に集合である。朝飯は名古屋へ着いてからおにぎりでも買えばいい。雨を覚悟の旅立ちだったが、雨は降っていない。

新幹線の中で漸く朝食のおにぎりを翔太と食べた。

津和野は山陰の小京都と言われる城下町だ。水路には錦鯉が広範囲に飼われている。観光客の与える豊富な餌に肥満した錦鯉は、水路を密度を膨らませて窮屈そうに泳いでいる。

翔太はどこへ行ってもみやげ物店でオモチャばかり見ている。「もう行くぞ」という達彦の声に「ぼくはまだ見たいもん」不満げにあとを追って来る。聞き分けがよさそうでもそこは子供だ。そんな繰り返しに達彦もいささか疲れる。

バスの中では、達彦と翔太の組み合わせが珍しいのか、

「ぼく、おじいちゃんと一緒でいいね」

何度も声をかけられることが、翔太は最近少しうっとおしいようだ。それだけ成長したのだ

ろう。

萩観光ホテルでは夕食は河豚づくしだった。皿に薄い河豚が花びらのように作ってある。生ものは食べてはいけないと言われていたが、これだけ体が回復していればもういいだろう。しかも河豚刺しだ。堪(こら)えよ、我慢せよという方が無理だ。

河豚刺しでちょっと一杯やりたいところだが、それだけは懸命に耐えた。翔太も大喜びで河豚を食べている。今までに河豚を食べてはいるが、河豚の干物くらいで、河豚刺しは初めて出合った美味な食べ物のようだ。

翌日、厳島神社では翔太はおみくじを引くという。

「じゃ、引きなさい」と言えば、

「おじいちゃん、ぼくのカバンだけど、バスの中に忘れたからお金持ってないよ」

達彦や父親から旅行のためにもらっている小遣いがあるが、カバンをバスの中に置いてくるのは、達彦にお金を出させようとする翔太の魂胆である。子供なりに要領のいいことを考える。

「翔太はいつもカバン忘れるなあ、こっすいぞ」

微妙な攻防の末、苦笑しながら百円を翔太に渡した。おみくじを引きに行った翔太は、しょんぼりと帰って来た。

「どうしたの、そんな顔して」

「おじいちゃん、凶が出たもん」

見ると、確かに凶である。

「そうか、翔太がゲームに夢中になるから凶が出るんだ、ゲームばっかりしませんからと神様にお詫びして、もう一度おみくじを引いてきなさい」

達彦はそう言って、また百円を翔太に渡した。

「今度は小吉だった」

まだ不満そうだ。

「それでいい」

浮かない顔をしている翔太の手を引いた。

「翔太のおじちゃんもな、小さいころ何回でも、もっと悪い大凶というおみくじを引いたことがあるんだよ」

「おじちゃんも」

お盆にお参りに来た長男の篤史に、小遣いをもらったばかりなので「いいおじちゃん」の印象が強い。達彦は、長男の篤史が小さいころおみくじで、繰り返し大凶を引いたことを翔太に語った。

篤史が小学生のころだった。初詣に犬山の成田別院に連れて行った。おみくじを引きたいと言うので、引かせたら大凶が出た。驚いて別の神社へ連れて行ったらまた大凶。また別の神社へ連れて行ったら、そこでは凶が出た。四回目でやっと小吉が出たが、三回も大凶、大凶、凶と続くと、篤史だけでなく、さすがに達彦も、何か悪いことでも起きる前兆ではないかと、へこんでしまった。

どれほどの確率で大凶や凶が出るかは知らない。そんなことを行きつけの喫茶店で話していたら、大凶や凶は本当にあるんですか、そんなの見たことないという女性もいて、神社によっては、大凶や凶のないところもあるらしい。

その年は何もなく、平穏に過ぎたことを思えば、当たるも八卦当たらぬも八卦なのである。気持ちの問題なので、引かぬ方がいいが、子供はおみくじを引きたがるようだ。

篤史の話をしてやると、翔太はすぐに晴れ晴れとした顔になった。子供は現金なものだ。

二日目の宿泊はグランドプリンスホテル。夕食は二十三階のレストランでバイキングである。翔太がとってくるのは、肉の料理が多い。達彦は生ものはもう解禁でいいだろうと思って、肉も刺身も皿に盛って、翔太と向き合った。

そこへウエイトレスが「お飲み物はいかがですか」と注文を取りに来る。達彦は酒もビールも好きである。医師からアルコールを飲んでもいいと許可が下りてはいないが、もう半年も飲んでいない。抗がん剤治療をしているうちは、飲みたい気持ちも起きなかった。

「いかがですか」と言われれば飲みたい。達彦は翔太の顔を窺う。主導権はこちらにあるのに、一瞬の心の動きが我ながらおかしくなる。

「いいんじゃない、おじいちゃん一杯くらい」

「そうだな、翔太がいいというから、ビール一杯もらおうか」

ウエイトレスがビールを持って来ると、一気に半分くらい飲んだ。その美味しいことといったらない。

「旨いなあ、うまい！」

五臓六腑に染み渡るとはこういうことを言うのだろう。実に久しぶりのビールだった。生還した実感を思い切り味わう。

「もう一杯もらおうかな」

また翔太の顔を見る。

「おじいちゃん、今日だけは飲んじゃえば」

「付き添いさんがいいと言うからな、おねえちゃん、もう一杯もらおうか」

「かしこまりました」

ウエイトレスは、二杯目のビールを持って来る。

「ういー。これはどうだ、うまいぞ翔太」

タガがはずれた。

「おじいちゃん、めっちゃおいしそうだね」

最高のホテルで、祖父と孫は広島の夜を過ごした。

翌日は広島平和記念公園、原爆ドーム、資料館の見学である。ここだけは見せておきたいと思った資料館である。翔太も神妙な面持ちだ。

「翔太よく見ておきなさい、原子爆弾はこんなに酷いことになるんだよ、戦争をやってはいかん」

さすがに翔太も目を背けることがあったが、それでも怖いもの見たさもあって、目を手で覆って指の間から見ている。

広島駅から新幹線で名古屋駅まで駆け抜けて来た。翔太をアパートへ送って達彦が自宅へ帰ったのは夜の十時半を過ぎていた。

電気を点けて「帰ったよ」と妻の遺影に言う。「お帰り」という言葉は返ってこないが、妻の声を耳うちに聞く。

それから洗濯して部屋の中に干した。三日間留守をすると、片付けることがいっぱいあって、やっと眠りについたのは十二時を過ぎていた。

翌朝七時のニュースを布団の中で聞いていた。広島を立ってから、広島安佐南地区では局地的な豪雨に見舞われ、大規模な土砂災害が発生した。

あと、何時間か遅かったら、土砂崩れに巻き込まれていなくても、大いに影響を受けて混乱していたことだろう。繰り返し繰り返しニュースを見せられた。広島を見てきたあとだったから、衝撃はひとしおだった。

土砂に巻き込まれた人たちは、誰一人今日を限りの命と思って、夜の食事をした人はいないだろう。それを思うと、命の儚きことをつくづくと思うのだ。よく肝に銘じておかなければと思いつつ、うかうかと日を過ごしている。

犠牲者は、死者行方不明をあわせて七十四名にもなる。

達彦は定期健診に江南厚生病院へ行った。血液検査では白血球はやはりまだ二九〇〇である。

「まあ、こんなもんでしょう」

という主治医に、達彦はきいた。

「先生、生ものはもう食べていいですね」

「駄目です。まだ半年は用心してください」

「そうですか、いかんですか」

アルコールはいいでしょうか、とききたいところだったが、もうそれ以上きく勇気はなかった。達彦は忸怩たるものがあった。

「旅行に行った」と言えば、誠実な瀬尾先生は、びっくりすることだろう。子を思う闇という言葉があるが、自分は孫を思う闇に勝てなかった。その上調子に乗って、刺身を食べ、ビールを飲んだ。

「申し訳ありません」という言葉を背中に残しつつ診察室を出た。

朝早く宅急便が届いた。見るとシャブシャブ用の高級飛騨牛である。友人からだった。全快祝いと書いてある。逆だと思った。

今日は父親の知也が遅番で夜の十一時ごろの帰宅になるので、翔太と一緒に晩ご飯を食べることになっている。天ぷらそばを食べに行こうと思っていたが、今晩はシャブシャブだ。

「七時ごろ迎えに来て」

と翔太は言った。六時から七時にかけて、子供向けのアニメの時間帯だった。準備を整えて翔太を迎えに行った。

食卓には携帯コンロとシャブシャブ鍋を、タレはポン酢とゴマダレを用意した。シャブシャブの肉は二十枚くらい並べてある。翔太と同じペースで食べていったが、あまりの美味しさに二人とも黙々と食べていた。

「おじいちゃん、こんな美味しい肉、もう一生食べることはないだろうな……」

「ぼくが大人になって、働いておじいちゃんに食べさせてやるよ」

「ほんとか、うれしいこと言ってくれるなあ、おじいちゃんそんなこと言われたら、百歳まで生きないといかんようになったなあ」

シャブシャブの肉は最後の一枚になった。達彦は思わず箸を引いた。

「おじいちゃん、食べていいよ」

「そうか、翔太はもういらんか」

達彦は最後の一枚を箸で挟もうとした。

「ぼくが食べてもいいけどなあ、だけんどもういいわ」

翔太は未練そうな顔をしている。

「じゃ、半分ずつ食べよう」

達彦はナイフで半分に切って、翔太と分け合って食べた。

あと片付けをしていたら、もう九時を回っている。そろそろ翔太をアパートに送って行く時間だ。

翔太は、机の上で広告の裏に夢中になって何か描いている。翔太は漫画を描くことが得意のようだ。

「おじいちゃん、これ」

翔太がそれこそ漫画のような絵を見せた。山と山の間から巨大な怪獣が現われて山が崩れている。さながら広島の土砂崩れのようだった。

「何これ、ゴジラ」

達彦は、すぐにゴジラを連想した。顔はゴジラのようであり、体を見ると筋肉マンだろうか、隆々と筋肉が盛り上がっている。達彦は感心しながら、翔太の描いた絵を見ていた。

爺馬鹿ではないが、上手だと思う。

「おじいちゃんだよ」

「何が」達彦がきく。

「この顔」翔太が応える。

「ゴジラだろう」

「おじいちゃんだよ」

「おじいちゃん、こんなに怖い顔しているか」

「そうだよ、ぼくのおじいちゃんは、暴力団をやっつける刑事だもんね、こわいよ」

「こいつ」

それから、達彦は得意のゴジラの真似をして、部屋を歩き回った。翔太も達彦の後ろについて、ノシノシとゴジラのポーズをとっている。子連れ狼ならぬ、子連れゴジラである。

妻も、娘の遺影も「マアー、マアー」と笑っているように見えた。そんな団欒がかつてはこの家にも確かにあった。

達彦は、この秋七十歳を迎えた。五十二歳で悪性リンパ腫を発症した達彦にとって、七十歳を迎えることは、夢のまた夢であった。憧れの古希と言ってもいい。

九月からスクールガードのボランティアにも復帰して、学童の通学を見守っている。

天候が不順な日ばかり続いていたが、病が抜け去ったように、秋空はすっきりと晴れ渡っていた。

町内会長奮闘記

一、つつじヶ丘団地

犬山市は国宝犬山城があることで名高い。またの名を白帝城とも言われている。河合達彦が犬山市のつつじヶ丘団地に家族と一緒に住居を定めたのは昭和五十三年のことである。

つつじヶ丘団地は犬山市の南部にあって小牧市と隣接している。

高度成長期にあった日本は、昭和三十九年オリンピック開催に向けて、新幹線や名神高速道路の工事が進められていた。当時、このあたりの小山は、そうした工事のために削られて盛り土に利用された。

戦前は小山が続いていた一帯で、山頂からは岐阜、三重、石川、福井にある山の峰々が望見されたと言われている。

削られた広大な跡地を名鉄不動産が買い上げ、宅地造成し百九十区画にして分譲した。現在のつつじヶ丘団地は、高齢化もあって空家が増え始め百六十五世帯、人口四百二十人、内後期高齢者が百人という数値が上がっている。

河合達彦も、県営住宅から引っ越して、つつじヶ丘団地に新生活をスタートさせてから三十七年の歳月が流れた。

そのとき小学一年生だった長男も独立して一家をなし、上の孫は高校三年生に成長している。妻と長女を平成二十年に亡くしているので、現在は七十歳の独居老人である。二十年にわたり悪性リンパ腫を患うがん患者でもあった。スクールガード等ボランティアをする以外は仏教に関心を持つ静かな住人でもあった。

つつじヶ丘団地の町内会は、毎年四月一日から新体制でスタートするので、二月に次期役員が決められることになっている。それまでは十四人の役員体制だったので余裕もあったはずだが、次年度からは、団地を十のブロックに分割し、各ブロックごとに一名の代表者を出して、十人で各役員を受け持つことに変更された

達彦が住むブロックは、これまでは十二軒だったが、十六軒に再編成された。中にはどうしても代表者になれない人は考慮されるが、これからは原則として十六年に一度は何らかの役が回って来る。達彦は次回が当番で代表者となる。

世の中はバレンタインデー一色の日だった。昼間、達彦は小牧市のお寺へ法話を聞きに行った。会場で顔を合わせた女性が小さなチョコレートをくれた。早めの夕食を済ませ、チョコレートを二つばかり頬張ってお茶を飲んだ。

法話の有り難い余韻もまだ残っていた。義理チョコとはわかっていても悪い気はしないもので、糖分補給もあって元気をもらった。

娘のお雛様の段飾りも、妻の遺品も大方処分してしまった。

「男の人は思い切りがいいのね」

と言う女性もいるが、傍に置いていては却って思い出して切なく辛い。かくして男所帯にしては、家の中はすっきりと片付いていた。

「明かりをつけましょ雪洞(ぼんぼり)にお花をあげましょ桃の花」

この時期、嫌でも聞かされるお雛様の歌が、テレビやラジオから流れ、以前は反射的に消していたものだった。

年月のせいなのだろう。今では消そうという神経も働かなくなった。忘却というものがなかったら、人間は生きてはいけまい。そしてまた人間は、置かれた状況というものに慣れていくようにできている。それが救いでもある。妻や娘は、心の中に生きてはいても、折りに触れて出ては来るが、潜在的なものになりつつあった。

所詮、人は思い出だけで生きていかれない。生きている人と人との交流が大切だ。

集会所は団地の東の端にある。達彦の早足なら歩いて五分ばかりのところだ。このあたりには小山があって、竹がはびこり落葉樹に覆われている。その日は二つの集会があって、別のテーブルでは現在の役員の人たちの役員会も開かれていた。

集会所は二十坪ばかりで床はフローリング貼りになっており、掃除が行き届いていた。外は寒いが集会所の室内はエアコンの暖房がほどよく効いて快適な室温になっている。各人に座布団が配られ、そこに座り込んでの会議である。

次期町内会を運営するグループは十一人集まっていた。知っている人もいたが、ほとんどは初対面の人たちばかりである。達彦はこういう集まりに顔を出すのは初めてのことだった。

大方は四十代から六十代くらいの女性で、後期高齢者の女性も二人いる。一組だけ夫婦連れがいた。この夫婦はグループの中では若い。四十代の後半だろうか。

従って、男性二名、女性九名の出席者である。

達彦は、前回の十二年前、まだ現役の刑事で、町内のことは妻に任せ切りにしていた。仕事一辺倒でそんな余裕もないし、まるで関心がなかったのも事実である。そのとき専業主婦だった妻は、会計を受け持っていた記憶がある。

「今度番が回って来るときは、おとうさんは定年になっているから、次はおとうさんがやってね」

妻が言ったのを「おお、わかっとる」と上の空で返事をした。

あの時妻が「おとうさんがやってね」と言った声だけが、今はっきりと甦ってくるのだった。

そのことが本当になってしまった。

二、町内会長の選出

午後七時ごろから、新役員を決める会議が始まった。まず、現町内会長の汐見さんが、

「今年から役員が十名に減りました。大変でしょうが、これも高齢化対策上必要なことですのでよろしくお願いします。まず、会長を決めてください」

簡単な挨拶をすると、現役員席の方へ戻ってしまった。

達彦は、汐見さんが昨年会長になったときは、事前に決まっていたと聞いていた。多分この中の誰かに打診し、事実上、会長は決まっているだろうと憶測した。出席者を見回し、石野さんのご主人ではないだろうかと目星をつけた。出席していた奥さんに、

「石野さん、会長をお願いします。ご夫婦揃って円満な方だし適任ですよ」

「とんでもありません、ジャンケンで決めましょう」

と交わされ、引き受ける様子はなかった。

石野さんの隣に座っている稲峰さんは、家族で会社を経営していると聞いていた。それではこっちかなと思い、同じように水を向けてみたが、全く反応がなかった。

どうやら事前に根回しはされていなかったらしい。そこへ汐見さんが再び顔を出し、

「どうですか、決まりましたか」

と言い、席に座った。汐見さんは達彦よりずっと若く、大手の企業で働いていたと聞いていたし、奥さんも頭が低くて感じがいい人だった。町内会長として適任である。汐見さんに再任をお願いしたい。打ち合わせをした訳ではなかったが、

「みんなを代表してのお願いですが、役員が減少した初年度で、会長になることをみんな不安に思っています。どうかもう一年町内会長をやってもらえないでしょうか」

「いや、それは自治会規約によりできないことになっています」

汐見さんからあっさりと断られた。更に、

「いいですか、会長はパソコンのできる人でないと駄目ですよ。書記、会計もそうです。会計はエクセルもね」

そう言って腰を上げ、現役員の席へと再び戻った。

町内会長一名、副会長一名、会計一名、書記二名、集会所係一名、交通、防犯、防災二名、衛生公園係二名、

ということになり、十名全員が何らかの役を負わないといけない。誰でも責任の重い町内会長だけはやりたくないのが本音であり当然でもあった。出席者を見ても女性が多いことは、町内会長拒否の姿勢とも受け取れる。

思いもかけない汐見さんの発言で、グループに動揺が広がった。今の世の中でパソコンの重要性はわかるが、

「パソコンができないと会長はやれない」

という発言には、いささか達彦も抵抗を感じた。

この中でパソコンをやれる人は誰だね、という話になったのは自然の成り行きだった。

「パソコンができる人は手を挙げてもらえんかね」

達彦が口火を切った。

「私はできません」

女性たちは囁き（ささや）ながら、両手を腰に回し、誰も手を挙げようとはしなかった。

会長に選出されるかもしれないから、パソコンができることは、この場合絶対内緒にしなければならない。

達彦はといえば、現職にあるときは、職場でも家庭でもやっていたが、妻や娘を亡くしたとき、自分もがん患者であったことから、厭世観に囚われていた。何もかも嫌になって、身辺整理の一環としてパソコンも捨ててしまった。

以来、まったくパソコンをやったことはない。今ではやれないと同様だった。元々現場主義の武骨なアナログ人間でもある。妻が仲良くしていた女性もいて、達彦はパソコンをやれることを知っていても、「〇〇さんはやれるだろう」とは言えなかった。

一番に決めなければならない次期町内会長選出は暗礁に乗り上げたままになって、時間だけが過ぎていった。

そのとき、男性の牛巻さんが、

「書記を先に決めて、会長の書類は書記が作ることにしたらどうですか」

雰囲気を窺いながら提案した。牛巻さんは夫婦で美容院に勤めていて、唯一奥さんと一緒に参加していた。

牛巻さんの意見を尊重すれば、パソコンができなくても会長はできる。風穴があいて、重苦しい空気が一変した。

「私、少しならやれるかしら」

石野さんが控え目に手を少しだけ挙げると、静かな波紋が広がった。傍にいた稲峰さんも、

「はい、私もちょっとならできます」

声を低くして名乗り出た。

稲峰さんも町内会長の候補と思っていた一人だが、ここで書記がパソコンを必要とすることから、逸早く書記の役を二人が率先して引き受けたことになる。

「それでは会計はどなたに」

誰ともなく声が上がると、この人も町内会長候補の一人と当てにしていた倉吉さんが、

「私、銀行にいましたから、会計をやります」

進んで会計を引き受けた。石野さんと倉吉さんと妻は、この集会所で皮細工を習っていた時期があった。妻とは友だちで、旅行にも行ったことがあるメンバーで、女性の年齢はわからないが、妻よりはずっと若そうだ。

三人の役割が決まると同時に、本命の三名が抜けて町内会長選からはずれることになった。残るは七人である。

七人といっても、この中には絶対会長職がやれない人がいる。ご主人が重病だったり、単身赴任だったり、あるいは精神的に病気と認められる女性もいて、三人が申し出た。やむを得ない事情は誰にでも明らかだった。

達彦はといえば、二十年来の悪性リンパ腫を抱えていて、三度目の寛解になったばかりであ

る。寛解というのは、今回は一応収まったというだけで、いつ病が頭をもたげるかわからない。しかも独居老人である。

当然の理由として、町内会長選から離脱し、副会長職をすでに認められていた。会長候補は残る三人。牛巻さんと北林さんと木内さんである。木内さんはこのグループの中では一番若いと思われる。

この三人も、自発的に会長をやりますという人はいなかったのでやむなく阿弥陀籤をすることになった。阿弥陀籤は女性の誰かが準備したようだ。

籤を引くことになる三人は、いずれも仕事を持ち、その内の二人は共働きであった。町内会長は辞退したいが、籤で当たればしかたがない、と受け入れる気持ちがある。誠実で良心的な人ばかりだ。流れを見ていて達彦は、三人が気の毒になってきた。現役で働いている人の忙しさをよく理解できた。

「僕も参加します」

達彦は自発的に阿弥陀籤に加わった。

悪性リンパ腫の四度目の発病があるとしたら、まだ先のことだろう。体調は極めてよかった。自分が会長選の籤引きに参加すれば、十人中四人の籤引きで、当った人も多少は納得できるだろうと思ってのことだった。

一番に阿弥陀籤に名前を書いた。線を辿っていったら、みんなが避けたい町内会長の籤が当たったのは達彦だった。

一番若い木内さんのホッとした表情が印象的だ。籤運はいい方ではないが、この場合はババ抜きだ。共働きの人たちのことを思うと、達彦は自分でよかったとさえ思った。

こうして、次期町内会長は河合達彦に決まり、それぞれの役員も決まった。

この時は流れに乗る丸太みたいなもので、町内会長になったという自覚はほど遠かった。家に帰り一息ついた。

「今回までは私がやるけど、次回はおとうさんがやってね」

妻の言葉は、この期に及んで「おとうさんがやるのよ」という叱咤激励の言葉に代わって達彦の胸に響いた。

「おお、やっちゃるがや」達彦は妻の遺影に向かって応えていた。

思いもよらぬ会長だが、決まった以上はこの一年町内会長に専念しようと覚悟を決めた。

三、団地、ゴミケージ化への道のり

現役時代、河合さんが受け持つ帳場は忙しくなると言われたものだが、今度もそうなる予感がした。自分の病気と、妻や娘を喪って意欲をすっかりなくしていた達彦は、定年退職後は定職についていないなかった。

孫の翔太が五歳のとき、娘の潤子が自死した。達彦の自宅の近くに住んでいた翔太父子は、アパートを引き払って一宮の実家へ帰った。おじいちゃんのそばから離れたくないと縋りつく翔太に、

「おじいちゃんは、翔太にごはん作ってやれないだろう」

無理矢理納得させて別れたのだ。確かにそのころは食事を作ることが苦手だった。妻は達彦が台所に入ることを嫌った。妻が亡くなってからは、娘の潤子が食事を作りに来てくれていた。

ところが、潤子の一周忌に一宮の家にお参りに行ったとき、翔太は、座っている達彦の傍に来て、耳に口を寄せ、

「おじいちゃん、ごはんつくれるようになった?」

と囁いた。達彦はたまらなくなった。

翔太父子が、達彦のもとに助けを求めるように近くへ再び引っ越して来た。翔太は小学三年生になっていた。翔太のために生きなければと思った。積極的にがんとも立ち向かった。そんな翔太も、今では六年生になって背丈も伸びた。まもなく声変わりもするだろう。達彦も手がかからなくなってきた。精神的にもようやく立ち直ってみると、仕事の方はまだ燃焼し尽くしてないものが残っていた。

町内会長の仕事は四月一日から交替するので、就任まで一カ月半の余裕があった。これまであまりに無関心な住民であったことも反省させられた。

四月になれば忙しくなる。今の内に町内のことを少しでも知っておこうと思った。

毎日、つつじヶ丘団地を散歩がてら見て回り始めた。その中で、特に気持ちが引き付けられたのは、生ゴミ問題だった。

可燃ゴミ収集日は火曜日と金曜日。資源ゴミは木曜日に決まっている。可燃ゴミ収集車は午前十一時ごろやって来る。

達彦は今まで、団地の西にある可燃ゴミの集積所を利用し、黄色のネットを上げてポイとゴミを捨てていた。あとのことは気に留めることもしなかった。

団地に可燃ゴミの集積所は六カ所あったが、ゴミ収集日の状況はひどいものだった。

六カ所の内、東側の二カ所は野良猫の被害、他の四カ所はカラスの被害が凄まじい。カラス避けに黄色いネットが張られているが、ほとんど効果がないに等しい。

カラスは五、六羽が集団となり、ボスの一羽がネットの下から中に入り、ポリ袋ごと銜（くわ）えて来る。集団でポリ袋を食いちぎり、その場で生ゴミを漁ったり、餌を銜えて巣に持ち帰ったりする。

そのために道路は食いちぎられたポリ袋やゴミが散乱していた。パスタ、ご飯、魚、茶がら等々。集団に属さないカラスはネットの上から単独で生ゴミを獲物のように攻撃する。

その中でも強烈だったのが紙オムツである。紙オムツは普通大便を取り除いてゴミ袋に入れる。ところが中にはそのまま捨てる人がいて、この大便がカラスにとっては大好物なのである。

あとのことになるが、担当の役員の女性がそのありさまを見て気分が悪くなった。彼女はご主人に助けを求めて片付けたことがあった。

可燃ゴミを捨てに来る人は、ゴミネットにゴミを入れると、道路にゴミが散らかっていようが、カラスが人を見て逃げようが、何の関心も示さずに、大抵の人が帰って行く。車で出勤途中に捨てて行く人もいる。かつての達彦がそうであった。

偵察を続けていると、一旦帰ってから箒やビニール袋を持って掃除に来ている一部の女性たちがいた。彼女らにそれとなくきいてみると、

「誰かが片付けなければ汚いでしょう。ずっと掃除しているのですよ、役員さんたちも手が回らないでしょうから」

彼女らからは諦めの言葉が返ってくる。

「何とかしなければいけませんなあ、ご苦労様です」

達彦は、今度は東の可燃ゴミ集積所に回った。こちらは猫の被害である。野良猫が十二、三匹いて、ネットを食い破って生ゴミを漁っている。また、ネットの隙間から入って生ゴミを銜えてくる。黄色いネットには補修した跡がいっぱいあった。

ネットには、一定の間隔でビールの空ケースが逆しまに置かれ、その上にブロックを乗せて重しにしている。

腰が曲がったおばあさんが可燃ゴミの袋を捨てに来た。達彦は距離をおいてじっとその様子を見ていた。

おばあさんは、ちょっと背伸びをし、腰を痛そうにかばった。そして覚悟を決めたかのようにブロックを、「よいしょ」と持ち上げて傍らに置き、次にビールの空きケースを取り除いた。それから持って来た可燃ゴミをネットの中に入れた。

またビールケースを置き、ブロックをその上に乗せて元どおりにした。

ネットを潜って野良猫やカラスが入らないようにネットに重しをしているのだが、重たいだけで用を成してはいない。

偵察を終えて帰って来ても、ビールケースやブロックを持ち上げて、ゴミをネットに入れるおばあさんの姿が浮かんでは消える。九十六歳で亡くなった自分の母親にも重なった。

「ゴミ問題を何とかせねばなあ」

腕を組んだまま達彦は仏間に立っていた。

「そうよ、おとうさんがやるのよ」

妻のふっくらした遺影が、そう言ったように見えた。

「そうだな、おまえさんとの約束だったもんな」


役員交替の一週間前のことである。達彦はまだ会長ではなかったが、可燃ゴミ問題は会長になってから取り組むべき第一の課題であると位置づけた。汐見会長の意見をききたいと自宅を訪問した。

これが、ゴミケージ（正式にはネットステーション）と出合う機会になった。

可燃ゴミについて、解決策を汐見会長に尋ねたところ、いくつかの提案を受けた。その中で達彦が一番興味を持ったのがゴミケージの話だった。

「ゴミケージは犬山市が力を入れている一つで、各町内が希望すれば一台ずつ無償で配布されます。つつじヶ丘にはすでに届いているからこれを利用する手もあるにはあるのですが」

汐見さんが思案顔で言った。

「そのケージは、今どこにあるのですか」

達彦はきいた。

「うちの庭にありますよ、ただこれはね、ゴミを上から入れなければならないので、お年寄りからは腰が痛いと苦情がくると思って、そのままになっています」

ケージ導入には悲観的な汐見さんの意見だった。

「では、私がやります。それをください」

ゴミ対策は喫緊の課題と位置づけていただけに、渡りに船だった。汐見さんは少し考えていたようだが、

「それでは新年度になったら、ケージ一台を南公園に設置するという回覧板を至急回しましょう。設置は回覧板が行き渡ってからにしてください」

汐見さんの話はもっともであり、達彦も承知した。

平成二十七年四月一日、河合達彦の自宅の門扉に「町会長」の表札が掲げられた。

事務の引き継ぎが三月末から続いていた。この日も前会長の汐見さんと、

銀行へ行き預金通帳や貸金庫の名義変更
集会所の耐震工事の設計業者との打ち合わせ
市役所各課への挨拶
シルバー人材センターでの清掃申し込み
犬山消防署で秋の防災訓練の協力依頼

などで一日は過ぎた。それからも町内で亡くなった人のお悔やみ、第一回の役員会やら、市役所からは次つぎと書類が届いたりして、多忙の内に一週間が過ぎた。十年来続けているスクールガードの活動も始まっていたが、ゴミケージのことは頭から離れなかった。

汐見さんにケージの催促をしたところ、やっと了解の返事があった。

四月十日、達彦は早朝のスクールガードを休み、汐見さんの庭に置いてあったゴミケージをもらい、副会長の北林さんと一緒に南公園に向かった。

南公園をテストケースにしたのは、公園の囲いのフェンスと道路の間の植え込みの空間が可燃ゴミのスペースとして使用していた。ここならあまり手を加えずに手軽にケージを設置することができるからだ。

勿論一台のケージでは足りないので、今まで使っていた黄色のネットを隣にセットした。

ケージは幅一二三センチ高さ九〇、奥行き八〇センチ。緑色で前に三分の一ほど垂れた蓋を上げてゴミをケージの中に入れる。底には何もなく四方の囲いだけである。

収集のときは横のストッパーをはずすと畳まれて、下からゴソッとゴミ袋を取り出すことができる。軽量で折り畳み式になっていて、実によく考案されている。

達彦はテストケースの集積所に張り付いた。可燃ゴミを捨てに来る人たちに、ケージの使い方を説明するとともに、口頭でアンケートをとった。二十袋ほどケージに入れるとケージは満杯であった。

「どうですか、ケージの使い心地は」

達彦の質問に、

「これはいいですね。会長さん早く団地中これにしてください」

「今まで本当に辛かったんだわ、腰を曲げて重しをどけないとネットを開けれんし、腰の骨が折れるかと思ったに、特に冬場はねえ、石をどけるとき、手が冷たくて嫌だった」

偵察していたときに辛そうにしていたおばあさんだった。

「会長さん、こんならいいわ、上からゴミ入れるだけだもんで、却って腰が楽だわ」

「有り難いわ、ようやってちょうたね」

高齢の女性たちは、立ち話も厭わず口々にそう言った。

そうか、何でもやってみるもんだな、念のため、次の可燃ゴミの日も、ゴミ集積所に張り付いて、口頭でアンケートを実施した。

「頑張ってやってほしいわ」と言う声やら「期待してるで」打ち解けた言葉も返ってきた。激励を受けたことが、励みにも繋がった。アンケートは二、三十人に及んだ。

そこで、南公園だけでも完全ケージ化することを役員に諮ったところ、全員が賛成だった。ケージは一台四万五千円かかる。代金は集会所にＡＥＤ導入化が否決されてその代金が浮いたままになっている。それを当てればよかった。このケージの製造販売の会社はわかっていたので、達彦は早速業者に自宅から電話をかけた。

「エス・ティ・エムの五十嵐です」

美しい声の持主だった。実に歯切れが良い。それにまだ若そうだ。この女性が社長であることを知った。

達彦は、犬山市つつじヶ丘の町内会長だと名乗った。犬山市役所から配布されたものと同じケージを一台注文した。

丁寧なお礼の言葉が返ってきた。束の間、どんなに美しい女性だろうかと想像した。

電話を切ってから、遠い昔の記憶へと繋がった。

達彦がまだ四歳か五歳のころだった。十歳年上で女学校へ通っていた姉がいた。

その日、トラックの荷台に乗って女学校の友だち三人を連れて姉が帰宅した。当時女学生は寄宿舎生活だったから、久しぶりに姉に会えることがうれしかった。

バスも通っていない大分県の山と山に囲まれた田舎のことだ。達彦はそれまでモンペ姿の女の人しか知らなかったが、女学生は白いブラウスにスカートをはいていた。達彦には天女にも見えて口を開けたまま見とれていた。

姉と友だちは話に夢中になっていたが、その中の一人の女学生は、顔も綺麗だが声は際立って美しかった。達彦は幼心にその声に吸い込まれそうになった。傍に座った。ほんとうは膝に座りたかった。

「あんた、声がうつくしいね、ぼくがヨメゴになっちくれんね」

そう言って女学生の顔を見上げた。

四歳か五歳の男の子が言うものだから、女学生たちはびっくりした。笑い声がいつまでも止むことはなかった。おしゃまな子供で、嫁御の意味もわかっていなかった。あれ以来達彦は、声の綺麗な女性にはドキッとするものがある。

ケージは翌日、集会所に宅急便で配達された。現金と引き換えである。

早速、副会長の北林さんを呼んで達彦は南公園に二人で取り付けに行った。役員選出のときは奥さんだったが、力仕事のときはご主人のお出ましだ。

北林さんは、ゴミケージを置くだけではなく、ケージが公園の土手の土で汚れないように十センチばかり前に出して、パイプ等の器材を使って設置した。

今まで、ケージとネットを一つずつ使っていたが、ケージは生ゴミをいっぱい収納しても、緑色の貴夫人のごとくすましして鎮座しているが、ネットは浮浪者ソウロウで、何ともバランスが悪く、美的感覚を損なうものだった。

「河合さん、これで南公園の景観も良くなったですね」

「すっきりしましたね、これを足がかりにやっていきましょうや」

達彦は北林さんに言った。

テストケースとはいえ、南公園だけでもケージ化されたことは、大きな収穫だった。南公園だけ二台ゴミケージが設置されたことは、すぐに団地内に拡散し評判になった。

それまで、他の集積所に可燃ゴミを捨てていた人たちも、南公園のゴミケージに持って来るようになった。

二台のケージは、忽ちの内に人気者になり、収容仕切れなくなってしまった。

また、ゴミを持って来ないまでも、

「会長さん、私たちのところはいつケージ取り付けてもらえるのですか」

他の集積所を利用している人たちから、切実な声が寄せられるようになった。

こうなったら何としても、つつじヶ丘団地を、自分たちの任期中に完全ケージ化しなければならない。役員全員の一致団結した目標にもなっていった。

団地内を完全ケージ化するには十台必要であった。内二台は設置したのであとは八台である。八台購入する費用を捻出しなければならない。それに西側のケージを設置する場所も確保しなければならなかった。

購入費と工事費を合わせて四十万円を見積もった。内十万円はＡＥＤの購入予定の残金がある。あとの三十万円をどうすればいいか、達彦は考えをめぐらした。

寄付金で賄うというのはどうだろう。まず、町内広報紙「住みよい町へ」で募金の呼びかけをして、土、日の二日間集会所に募金箱を置く。これを団地の監査役立ち会いのもとで開封する。少なくても十万は集まると計算した。

残り二十万の内、十万は本年度予算から節約する。残り十万は達彦のお寺の仲間の有志や自己負担することで三十万は捻出できる。

目標は九月上旬に定めた。大いにケージのことを広報すれば、関心が高まって寄付金はもっと集まるかもしれないと皮算用した。みんなが、集会所に集まって募金をしてくれる姿を想像すると、達彦は楽しくもあり更なる闘志が湧いてくるのだった。

五月下旬のことだった。天の助けとしか思えないことが起きた。

集会所の耐震工事は百八十万円の予算をとっていたが、業者の正式な見積書が届き、百十六万円でできることになった。

更に犬山市の助成金として二十三万三千円が交付されることに決まった。差し引き九十万くらいの金が捻出される。これだけあれば、ケージを寄付金で賄う必要はない。かくして、お金のことは全く心配なくなった。

見えない力が働いているような気がした。妻が見守ってくれていると思いたかった。行け行けという気持ちを強く持った。あとはケージの設置場所である。

今まで、つつじヶ丘のゴミネットを使った集積場所は六カ所あった。ネットは工作物ではないので道路の片隅を使用することも可能であった。しかし、ゴミケージは工作物になる。道路に設置してはいけない。

六カ所を二カ所減らし四カ所にするとして、南公園、北公園、東公園は従来どおり公園に設置すればよい。

問題は西地区である。町内の公平のためには、西地区で最低三台のゴミケージを設置しなければならない。それをどこに設置するかが課題だった。

西地区には公園がなかった。特にカラスの被害が凄く、黄色いネットから生ゴミが道路に散乱している凄まじい現場である。かつての達彦にはこの凄まじい現場もヒトゴトだった。

西地区の道路沿いにある二カ所の集積所を無くして、どこか適当な場所が必要だった。誰しも自分の家の前にゴミの集積所があることを好まない。それはわかる。

達彦がかねて目を付けていた場所は、消防署の防火水槽がある敷地である。

この防火水槽は、可燃ゴミ集積場所として歴代の会長も、消防署に再三お願いに行っているらしいが、門前払いされてきたと聞いている。消防の立場からすれば当然と理解できる。防火水槽のところに、可燃ゴミの集積所を兼ねれば、消火活動の障害になりかねない。どこか他に適当な場所がないだろうか。

西地区にある空家の駐車場にケージが設置できないか検討してみたが、どこも欠点があって設置に適していないことがわかった。やはり防火水槽の場所しかない。

考えは振り出しに戻る。何としても消防署に了解してもらうよりほか道はなかった。

防火水槽の用地は五面からなっている角地である。比較的広く、道路沿いにはぐるりとツツジが植えられている。防火水槽があるだけに、地理的にも便利な場所である。

三面は道路に面している。北側の一部を借りれば用が足りる。北側は車道との間に三三センチの側溝がある。ケージの奥行きは八〇センチ、防火水槽の用地の幅を五〇センチ借りれば側溝を渡してケージが置ける。

しかも、その五〇センチの部分には道路側一面がツツジの植え込みになっていた。達彦はここに着目した。

小学校六年生になった孫の翔太を連れて来て、二人で巻尺を使い寸法を測った。

「おじいちゃん、アルバイト代いくらくれるの」

「五百円だな」

「もうちょっとあげてよ」

翔太は、アルバイト代の交渉をすることに余念がない。

「ちゃんと、巻尺持っとれ」

ケージ三台をギリギリ置けることが可能であるとわかった。翔太に図面を描かせた。小遣いをやりたいために仕事を与えたものだが、おじいちゃんの思いやりを翔太は気が付いていない。自分が一人前だと思っている。翔太は漫画を描くことが好きだから、描くことは得意だと思ったのだ。翔太は千円の報酬を得た。

ケージを三台置いたとしても、邪魔にはならない。あとは消防署にいかにして納得してもらうかだった。どこから攻めればいいのだろう。達彦は作戦を練った。

ゴミ収集は市の環境部ゴミ減量課の仕事なので、この課に力を貸してもらえないだろうか。達彦は二つの条件を手土産にしてゴミ減量課を訪ねた。

その一つ……つつじヶ丘団地は自費でゴミケージを十台設置しゴミネットは全廃する。

その二つ……可燃ゴミ収積場所を六カ所から四カ所に減らし、道路は使用しない。

この条件を提示し、用意した写真と図面を見せ防火水槽の用地を一部使わせてもらえるよう、市から消防署へ話をしていただきたいと申し入れた。

このとき、応対してくれた犬山市環境部ゴミ減量課の渡部という職員は三十代半ばで、達彦の話を真剣に聞いてくれた。

「つつじヶ丘団地をケージ化するには、西地区だけが現状では置く場所がありません。ケージを置く場所は、防火水槽の用地にしかないのです。あの場所を許可されなかったとしたら、ケージの導入はできないし、生ゴミはカラスの攻撃に晒(さら)されたまま道路に散乱します。観光都市犬山の恥です」

達彦は、相手の目を見て力説した。

「わかりました。まずその土地が誰の所有物になっているか、調べてみます。結果はまたお知らせします」

職員はとても好意的だった。実にスピーディに対応してくれた。こちらが提示した条件に乗ってくれたという感触を得て、達彦はゴミ減量課を辞して来たのだった。

達彦には元の職業柄、人を見る目には自信があった。あの職員はきっとやってくれるだろうとの勘が働いていた。

家に帰り二時間ばかり経ったころ電話が鳴った。市の職員からだと直感した。

「もしもし……河合ですが」

「犬山市役所の環境部ゴミ減量課の渡部ですが」

「先ほどはありがとうございました」

「早速ですが、明日犬山消防署の二階予防課に行ってください。写真はあれでいいですが、図面はもう少し正確に描いてください」

「わかりました。ありがとうございます」

電話の前で頭を下げていた。消防署はこちらの条件を呑んでくれたという感触が読み取れた。あの職員ならという先見の明が的中した。

翔太に、華を持たせてやろうと思った図面では、用をなさなかったが、おじいちゃんからアルバイト代も稼いで、翔太が気をよくしているので黙っていた。慎重を期しても、孫には読みが甘かったわけだ。

達彦は再び防火水槽のある場所に行った。今度は一人で綿密に測量をやり直した。決して消火活動の障りにはならないと自信を持って言える。

「おじさん、何やっとるの」

ブルーの通学帽を被った小学生の女の子が、達彦に声をかけてくる。

朝、学童のボランティアをやっているので、顔を知っている学童ばかりだ。いじめっ子はい

ない。達彦が夢中になっていると、

「ねえ、ねえ、おじさん何やっとるの」

「待っとれよ、そのうちにいいもの見せてやるからな」

「また、明日だよおじさん」

「ああ、気を付けて帰れよ」

その夜は明日の消防との交渉のため、好きな晩酌もやらず図面を描き直し、眠りについたのは深夜だった。

翌朝、消防署へ車を走らせた。二階へ行って来意を告げると応接室のようなところへ案内された。しばらくして係りの人が二人現われた。こちらから何も言わない前に、

「ゴミの収集場所を二カ所も減らされるそうですね」

相手の言葉で、市のゴミ減量課の職員と話が通じていることがわかった。早速写真と図面を広げて、消火活動に支障がないと強調した。

「わかりました。あなたの説明で消火活動に障りがないことが十分解(わか)りました。使用を許可します」

二人の内、目上らしい中年の男性が言った。

「ありがとうございます、これでゴミ問題が進展します」

うれしさから、思わず直立の姿勢で敬礼しそうになったが、気が付いて深々とお辞儀をした。消防署を出ると「やったぜ」と右手を虚空に突き出した。受験に合格したような喜びが込み上げてきた。年齢を重ねても喜怒哀楽の感情は、少年のころと何ら変わらない。

その足ですぐ、市のゴミ減量課へお礼に行った。

「お陰様で許可が出ました。口添えいただいてありがとうございます」

「そうですか、よかったですね」

減量課の職員とともに喜んだ。丁寧にお礼を言って市役所を辞して来た。やれやれと思ったら、一遍に疲れが出た。

これで、お金と設置場所が確保できた。昨日今日と二日間で計画は一挙に進んだ。劇的とも言える展開だった。これを喜ばずにおられようか。作戦と言っては語弊があるが、ゴミ減量課の職員に口添えしてもらうという持って行き方は良いアイディアであった。

難攻不落だった消防署が許可してくれたのだ。あとはゴミケージを設置するばかりだった。こんなにもとんとん拍子に行くとは、正直思ってもみなかった。厄介なうぬぼれ心も少しばかり頭をもたげ始めたようだ。

役員にもいい報告ができると思うと、達彦は天にも昇る心地がした。張り詰めていた神経が一遍に弛緩した。これでゆっくり食事もできる。車を自宅へ走らせた。

人の姿もない、白色のガードレールがずっと続いている。見通しの良い道路だった。警戒心もなかった。突然眠気が襲いスッと意識が遠のいた。

「ガガッ」と音がして、ハッ！と我に返った。ほんの一瞬だった。うぬぼれ心に鉄槌が下された瞬間だった。ガードレールに車体の右側面を擦(こす)っていた

運転歴は五十年に及ぶが、職業柄運転には慎重の上にも慎重を重ねてきた。交差点でも指を差して渡るという用心深さだった。初めての油断であった。

「自分としたことが」自損事故だから良かったようなものの、これが人身事故だったらと思うとゾッとした。

「有頂天になっているからよ」妻の声が聞こえた。

本当に有頂天の世界から真っ逆さまに奈落の底へ突き落とされた気持ちがした。

あまりにも順調に事が進んだので、自分の中で思い上がりがあった。勝って兜の緒を締めよ、とはこういうことを言うのだろう。達彦は今一度気を引き締めた。

家に辿り着いて昼食を済ませると、再び睡魔に襲われた。

事故ったという悔しさの中でも眠気が勝っていた。

眠りから覚めると、エス・ティ・エムの電話番号をプッシュした。

「エス・ティ・エムでございます」

五十嵐社長の声だった。達彦はこれまでの経緯を話した。

「こちらの受け入れ態勢が整い次第、電話を入れますから、ケージ八台用意しておいてください」

「ありがとうございます。一つの町内からこれほど大量のケージの注文をもらったことはないです」

受話器の向こうから驚いた様子が伝わってきた。

「その代わり、ある程度値引きをお願いしたいんですが」

「もちろんです。お値打ちにさせていただきます」

達彦のゴミケージへの熱意と、五十嵐社長の商売の熱心さが呼応し合っていた。必ず電話をすると約束して受話器を下ろした。

ケージを置くには、設置場所を整備する必要があった。南公園のようにはいかないところばかりである。役員の出動を依頼することになった。

あとは、北公園集積所、東公園集積所、そして防火水槽のある西集積所、これらのうち場所を整えなければならないのは、東公園と防火水槽のある西集積所である。

まず東公園集積所の整備である。三方をブロックで囲まれた、ゴミを置く立派な施設があるが、折角の施設が竹や樹木に覆われ、昼でも鬱蒼と暗くて物騒な感じがする。防犯灯も樹木に覆われて用をなさない。ブロック塀には一面に黒いカビがはびこっていて不潔極まりない。役員が総出で清掃作業に従事した。

副会長の北林さんは、電動鋸を持っての出動である。

「ウイーン、ウイーン」チェンソーが唸り声を立てると、見る見るうちに、三十本くらいの竹が倒された。

「ワァー、北林さん格好いいねえ」

石野さんが言った。

「凄い頼もしく見える」

と倉吉さん。

「人格が変わったみたい」

稲峰さんが囁く。

女性たちからの声が、聞こえたか聞こえないのかしらないが、チェンソーはいよいよ「ウイーン、ウイーン、ウイーン」唸り声を増すかのようで、獣の雄叫びにも似ていた
忽ち、周辺の竹や樹木がなぎ倒されたのだ。

紅葉木などは途中まで登って、これも北林さんが枝を伐採している。

北林さんは普段大人しい人であるが、チェンソーを使っていると、稲峰さんが言うように、まるで人格が変わってしまう。実に頼もしい存在で、達彦も圧倒された。

昔、「悪魔のいけにえ」という映画を見たことがある。殺人鬼、レザー・フェイスという男が、チェンソーを唸らせて、次々人間の首狩りをしていく場面があった。

女性たちが「北林さん格好いい！」と叫ぶ傍らで、突然チェンソーが、自分の首に迫って来る恐怖心を覚えた。

ブロック塀の清掃は、名人さんと高校生の息子さんが金ブラシを使ってカビを落としている。何でも器用にこなすことから、牛巻さんのことを達彦は名人さんと呼ぶようになっていた。

それでも執拗にこびりついたカビを、役員ではないが近所の永田さんが電動ブラシを持って来て、コンクリートごと削り取ってくれた。

東公園の施設は、見違えるように綺麗になった。太陽の光が射し込み、夜間には防犯灯があたりを照らし出す。

あとはケージの取り付けだが、南公園や北公園と違ってブロック塀が高すぎる。その上にある金網のフェンスには取り付けることができないのだった。

ブロックに穴をあけてフックを嵌め込めばケージを取り付けることができるのだが、問題はその技術のある人を探さなければならない。

作業をしているとき、前年の役員である村西さんが通りかかった。村西さんも何でもやれる器用な人と知っていたので相談すると、電気ドリルを持っているからやれると言う。渡りに船だった。

村西さんも奥さんを亡くしたこともあって、ヤモメ同士で時どき達彦の家で二人で焼酎を飲んだりするが、電気ドリルを持っているとは知らなかった。

奥さんは生前児童文学をやっていた。達彦は作品のコピーを最近読ませてもらったが、なかなかの才能だった。しかも達筆である。亭主である村西さんは、奥さんの才能を全く知らなかったと言う。そんな村西さんは瞬く間にブロックの塀に穴をあけて、そこへフックを取り付けた。これで東公園の集積所は三台分準備完了である。

町内の役員をすることに対して、誰もが消極的だったが、力を合わせて仕事をすることに、今では誰一人嫌な顔をしない。それぞれの活躍の場があって、むしろ活き活きとした表情さえ読み取れた。中でも名人さんの息子さんまで若い力を貸してくれた。高校生といえば反抗的で扱いにくい年ごろだが、こうして町内の仕事に協力してくれる若い姿に、達彦は目頭が熱くなるほどの感動を覚えた。

次は西集積所である。消防署の許可をもらい、有頂天になって自損事故を起こし、カツを入れられた場所である。達彦の最大のパワーを発揮した思い入れのある場所だ。

植え込みには三本のツツジが植わっていて、丈は低く剪定されている。ツツジは排気ガスにも丈夫なのだろう。花の盛りは過ぎたが、緑の葉が街を彩っている。かなり深く広く根を張り巡らしていた。

近くに防火水槽がある。地下には貯水タンクが埋め込まれていて、消火活動は勿論のこと、災害のときのためにも水が貯えられている。これを傷つけてはいけない。慎重にする必要があった。

作業には男五人で当たったが、名人さんは一番若いこともあって実に手際がいい。穴を掘っては根を鋸や鋏で切り、少しずつ掘り起こしていく。一日に一本でも処理できればいいと思っていたが、午前中で三本全部を掘り起こし、大きく穴ができたところを土で埋め整地した。

名人さんを中心としてのチームワークは見事であった。側溝にはホームセンターでステンレス製の蓋を買って来て嵌め込んだ。側溝は少しばかり曲がっていてそこだけは既製品では間に合わない。名人さんは自宅から板切れ何本かを持って来て、斜めの部分にスノコを作り側溝に嵌め込んだ。スノコは水色に化粧を施されて、実に綺麗でプロはだしのできばえだった。

世間にはさまざまな能力を持った人がいるものだ。達彦は改めて感心した。町内会長を引き受けていなかったら、各々の個性や才能に気が付くこともなかった。

こうしてゴミケージ設置のすべての準備が完了した。

即刻、エス・ティ・エムへ電話を入れた。五十嵐社長が電話に出たと思って、そのつもりで話していたらどうも勝手が違う。

「娘に代わります」

声の質が同じなのだ。母親だった。

「はい、五十嵐でございます」

「つつじヶ丘団地の河合です」

「まあ河合さん、この度はお世話になっております」

「ケージの受け入れが整いましたので、六月十二日に納入をお願いしたいのですが」

「ありがとうございます。一つの町内でこんなに沢山買っていただけるのですから、四万円にサービスさせていただきます。これはつつじヶ丘価格ですよ」

「有り難いことです。助かります」

約束の日、達彦はケージを受け取るために、集会所で待機した。ケージが着くと、各役員が自分の受け持ちのところへケージを持って行って取り付けた。

その後ろ姿は年齢の差こそあれ、みんな若々しく、且つ活き活きとしていた。

南公園二台、北公園二台、東公園三台、西三台を設置した。

ケージ設置後、最初の収集日は六月十六日だ。

パトロールしていると、南公園に可燃ゴミが多く集中し、東公園の利用者が思ったより少なかった。結局東から一台南へ移動させ、南公園は三台になった。

これで、つつじヶ丘団地の完全ゴミケージ化が達成されたのだ。十名の役員が心を一つにし目標に向かっての成果だった。

五十嵐社長が犬山市役所に来る用事があった。そのついでに一つ町内で十台のゴミケージを設置したつつじヶ丘団地を見学と、ケージのメンテナンスに訪れた。初対面であった。

東京から軽四輪に荷物を積み、一人で運転して犬山まで来たと言う。

やり手の女社長である。健康的な美人だと思った。あの美声は、ボリュームのある、この若くて健康的な体にこそエコー効果があったのだろうか、と達彦は思ったものだ。

五十嵐社長は、四カ所に設置されたケージを点検し、工夫に工夫を重ねたケージの取り付けに、

「本当に役員さんだけでやられたのですか」

と驚きの声を上げ、各ケージの写真を撮っていった。

インターネットを見せてもらったことがある。町内会は行政の下請けだとか、町内会に入会するのは任意だとか、町内会を脱退したらゴミ集積所を使わせてもらえなくなったとか、年寄

りが威張っている。私物化している等などの不平不満の投稿が多く、町内会に対してのトラブルが実に多いのは達彦にとって驚きだった。

そして、最近のＮＨＫの番組でも、町内会を大きく取り上げていた。とにかく町内会長のなり手がないことだった。

番組に出てきた町内会長は七十一歳、会長をして七年目だが、代わって町内会長をやってくれる人がいない。町内にはおよそ千軒の住宅がある。行政からは期待されるし、多くの仕事を抱え全く自由時間がないと取材に応えていた。

広報やら書類を千軒分配るのも町内会長の仕事になっていて、毎回三時間かけて夫婦で各戸に配るらしい。そのことを思えば、つつじヶ丘の町内会は協力態勢がうまくできている。

広報などは町内会長が書記に持って行けば、書記が各ブロック長に配り処理される。関心のないのは以前の達彦もそうであったが、会長を引き受けたことで、いろいろなことがわかった。

町内会の仕事を、すべて行政がやるとすれば人手がいる。公務員を増やせばそれだけ税金も高くなるという理屈である。

四、野良猫との共生

火曜日と金曜日の可燃ゴミの日は四カ所の集積所を回る。これですべて完璧であると思ったが、大いに誤算があったのだ。思わぬ伏兵がそれこそ手ぐすね引いて待っていた。ゴミ収集日に、あれほど団地の西周辺を飛び回っていたカラスは一羽も来なくなった。ゴミケージはカラス撃退には完璧であった。彼らは餌を求めて次の餌場へ飛び去った。西地区でゴミケージを利用していた人たちからは、「ありがとう、ありがとう」と感謝の言葉が返ってきた。ゴミケージ称賛の声は達彦の耳にも入ってきた。車をガードレールで傷つけた苦さ、車両保険に入っていても修理代として五万円払った痛みも、町内の人の喜びが伝わってくれば吹っ飛んだものである。

ところが、東公園の集積所では野良猫たちが、相変わらず餌を漁っていた。東公園は、達彦の家からは離れていたし、利用したこともなかったので、実態を把握してはいなかった。可燃ゴミの日、いつものようにパトロールしていると、東公園の集積所を担当している役員の竹田さんが駆け寄って来た。石野さんがこの団地へ引っ越して来たころ、竹田さんは可愛い高校生だったというから、五十才そこそこか。端正な顔立ちをしている。

集会所が東公園の近くにあって、竹田さんは集会所の係りでもあった。ご主人は長野に単身赴任している。

「会長さん、猫がケージに入っていました」

明るい声だが、申し訳なさそうに言った。

「どうして、猫が入るの」

達彦は不思議だった。野良猫はカラスのような訳にはいかなかったのだ。

竹田さんの家の窓から、道路の行き止まりにある集会所や防災倉庫、そして東公園の可燃ゴミの集積所が斜め前方に見える。

チェンソーを唸らせて竹を伐採し、施設を磨いてケージの設置をし綺麗にしたのだ。野良猫の侵入を防ぎ、他の集積所と足並みを揃え順調に稼働したかったのだろう。

竹田さんの家はサザエさん一家のように、実のお母さんは名字が違って上原さんと言う。上原さんは九十歳になるが、落葉樹が多いこの界隈を、何十年も前からいつも黙って清掃していた。達彦は会長職を引き受け、パトロールするようになり、初めて母娘二人で、町内の役に当たっていることを知った。

インターネットの投稿に見る、文句ばかり言う住人もいるが、こうして当然のごとく、黙々と町内の清掃をしている奇特なお年寄りもいるのだった。

どうして野良猫が侵入できたのか、達彦もその原因を考えた。ケージは常には上に折り畳んでベルトで止めてある。ケージを使うときは広げるのだが、蓋の部分が上から前にかけて三分の一ほど垂れ下がっている。網の位置がずれないように、そこに百二十三センチ幅の金属性の横棒が重りとしてついているが、ステンレス製の軽いものだった。

餌を求めて、野良猫が二匹三匹とケージの蓋の上に乗ると、猫の重みで、網がケージ内に下がり隙間ができる。野良猫はそこから侵入したことがわかった。更に調査を続けていくと、野良猫は二匹や三匹に留まらなかった。

東公園の付近では、これまで生ゴミの豊富な餌があって、これを漁る野良猫が屯（たむろ）していた。ボス猫を中心に十二、三匹棲息している。この内三匹はこの春生まれた子猫だった。ボス猫が母親である。以前は飼われていたのか、それともペットショップで売れ残って捨てられたのか、毛足の長いペルシャ猫のようであった。雌だが達彦がボスと名付けた。

子猫たちは、集積所に設置されたブロックの上のフェンスを足場にして、そこからゴミケージめがけてダイビングする。

子猫とはいえ、三匹が何回も何回も一・五メートルも上から飛び降りると、その圧力と勢いで蓋の部分が沈み込み空洞ができる。そこからケージの中に入ることを突き止めた。

野良猫との知恵比べが始まった。

子猫対策として、足場にしているフェンスの上には有刺鉄線を張った。それでも蓋の上に猫が乗ると沈み込むのは、ステンレス製の横棒が軽いからではないかと判断した。

市から受け取って南公園へ設置したケージは、蓋を捲るところに鉄製の横棒が付いていた。ずっしりと重いので、少々蓋に圧力をかけても鉄棒がずれない。蓋が沈み込むこともなかった。

五十嵐社長に電話すると、

「役所の方から鉄製では重いので、もっと扱いやすいものに変えてほしいとの要望があって、現在のステンレス製になったのですが」

という返事だった。

達彦は、南公園で張り付いてアンケートを取ったことなどを説明し、鉄棒を二本送ってもらうよう依頼した。

「御代はいりません、その代わり野良猫に対して効果があるかどうか教えていただけませんか」

五十嵐社長は経営者であるだけに、研究熱心でもある。

「必ず結果を報告させてもらいます」

そう言って電話を切った。

鉄棒は翌日届いた。鉄棒を取り付けたのでステンレス製と二本になった。東の集積所にまた

張り付いた。ゴミを捨てに来るお年寄りに、

「猫ちゃんが入るんでねえ、これ捲るの重いですか」

「いや、これくらい何ともありませんよ、ほらこのとおり大丈夫です。会長さんご苦労さんですねえ」

お年寄りは却って労ってくれたが、野良猫に対しての効果が問題なのである。

東の集積所には公園内に小さい防災倉庫があった。災害に備えて、食料品や飲料水などが貯蔵されている。この防災倉庫も、名人さんが棚を取り付けてくれたので、綺麗に収納できるようになった。ゴミケージの所まで、距離は十メートル程度ある。

達彦は防災倉庫に入り、戸を一センチくらい開けて野良猫の様子を窺った。張り込みやパトロールはお手のものだった。現役時代、こうしてよく張り込みをしたことが思い出される。

若いころの一時期、田舎で空き巣が頻発したときがあった。夜中に相棒と車の中で張り込みをしていた。一軒の家から明かりが漏れている。どうも怪しいと目星をつけた。

「おまえはここにいろ」

達彦は一人で急行した。

雨戸の隙間からそっと覗くと情痴の現場だった。自分は引き返そうとしたが、待てよ、と思い留まった。

女性は今はその気になって男に身を任せている。愉悦の声も幽かに聞こえてくる。しかし、朝になったら気が変わり被害届を出すかもしれない。そういうことは経験上よくある。

張り込みをしていてそれでは立場がない。とんだお目玉をくらってしまう。もう少し様子を見てみよう。これは職責であると自分に言い聞かせ、張り付いた。

傍に長い竹の棒があったので、男のお尻を、ぺんぺんと叩いた。男と女が達彦の前に出て来た。男は頭を掻きながら、

「すみません」

と言って頭を下げた。

「お願いです。両親に言わないでください」

そう言ったのは若い娘だった。夜這いだったのだ。

「戸ぐらい、きちんと閉めてやれ」

達彦はそう言って引き返して来た。

「先輩遅かったですねえ」

相棒は言った。

そんなことを思い出すと、今は野良猫の張り込みか、と達彦はおかしかった。

野良猫は、人が来ると逃げるが、人がいなくなると、すぐにケージのところへ行き、蓋の上に乗る。一匹、二匹、三匹、重しが、鉄棒とステンレスの二本の棒になったので、蓋は中に沈み込まない。空洞もできなかった。

野良猫たちの奮闘は一カ月くらい続いたが、ゴミケージから餌を漁ることはできなかった。

達彦もこれでいいと安心し、結果を五十嵐社長に報告した。

竹田さんもやっと安心し、一件落着かに思えた。

ところが、パトロールしていると、竹田さんが達彦を見つけて、家から飛んで来た。

「会長さん猫がまたケージに入りました」

竹田さんの言葉を証明するように、ケージ内のゴミ袋が食い破られていたのである。竹田さんは元々猫が好きだと聞いていた。役員になる前は野良猫に餌も与えていたかもしれない。その彼女が、

「皆さんの努力を思ったら責任を感じて、猫のことが頭から離れません。夢にまで猫が出てきます」

と訴えた。

東公園の可燃ゴミ集積所は、竹田さんの受け持ちになっているので、役員として、ここだけ

ケージの効果がないことに責任を感じているのだろう。年の離れた妹のようにも感じられて、早く気を楽にしてやりたかった。

再び防災倉庫での張り込みが始まった。野良猫はチームワークを発揮し、ボス猫を筆頭に一匹、二匹、三匹、四匹、遂に七匹がケージの蓋の上に飛び乗った。

こうなっては鉄棒とステンレスの棒が付いていても、野良猫の集団に耐えられるものではなかった。蓋と本体との間に隙間ができた。猫はそこからケージの中に入ったのだ。

ボス猫の毛並みは汚れている。自分にも子猫にも食べさせなければならない。必死なのだ。

防災倉庫から見ていた達彦は、倉庫から飛び出しケージへ駆け寄った。野良猫はびっくりしてケージから飛び出していった。野良猫はかなり痩せていた。痩せても何とか生きているのは、誰かが隠れて餌を与えているのだろう。百歳くらいのおじいさんやコミュニティバスの運転手が、餌を与えているだろうとの噂があった。

達彦は心が痛んだ。小さいころ猫を飼っていたときのことも思い出された。野良猫も生きている。野良猫は生きてはいけないのか。このペットブームの世の中で、野良猫のひもじさが哀れである。何とか共生の道はないものかと考えた。

一週間に一、二度、キャットフードを与えたならば、生ゴミを漁ることもないだろう。いっそのこと役員に諮(はか)ってそうしようかとも考えた。いや、そうしたいと思った。

餌を与えれば、野良が増えるばかりだという反対意見が多かった。それなら避妊させたらどうか。

避妊させるために、野良猫を捕まえることは容易ではないそうだ。それも一匹ではない。全部捕まえなければ意味がない。まずは無理。経験した人からとくとくと聞かされた。どれもいい解決策はない。

完全ゴミケージ化することに着手した以上、任期中に成功させなければならなかった。何とか野良猫にゴミケージから餌を漁ることを諦めてもらうしかない。

諦めさせるにはどうしたらいいか。打開策を考えた結果、妙案が浮かんだ。

これだ、これしかないと思った。

野良猫はケージの蓋に乗ってその重みで蓋の部分が中に沈み込み隙間ができる。蓋に長い垂れをつけて隙間ができないようにすればいいではないか。

達彦は、早速近くのホームセンターへ行った。いろんな網がある。幅一メートルで真ん中にロープが取り付けてあるのを手に取った。折り畳むと丁度五〇センチの二重の網ができる。網の目は一センチ四方で、獣害対策用の網として販売されている。

この網を五メートルほど買って来た。ゴミケージの蓋の上に半分に折って使うと、網は蓋から側面に底まで垂れて、強力に圧力をかけても隙間ができない、ひとまず仮に付けて効果を試した。

　可燃ゴミの日、また倉庫に入って張り込みし、野良猫の様子を確かめる。野良猫は六匹がゴミケージの上に乗った。いつものように隙間ができない。次にボス猫が鬼の形相ならぬ野良猫の形相で、必死に網を食い破ろうとする。二重三重になった網を生ゴミの袋に届くほど、食いちぎることは不可能だった。

　ボス猫もケージを食い破ることはできなかった。見るからに痩せ細った野良猫たちは諦めてゴミケージを去って行った。

　倉庫の隙間からそっと見ていた達彦はこれだと思った。効果覿面(てきめん)だった。

　あとは手先の器用な名人さんを呼んで縫製を頼んだ。ゴミケージを一斉に設置したのが六月十二日だった。

　他の可燃ゴミ集積所は順調に稼働していたが、東の集積所だけは丸四カ月かかって、やっと野良猫を退散させることができた。野良猫との知恵比べのようなものだった。

「今晩からはゆっくり休んでください」

　達彦はそう言って竹田さんと別れて、東集積所をあとにした。

　カラスを追い払うことは何の罪の意識もなかったが、猫は人間の身近にいるし、猫は好きだからずいぶんと心が揺れ動いた。団地の責任者であれば、ゴミ対策として、罪悪感を抱きながら、生ゴミを漁る野良猫を追い払わなくてはならない。痩せ細っていく野良猫を眺めながら、野良猫との共生はむずかしいと頭を抱えずにはいられないのである。

年が明けて北風が寒い日だった。パトロールしていると、竹田さんから呼び止められた。

「会長さん、猫が死んでいます」

「どこに！」

「側溝の中です。知らせてくれた人がいて、ほらずっと向こうに」

竹田さんは、側溝の奥を指差した。側溝を覗くと、野良猫の亡骸（なきがら）は、一メートルくらい中の流れが詰まった土管のところにあった。

達彦は防災倉庫からスコップを持って来て、スコップの底を奥に滑らせ、猫の亡骸を掬（すく）った。その猫は、ボス猫が前年春に生んだ、三匹の子猫の内の一匹だった。残り二匹の内一匹は、すでに車に轢かれて死んでおり、あとの一匹はいつの間にかいなくなっていた。

猫は昔から亡骸を人に見せないというが、この猫も側溝の奥に身を隠して死んでいた。ボス猫は、ペルシャ猫という良血に生まれながら、どんな運命が彼女を野良へと追いやったのだろう。子猫もまた母親の不幸を受け継いでいたのだろうか。

「餌が取れなかったからでしょうか」

竹田さんが唇を噛みしめている。

「しょうがないですよ」

竹田さんを慰める言葉は、自分への言い訳でもあった。

北林さんがチェンソーで竹を伐採した奥の薮の中に、深く穴を掘って、野良猫の亡骸を埋めた。そこへ石を置いて墓標にした。

「悪かったな、ひもじかっただろうに、運命と諦めてくれ」

達彦は〝南無阿弥陀仏〟と称えた。

後ろにいる竹田さんが「ごめんね」と言って手を合わせている。目が潤んでいた。

つつじヶ丘のゴミケージは、まずまず順調に稼働している。

それを扱う人が、相変わらず蓋をしていかなかったり、伐採した枝葉をわざわざゴミケージに幾つも幾つも入れて蓋が閉まらなかったり、こればかりはカラスや野良猫を追い払うような訳にはいかない。

ルールを守らない人間が一番始末が悪いなあ、と達彦は慨嘆する。自分の思うように完璧にいかないのは、世の常のことだ。

ゴミケージの問題を筆頭に、耐震工事や団地周辺の竹薮の伐採、用水の清掃、役員全員が力を合わせてやり遂げた成果で、つつじヶ丘団地は見違えるように綺麗になった。

三月に入った。暖かい日があるかと思えば、冬が逆戻りしたような日もあった。町内会長の役目も残り一カ月もなかった。三月七日の妻の八回目の祥月命日も済ませた。

いつものようにパトロールしていると、停まっているコミュニティバスの運転手が声をかけてきた。野良猫に餌を与えていた運転手ではなかった。いつの間にか交替したのだろう。彼も達彦と同じ年齢だという。

「町会長さん、ご病気でずいぶんみなさん心配されていましたが、一生懸命やりなさったね、評判は聞いていますよ。お疲れ様でした。私も九州にいたとき七年やりましたよ。会長が年取っていたもんで、ナンバーツーでしたが、代わって会長の仕事をしました。やることがいっぱいありましたよ。ソフトボール大会や運動会、祭りもありまして、自分の時間なんてありません。それはそれは大変な思いをしました。私はみんなが喜んでいてくれるものとばかり思って夢中でした。ようやく、私に代わってやってくれる人がありまして、その職から離れることができたのです。離れてみてわかったのですよ。よくやってくれたと思ってくれる人は半分いればいいですよ。あと半分は何かと非難しましてね、私の耳に散々な悪口が聞こえてきたんです。そんなもんですよ。会長さんもどうかあとになってがっかりしないでくださいよ」

「そういうもんでしょうね、自己満足かもしれませんな」

達彦は運転手の言うことに深く肯いた。天の声を聞いたような気がした。

孫の翔太も、この春小学校を卒業した。翔太の父親が卒業式に出席した。達彦は定期健診で行けなかったが、その日三人で一緒にお祝いの食事をした。

娘の潤子に、妻に今日の翔太の大きくなった姿を見せてやりたかったと思うと、込み上げてくるものがあった。


任期の一年が過ぎた。河合達彦一座の長期公演の舞台に静かに幕が下りた。

「いいメンバーだったなあ」

達彦は一緒になって活動してくれた役員の人たちの顔を感慨深く見回した。

「こんなに、楽しく役員できたの初めてでした。今度の会長さんはここまでやるかと思いました」

「やり甲斐がありました」

「達成感がありました」

女性たちの言葉が救いであった。

観客の拍手は、コミュニティバスの運転手の言葉に掻き消されて、達彦には聞こえなかった。

「おとうさん、やり切ったね、お疲れさま」

達彦には妻の拍手だけがいつまでも聞こえていた。

■初出一覧

アクセルとジュライテン太郎　（『北斗』平成三年三月号）
彩鱗舞う　（『北斗』平成九年十一月号）
にいさまは認知症　（『北斗』平成二十八年一・二月号）（『北斗』平成二十八年三月号）
［連作］子連れじいちゃん
　第一話　鍵っ子翔太　（『北斗』平成二十五年七・八月合併号）
　第二話　ちびっ子釈迦三尊像　（『北斗』平成二十五年十月号）
　第三話　翔太の爆笑　（『北斗』平成二十五年十一月号）
　第四話　翔太の隠し味　（『北斗』平成二十六年一・二月合併号）
　第五話　翔太のにぎり寿司　（『北斗』平成二十六年三月号）
　第六話　翔太と霊犬早太郎伝説　（『北斗』平成二十六年四月号）
　第七話　法衣　（『北斗』平成二十六年五月号）
　第八話　翔太の因幡の白兎　（『北斗』平成二十六年六月号）
　第九話　血液内科　（1）　（『北斗』平成二十六年七・八月合併号）
　　　　　　　　　　（2）　（『北斗』平成二十六年十月号）
　　　　　　　　　　（3）　（『北斗』平成二十六年十一月号）
　第十話　懐かしのゴジラ　（『北斗』平成二十六年十二月号）
町内会長奮闘記　（『北斗』平成二十八年六月号）

あいさつにかえて

みなさん、こんにちは、『北斗』の棚橋鏡代（あきよ）と申します。この度、「斎藤緑雨文化賞」という身にあまる賞をいただくことになりました。

清水信（まこと）先生はじめ皆さんのお陰です。ほんとうにありがとうございます。

衣斐弘行先生から、受賞打診のメールをいただいたときは、みなさんの前で二十分も三十分もまとまったお話をしなければならないと思うと、身体がすぐ反応して、心臓がバクバクするものですから、躍り上がって喜ぶ気持ちになれませんでした。

衣斐先生にメールで打ち明けましたら、五分でいいからとご返事をいただいて、少し安心しました。この挨拶が終わりましたら喜びが込み上げてくると思います。

今日は「北斗と私」についてお話させていただきます。

私が『北斗』の創刊者である木全圓壽（えんじゅ）先生にお会いした当時、私には病気があって、腰が痛くて痛くてもう限界でした。

病院では、手術と言われていましたから、優柔不断な私は決心がつかず、鍼でもしてもらったら、この腰の痛みが少しは楽になるのではないかしら、と思いました。電話帳を調べたら、一番近くにあったのが木全鍼治療院でした。木全先生は鍼の先生だったのです。

通院するうちに、先生から「何が趣味ですか」ときかれ、ためらわず「読書」と応えました。ある日、木全先生から「今度の日曜日に猿投山へ花見に行きましょう」と言われ、先生の奥さんの運転で、三人で猿投山に行きました。

到着すると、すでに何人かお見えになっていて、お客さんを招いてインタビューしているのです。私は何も知らなかったのですが『名古屋近代文学史研究会』の例会だったのです。

当時、木全先生は『北斗』と『名古屋近代文学史研究会』をやってみえました。

帰りの車の中で、木全先生から「今日の感想文を書いていらっしゃい」と言われてびっくりです。

その時の文章が『名古屋近代文学史研究会』の会報の巻頭に掲載されたときは、ちょっと感激しました。

それからすぐに「名古屋明治文学史3」をまとめることになり、会社の仕事も忙しく、原稿の締め切りが迫っていて、それがとても苦痛でした。

『北斗』の方が私に合っているのではないか、とも思いはじめました。

小さいころから、読み書きは好きでしたが、でも、みなさんのように自分で率先して同人になった訳ではない。文学の世界というものも知りませんでしたから、きっと、箸にも棒にもかからない作品を書いていたのだと思います。

平成五年二月八日『北斗』の発送を木全先生と奥さんと私の三人でしていました。木全先生と沢山の『北斗』を抱えてポストに投函に行きました。その夜が元気な先生を見た最後でした。二日後、木全先生が脳梗塞で突然お倒れになり、再び意識を回復されることはありませんでした。木全先生の病状を心配しつつ、重鎮の方が次つぎ亡くなりました。

一年七カ月の闘病の末、平成六年の九月に木全先生は七十四歳でお亡くなりになります。奥さんが二代目主宰を引き継ぎました。木全早苗さんです。片腕であった倉光忠義さんが、平成九年二月、五十八歳で急逝します。

そして丁度二年後、木全早苗さんが突然お風呂で亡くなりました。心筋梗塞でした。一週間前、同人たちと昼神温泉へ雪見に行ったのに、信じられないことでした。

雪がちらつくお通夜の日、喫茶店で今後の『北斗』について同人で話し合いました。そのとき、竹中忍さんが「吉田さん主宰やってください。僕が編集するから、棚橋さん会計やって」と言いました。非常のときでもあり、黙ってお引き受けしました。

世代が交代して、新生『北斗』の誕生かと言われたのですが、三代目を継いだ吉田栄治さんは、なんてことでしょう。主宰になって最初の『北斗』を発送していたときに、気分が悪くなって、その夜、救急車で病院へ運ばれました。吉田さんは大腸がんで、すでに肝臓に転移していて、手遅れの状態だったのです。

それでも二年七カ月、がんと闘いながら最後まで主宰を務められました。五十二歳、高校の古典の先生でした。書きたいことがいっぱいあって、さぞかし、無念だったと思います。

喪の色が濃い『北斗』、呪われた『北斗』と言われたころです。

四代目は『北斗』の編集をしていた竹中さんが、自然に主宰を継ぎました。

そんなとき、中部ペンクラブのシンポジウムのあと、喫茶店で清水先生にお会いしました。尾関忠雄さんは「自分が外交するから」と言われ、竹中、尾関、棚橋と、三人が役割分担して、この非常事態を突破して行こうとしていました。

喫茶店に遅れて入って行くと、市川しのぶさんが「タナちゃん、こっちこっち」と言って、清水先生の傍をあけてくださったのです。

私は、それまで清水先生のお姿を見ても、恐れ多くて傍へ近寄ることができなくて、遠くから見ているだけでした。傍に座らせていただくと、清水先生は私に「北斗、今どうなっているの」とききかれました。恐れ多くもなくて、こんなことならもっと早くお近づきになっておけばよかったと後悔するほどでした。

私は「先生助けてくださいよ」と言ったと思います。清水先生はご存知のように『北斗』創刊者のお一人です。先生はそのとき「毎号原稿書きます」そうおっしゃってくださいました。その後のお手紙には「死ぬまで書きたい」とも書いてありました。

こうして『北斗』は清水先生を名誉同人として再びお迎えしたことが、同人たちの励みにもなって『北斗』は息を吹き返したのです。

伊神権太さんが中日新聞に「不幸乗り越え五百号突破」と書いてくださったのも、こんなころだと思います。

あの席で清水先生とお会いしてからもう十三年になります。

最近『北斗』を季刊にしたらどうか、大変だろうとの思いやりで、清水先生が提案されました。主宰の竹中さんは「信念の人」で、自分が主宰である限り、年間十冊発行の今の体制でいくと言っています。

私がそんなことを『弦』の中村賢三さんに言いましたら、「竹中さんは根性あるなあ」と言われました。私もそう思います。

今は編集は竹中さん、あとのことは私が引き受けています。駒瀬銑吾さんの存在は「泰山木のように」力強いものがあります。

私はとても優柔不断な性格です。「もうやーめた」という決断がつかない。優柔不断ということは、いい意味で、「継続は力なり」に繋がっているのかもしれない、と最近思うことがあります。

このような経緯がありまして、私が『北斗』の仕事をすることは、多分に運命的なものと思ってやっています。

親の面倒も見たことない、子供も育てたことない。せめて『北斗』くらいは、ボランティア精神でさせてもらおうか、というのが正直な気持ちです。

『北斗』は昭和二十四年の創刊ですから、六十六年続いています。

今日お手元に六二三号をお届けしています。

みなさん『北斗』は厳しいという評判は昔のことです。敷居が高いと思っていらっしゃるとしたら、それはとんでもない誤解です。やさしい気の弱い同人ばかりです。お気軽に同人になってください。門戸を開いてお待ちしています。

そして清水先生、これからも「何より、気力」で、百歳でなお文芸評論家として書き続けてください。私の活力は、清水先生の原稿の賜かもしれません。

この先、何年か経ったあと「ああ、あの日が私の人生の華だったなあ」と懐かしくうれしくこの日を思い出すことでしょう。

みなさん、今日はありがとうございました。

明治時代の文壇で活躍した、三重県鈴鹿市神戸出身の斎藤緑雨に因んだ「斎藤緑雨文化賞」を平成二十七年にいただきました。そのとき私がスピーチしたものです。

文芸同人雑誌『北斗』との経緯がすべて明らかだったと、みなさんに言われ、あいさつにかえて、掲載させていただきました。

画家であった義兄は、世に出ることなく平成七年、不遇のまま病を得て亡くなりました。六十一匹の錦鯉を描いた「彩鱗四季群游（さいりんしきぐんゆう）」の屏風絵を、少しでも多くの人に知ってもらいたいと長年思っておりました。

この度、文芸評論家尾形明子先生が、背中を押してくださったこともあり、ようやく出版を決意致しました。

『彩鱗舞う』出版にあたり、風媒社編集長劉永昇氏はじめ、みなさまには大変お世話になりました。

心から感謝とお礼を申し上げます。

著者

[著者略歴]
棚橋 鏡代（たなはし・あきよ）
昭和19年3月9日愛知県生まれ。名古屋市在住
文芸同人雑誌『北斗』同人、中部ペンクラブ会員
平成20年「清水信文学賞」受賞
平成27年「斎藤緑雨文化賞」受賞

連絡先 『北斗』事務局
名古屋市中区伊勢山1－3－1岡文ビル407号

装画◎牧 秀叡
装幀◎澤口 環

小説集 **彩鱗舞う**

2017年2月15日 第1刷発行 （定価はカバーに表示してあります）

著 者 棚橋 鏡代
発行者 山口 章

発行所 名古屋市中区上前津2-9-14 久野ビル
振替 00880-5-5616 電話 052-331-0008
http://www.fubaisha.com/
風媒社

＊印刷・製本／モリモト印刷 乱丁本・落丁本はお取り替えいたします。
ISBN978-4-8331-2092-0